啄木鸟文丛(2023)

与时代同行的文学评论

李松睿 著

中国文联出版社

图书在版编目（CIP）数据

与时代同行的文学评论 / 李松睿著 . -- 北京：中国文联出版社，2024.1
（啄木鸟文丛）
ISBN 978-7-5190-5411-3

Ⅰ.①与… Ⅱ.①李… Ⅲ.①中国文学－当代文学－文学评论－文集 Ⅳ.① I206.7-53

中国国家版本馆 CIP 数据核字 (2023) 第 256916 号

著　　者	李松睿
责任编辑	冯　巍
责任校对	胡世勋
装帧设计	孔未帅

出版发行	中国文联出版社有限公司	
社　　址	北京市朝阳区农展馆南里 10 号	邮编 100125
电　　话	010-85923025（发行部）　　010-85923091（总编室）	
经　　销	全国新华书店等	
印　　刷	北京市庆全新光印刷有限公司	

开　　本	880 毫米 × 1230 毫米　1/32
印　　张	8.5
字　　数	204 千字
版　　次	2024 年 1 月第 1 版第 1 次印刷
定　　价	58.00 元

版权所有·侵权必究
如有印装质量问题，请与本社发行部联系调换

2023年《啄木鸟文丛——文艺评论家作品集》编委会

主　编　　徐粤春

副主编　　袁正领

编　辑　　都　布　　王庭戡　　张利国　　何　美

　　　　　陶　璐　　王筱淇　　向　浩　　唐　晓

　　　　　杨　婧　　韩宵宵

总　序

　　文艺评论是党领导文艺工作的重要手段和方式，是社会主义文艺事业的重要组成部分，是引导创作、推出精品、提高审美、引领风尚的重要力量。中国文艺评论家协会（以下简称"中国评协"）作为文艺评论界的桥梁和纽带，在团结引领文艺理论评论工作者、繁荣发展社会主义文艺事业方面肩负重要职责。重任在肩，使命光荣。近年来，中国评协在习近平新时代中国特色社会主义思想指引下，紧紧围绕学习贯彻习近平总书记关于文艺工作重要论述特别是关于文艺评论的指示批示精神，以推深做实中宣部等五部门《关于加强新时代文艺评论工作的指导意见》和中国文联《加强新时代文艺评论工作实施方案》为重点，聚焦"做人的工作"与"引导文艺创作"两大核心任务，锚定中国文艺评论正面、坚定、稳重、理性的正大气象，建体系、强制度、树品牌、立标杆、展形象，在理论建设、示范引领、人才培养、行业评价、平台阵地等方面取得明显成效。我们欣喜地看到，在习近平文化思想的引领下，一支体系完整、门类齐全、梯次完备、数量可观的文艺评论人才队伍正在形成。

　　为进一步提升中国评协会员服务能力和水平，坚持出成果、出人才、出思想"三位一体"，激励文艺评论工作者发扬"啄木鸟"精神，涵养褒优贬劣、激浊扬清的品格，经中国文联批准，中国评协、中国文联文艺评论中心、中国文联出版社联合启动《啄木鸟文丛——文艺评论家作品集》（以下简称《文丛》）出版计划。《文丛》面向中国评协会员和中青年文艺评论骨干征集作品，经资格审查、专家评审、会议研究、公示等程序，最终确定了10部作品集纳入2023年出版计划。收入《文丛》的10部作品集涵盖文学、戏剧、影视、美术、书法等多个艺术门类，还包括网络文艺这一新类型，作者多为长期以来活跃于评论界的优秀文艺评论家，他们具有开阔的学术视野、深厚的理论功底、严谨的治学精神和敏锐的艺术感知，在各自的专业领域具有较大的影响。相信《文丛》的出版将会对作者学术研究和专业评论起到促进作用，也相信《文丛》的出版必定会在文艺评论界乃至文艺评论事业的发展进程中产生积极的影响。

此次《文丛》出版，各单位的积极推荐、中国评协会员的踊跃申报，体现了广大文艺评论工作者对于加强文艺理论评论工作的自觉意识和积极履行文艺评论职责的使命担当。此次收入《文丛》的10部作品集有以下共同的特点：一是注重正确的评论导向。作者们坚持以马克思主义文艺理论指导学术研究和评论实践，注重传承和弘扬中华优秀文论传统和中华美学精神，努力于中华优秀传统文化的创造性转化和创新性发展。二是彰显实践品格。《文丛》的作者们紧跟时代，关注当下的艺术实践和艺术现象，坚持从作品出发，注重发挥文艺评论价值引导、精神引领和审美启迪作用。三是努力开展专业、权威的文艺评论工作。《文丛》所收作品尊重学术民主、尊重艺术规律、尊重审美差异，注重开展建设性文艺评论，写评论坚持以理立论、以理服人，努力营造百家争鸣的学术和评论氛围。四是文风的清新朴实。注重改进评论文风，注重评论文章的文质兼美，是这批作者的共同特点。总之，《文丛》的出版，将优秀文艺评论工作者的评论成果予以汇聚和展示，将有助于推动文艺评论界形成良好的学术和评论氛围。我们期待更多文艺评论工作者能够陆续加入丛书作者的队伍中。

此次《文丛》出版工作得到中国文联党组的有力指导，也得力于中国文联文艺评论中心、中国文联出版社的通力合作。特别要感谢中国文联出版社为《丛书》的编辑出版发行提供了宝贵的经费支持。同时，也要感谢中国评协各团体会员、各专业委员会、各中国文艺评论基地的积极推荐，感谢踊跃申报的各位中国评协会员，以及为书稿的征集、评审和出版付出辛劳的专家和工作人员。希望以《文丛》出版为新起点，在习近平文化思想引领下，在新时代文艺繁荣发展的实践中，能涌现出更多优秀文艺评论人才，推出更多精品文艺评论佳作，推动新时代新征程文艺评论事业高质量发展。

是为序。

夏　潮

2023年10月

目 录

总序 / 1

第一辑 新时代呼唤着中华民族的新史诗 / 3
　　　　——习近平文艺论述学习心得
　　　　与时代同行的文学评论 / 12
　　　　以反思的姿态理解生活 / 18
　　　　历史的远景与英雄的塑造 / 22

第二辑 吞噬一切的怪兽或劳动者 / 29
　　　　——关于现实主义的思考之一
　　　　卡特琳娜·莱斯科的位置 / 46
　　　　——关于现实主义的思考之二
　　　　时间的诡计 / 69
　　　　——关于现实主义的思考之三

遮帕麻的梦 / 90
　　——关于现实主义的思考之四
三体人的惶恐与"真"的辩证法 / 110
　　——关于现实主义的思考之五
走向粗糙或非虚构? / 135
　　——关于现实主义的思考之六

第三辑 思想出场的空间与可能 / 161
　　——读刘继明的长篇小说《人境》
瞬间的意义 / 177
　　——张承志艺术风格论
历史、互文与细节描写 / 197
　　——评孙甘露《千里江山图》

第四辑 那到底是一种什么发型 / 225
　　——读李敬泽《会饮记》
时间变形记 / 232
　　——读洪子诚的《材料与注释》
批评家不要忘了"临水的纳蕤思" / 238
整体研究图景与单一化的历史想象 / 248
　　——谈王德威的抒情传统论述

第一辑

新时代呼唤着中华民族的新史诗

——习近平文艺论述学习心得

习近平总书记在党的十九大报告中对中国社会的发展阶段做出了新的判断,即"中国特色社会主义进入了新时代,这是我国发展新的历史方位"[1]。总书记还进一步指出:"这个新时代,是承前启后、继往开来、在新的历史条件下继续夺取中国特色社会主义伟大胜利的时代,是决胜全面建成小康社会、进而全面建设社会主义现代化强国的时代,是全国各族人民团结奋斗、不断创造美好生活、逐步实现全体人民共同富裕的时代,是全体中华儿女勠力同心、奋力实现中华民族伟大复兴中国梦的时代,是我国日益走近世界舞台中央、不断为人类作出更大贡献的时代。"[2] 也就是说,经历了自强不息、艰苦卓绝的漫长奋斗,中华民族终于站在了新时代的门口。而新时代的中国文学要想呼应时代的召唤、把握时代的脉搏、书写时代的英雄,就需要以更宏阔的视野、更博大的胸怀,真正写出属于这个新时代的中华民族的新史诗。

---

[1] 习近平:《决胜全面建成小康社会 夺取新时代中国特色社会主义伟大胜利——在中国共产党第十九次全国代表大会上的报告(2017年10月18日)》,北京:人民出版社,2017年,第10页。

[2] 习近平:《决胜全面建成小康社会 夺取新时代中国特色社会主义伟大胜利——在中国共产党第十九次全国代表大会上的报告(2017年10月18日)》,北京:人民出版社,2017年,第10—11页。

众所周知，史诗是一种非常古老的诗歌体裁，全世界各个民族在形成的初期，也就是民族意识诞生的关键时刻，都会出现叙述民族的起源、歌颂民族英雄的史诗作品。而伴随着时代发展与社会进步，史诗这一文体逐渐衰落，这个概念也就逐渐从一种特定的诗歌体裁发展成一个极为重要的文学理论术语。在19世纪之后的文学界，特别是有着深厚现实主义传统的中国当代文坛，文学批评家在赞赏某些特定类型的长篇小说时，总会使用"史诗"一词来描述这类作品的特征。在这个意义上，史诗就成了文学批评家授予特定类型的文学作品的"勋章"，它表彰了作家创作宏大作品的雄心壮志、作品书写纷繁复杂的社会历史的不懈努力以及准确捕捉历史发展规律的勇敢尝试。这也使得史诗式的创作风格在很长一段时间内成为中国作家努力追求的目标。

那么，为什么史诗这个概念对文学批评如此关键？为什么在中国特色社会主义进入新时代的历史时刻，史诗有必要成为一种值得赞赏的文学风格和创作品格？或者说，我们为什么要在今天来讨论中华民族的新史诗？这就不得不和史诗的美学特质联系在一起。美学上关于史诗的重要论述，首推黑格尔在《美学》中的分析。在这位德国哲学家看来，史诗"须用一件动作（情节）的过程为对象，而这一动作在它的情境和广泛的联系上，须使人认识到它是一件与一个民族和一个时代的本身完整的世界密切相关的意义深远的事迹。所以一种民族精神的全部世界观和客观存在，经过由它本身所对象化成的具体形像，即实际发生的事迹，就形成了正式史诗的内容和形式"[1]。在谈到诗人与其作品的关系时，黑格尔指出史诗作者的"自我和全民族的精神信仰

---

1 ［德］黑格尔：《美学》第三卷下册，朱光潜译，北京：商务印书馆，1981年，第107页。

整体以及客观现实情况，以及所用的思想方式，所做的事及其结果"[1]达到了一种和谐统一的状态。也就是说，黑格尔认为在史诗所讲述的情节背后，蕴含着一个民族对于其所生活的时代和环境的全部理解。而史诗作者从事的工作，就是与民族、时代及其所生活的世界融为一体，达到一种完美统一的状态。在这样的写作状态下，作者创造的就是史诗。

而总是在文学作品与其所处时代之间建立联系的马克思，也正是在这个意义上认为《荷马史诗》这样的作品根植于它得以生长的古希腊社会，因此具有"永恒的魅力"，是一种"规范和高不可及的范本"[2]。与此类似的，是匈牙利文艺理论家卢卡奇关于史诗的论述。在卢卡奇看来，古希腊人的生活世界相对狭小，使得他们能够在非常有限的范围内充分地理解自己的世界，自由而熟悉地生活在其中。他们所遭遇的每一件事物、每一个变故都能得到合理的解释（当然未必是正确的解释），因而不会感到与其身处的世界发生龃龉。于是，在那个时代的文学创作中，生活的总体性能够被古希腊人把握并加以描绘，并由此创作出了史诗。史诗中的人物在自己生活的世界中冒险、战斗，坦然地面对各自的命运，没有哀怨、忧虑，更没有对生活的反思。因为史诗作者、作品所歌颂的英雄以及诗歌所描绘的生活世界其实是三位一体，彼此之间处在和谐统一的状态中。这种整一状态，被卢卡奇命名为"生活的总体性"。[3]巴赫金在讨论史诗问题时，也同样强调史诗作者

---

[1] ［德］黑格尔：《美学》第三卷下册，朱光潜译，北京：商务印书馆，1981年，第109页。

[2] ［德］马克思：《〈政治经济学批判〉导言》，《马克思恩格斯选集》第2卷，北京：人民出版社，1972年，第114页。

[3] 参见［匈］卢卡奇《小说理论：试从历史哲学论伟大史诗的诸形式》，燕宏远、李怀涛译，北京：商务印书馆，2012年，第20—21页。

与其所描绘的世界之间的和谐统一。他认为史诗"是封闭的,如同一个圆圈,内中的一切都是现成的、完全完成了的东西。任何的未了结、未解决,任何的遗留问题,在史诗世界中都是不能相容的"[1]。

从这里我们会发现,以往的中国文学评论家在向很多长篇小说"派发"史诗"勋章"的时候,有过多、过滥的嫌疑。似乎只要是那些具有较长的篇幅,在叙事时间上具有较大的跨度,取材于真实或虚构的历史事件的小说,就可以获得这样的称号。然而,上述这些文体特征对于史诗来说,恐怕只是一些外在的、次要的条件,最关键的问题还在于作家、作品是否实现或近似于实现了对于生活世界的总体性的理解,是否达到了作家、作品、民族以及民族所处的时代、生活环境等几个方面构成和谐统一的整体。

显然,创造史诗对作家提出了极高的要求,甚至在现代社会,这样的要求在某种意义上成了不可能完成的任务。因此,在美学史上,无论是黑格尔还是卢卡奇,他们都意识到这种作家思想与民族、时代、世界之间完美匹配、和谐的状态很难维持。黑格尔指出:"史诗既然第一次以诗的形式表现一个民族的朴素的意识,它在本质上就应属于这样一个中间时代:一方面一个民族已从浑纯状态中醒觉过来,精神已有力量去创造自己的世界,而且感到能自由自在地生活在这种世界里;但是另一方面,凡是到后来成为固定的宗教教条或政治道德的法律都还只是些很灵活的或流动的思想信仰,民族信仰和个人信仰还未分裂,意志和情感也还未分裂。"[2] 在这里,黑格尔把史诗理解为一个民族产

---

[1] [苏]巴赫金:《史诗与小说——长篇小说研究方法论》,白春仁、晓河译,《巴赫金全集》第3卷,石家庄:河北教育出版社,1998年,第518页。

[2] [德]黑格尔:《美学》第三卷下册,朱光潜译,北京:商务印书馆,1981年,第109页。

生了最初的自我意识，但在宗教、道德、政治、经济、文化等方面处于尚未健全的时代的产物。一旦社会变得更为复杂，个人的情感、意志、世界观就会与作为整体的民族发生龃龉，其作品也就很难与民族、时代、世界保持和谐统一的状态。于是，史诗这一文体随之衰落，最终被强调书写个人内心世界的抒情诗、侧重于表现外部世界的戏剧体诗取代。

沿着黑格尔的思路继续发展，卢卡奇同样认为史诗中那种个人与民族、时代、世界和谐统一的状态不可能永远存在，并特别指出了长篇小说对于现代人的意义。他认为在现代社会，人类的生活世界已经大幅度地拓展，这就使得现代人再也无法像古希腊人那样完全理解自己身处的环境，而世界也因为无法被现代人理解，开始向人类展示出自己陌生、神秘、恐怖的一面。在这种情况下，生活的总体性无可挽回地失落了，作家在作品中只能对生活进行反思，却永远无法真正理解生活本身，更不可能真正描绘出生活的总体性。卢卡奇进一步指出，小说——特别是长篇小说——就是现代生活的史诗，虽然现代作家已经不可能真正把握生活的总体性，但由于他们将广阔、复杂的现代生活收束到文学文本之中的努力，使得长篇小说充当了与史诗类似的功能，最终表达了作家对于总体性的渴望与追求[1]。

因此，史诗这一文体的本质，就是在民族的自我意识初步觉醒的历史阶段，对于民族自身、时代以及世界产生的理解与把握。在这个意义上，真正的史诗作者其实就是一个民族的代言人，他要呈现自己所从属的那个民族对于自身的认识，在整体上把握生活的总体性，并

---

[1] 参见［匈］卢卡奇《小说理论：试从历史哲学论伟大史诗的诸形式》，燕宏远、李怀涛译，北京：商务印书馆，2012年，第49—61页。

理解本民族身处的时代与世界。只不过，在变化纷繁的当代社会去书写史诗，必然面对着某种悖论式的情境。一方面，我们身处的社会变得越来越复杂、越来越神秘，使得文学家其实很难在总体上把握它、理解它；另一方面，尝试去创作史诗的作家既无法获得总体性，也不可能真正完整地理解生活，他们只能勉强通过文学创作获得把握总体性的幻觉。正是在这个意义上，卢卡奇高度评价现实主义风格的长篇小说，因为这一文体试图在无法真正把握生活的总体性的情况下，努力在文学书写中尽可能呈现总体性，触摸时代、生活的本质，并为这些无法把握的东西赋予文学的形式[1]。因此，每一位真正的现实主义作家其实都是悲剧英雄，他们不得不在生活如此复杂、世界无从理解的时刻，写出自己民族的自我意识，并勉力把握自身所处的时代与世界。而史诗这一称号也就成了对这一决绝的努力最好的褒奖和认可。

在文学史上，每当一个民族面临新的历史阶段的时刻，史诗式的作品就会出现。我们不必谈论 19 世纪经典的现实主义作家，如巴尔扎克之于法国社会、托尔斯泰之于俄国社会的意义，只要看看 1949 年以来的中国文学史，就可以明白史诗对于民族自我理解的重要性。中华人民共和国成立之后，中华民族的命运无疑进入了一个新的历史阶段。这样的历史时刻呼唤文学对中华民族的命运进行书写，对中国社会前进的道路与方向进行思考。而那些前辈作家也回应了这一使命，努力谱写出了新的史诗，涌现出一大批社会主义现实主义的杰作。其中的代表作当属柳青的长篇小说《创业史》。在柳青对蛤蟆滩社会生活的书写中，人物命运的起伏、情节发展的走向与中国共产党的方针政策、

---

[1] 参见［匈］卢卡奇《小说理论：试从历史哲学论伟大史诗的诸形式》，燕宏远、李怀涛译，北京：商务印书馆，2012 年，第 49—61 页。

社会主义的发展模式乃至历史前进的"必然方向"都高度吻合。社会主义道路就是柳青在共和国成立初期写出的中华民族对自身命运的理解。我们必须承认，这样的写作当然是剔除了历史复杂性的，只是抽绎出柳青对历史发展潮流的理解。因此，在今天回望柳青的写作，我们会发现蛤蟆滩社会生活的方方面面都按照一种理念的设想得到了妥善的安置，无论是姚士杰、郭振山这样的反面人物，还是合作化运动中的各种矛盾、冲突，都不足以威胁社会主义道路。这就使得柳青小说中的叙事语调充满了乐观主义精神。这样的叙事自然是缺乏复杂性的，但毕竟构成了那一代中国人对于自己命运、对于国家前途、对于中华民族在世界史中的位置的理解。因此，柳青的《创业史》堪称当代史诗，是尝试在作品中把握生活的总体性的典范。

不过，正像黑格尔、卢卡奇所描述的美学史发展趋势一样，生活本身也会不断地释放出复杂性，作家的思想、意识与民族命运的整一状态也会最终解体。20世纪80年代以来的中国当代文学受到存在主义、现代主义等西方思潮的影响，不断努力释放出生活的复杂性，深入挖掘个人内心世界的阴暗面，高调强调个人的独立性，宣称个人与集体、民族命运相互疏离。于是，对光明、正义、崇高的书写被指认为虚伪、造作，史诗更是成了所谓落伍的象征。中国当代作家不承认存在所谓历史发展的必然方向，而是乐于承认生活的不可知性，时代的脉搏、生活的规律也就成了某种陈旧而可笑的口号。在复杂神秘的生活面前，中国已经有太多的作家放弃了寻找规律和总体性的可能。

当中国特色社会主义进入了新时代，历史再次来到一个转折性的时间节点，每一个中国人都必须重新对中华民族进行历史定位，在全新的坐标系下理解我们民族的历史、它的前进方向，以及它在世界政治经济格局中的位置。如果说黑格尔指出史诗诞生的年代恰恰是民族新的自我意识刚刚觉醒,而生活的复杂性又尚未完全展开的中间时刻,那么我们这个时代也恰恰重新迎来了史诗的时代,似乎历史又再一次呼唤着中国文学担负起书写中华民族自我意识的使命。借用美国社会学家米尔斯的说法,中国作家在这个新的历史时刻应该具备一种"社会学的想象力",以便将个人的命运对接于民族的命运,把个人的困惑上升为公众的议题,使对个人复杂内心世界的探究转化为对民族命运的思考[1]。只有这样,文学才有可能超越只能在小圈子里流传的尴尬,重新成为对人民大众具有感召力的艺术作品。

如果我们顺着这样的思路来构想理想中的中华民族的新史诗,那么这样的作品应该具备下面这些特征。首先,在最基本的层面上,它所描绘的应该是关于中国的故事,反映新时代的生活,建构出中国人、中国社会、中华民族的文学形象。不过,光有这一点还远远不够。今天,我们早已生活在一个全球化的时代,而2000年以来,整个世界史最不能忽视的事实,就是中国在政治、经济、文化等各个领域全面改写着第二次世界大战所确立的世界基本格局。这也使得世界各国的文艺作品中不断涌现出各式各样,出于各种不同目的、不同立场来书写的中国形象。当世界各国的作家都纷纷将中国作为表现对象的时候,中国作家更是没有任何理由推卸思考、观察并书写中国的责任。因此,这就引出了理想中的史诗的第二个特征,即它必须是基于中国本位、中国立场的。正像上文所说的,史诗是一个民族的自我意识和自我形象的表达和塑造,代表着一个民族对自身命运的理解。因此,新时代

---

[1] 参见[美]赖特·米尔斯《社会学的想象力》,李康译,北京:北京师范大学出版社,2017年,第5页。

的中华民族新史诗必然是民族本位的，要站在中国的立场来阐释中华民族的生活、书写中华民族的形象，思考中华民族的发展道路。第三，每当谈到中华民族的史诗的时候，人们经常会有一种误解，似乎这样的作品所描绘的事物仅仅属于中国，是具有很强的特殊性的东西。然而，史诗实际上有一个重要特点：它表面上只是在书写一个民族的自我理解，但由于在史诗中，民族的思想意识与民族所生活的时代、环境达到一种和谐统一的状态，这就使得史诗中民族的情感、意志、思想、观念同时也就是整个世界的情感、意志、思想、观念。也就是说，民族史诗总是有一种强烈的冲动，要将只属于本民族的、特殊性的东西书写为具有普遍性的、具有世界意义的东西。因此，我们所追求的新史诗既然是要提供新时代中华民族的自我理解、自我形象以及它的前途与命运，那么它同时也是在为世界立法，为世界历史提供新的发展方向。

（原载《民族文学研究》2018年第2期）

与时代同行的文学评论

2020年10月，中共十九届五中全会通过了《中共中央关于制定国民经济和社会发展第十四个五年规划和二〇三五年远景目标的建议》，对"十四五"期间中国国民经济和社会发展情况提出了发展方向和远景目标。其中涉及文学艺术领域的内容，提出要"全面繁荣新闻出版、广播影视、文学艺术、哲学社会科学事业。实施文艺作品质量提升工程，加强现实题材创作生产，不断推出反映时代新气象、讴歌人民新创造的文艺精品"[1]。这里的关键词"现实题材""反映时代新气象""讴歌人民新创造"，再一次强调了文学艺术与当下的社会生活、与我们身处的这个时代之间的紧密联系。

强调文学艺术始终保持与时代之间的深刻连接、要求文艺作品及时反映正在进行中的社会生活，是社会主义国家的文艺传统，也是社会主义国家文艺创作的优势所在。文艺作品关注现实生活，保持对社会问题的介入姿态，自19世纪以来，就被认为是创作者坚持人民性的重要表现。因此，在今天这样一个坚持"以人民为中心"、将人民的根本需求与根本利益视为文艺的出发点和落脚点的时代，"反映时代新气

---

1 《中共中央关于制定国民经济和社会发展第十四个五年规划和二〇三五年远景目标的建议》，《人民日报》2020年11月4日，第1版。

象""讴歌人民新创造"自然是文艺创作的题中应有之义。

此前评论界已经对文学创作如何呼应时代的要求做了非常多的探讨,有一种看法认为,很多评论文章只有作家本人和恰好读过或想读那部作品的读者愿意看,受众相对来说非常有限,更有价值的文章其实是那些更有理论深度、更有学术史价值的论文。虽然这种观点有其偏颇的地方,但必须予以高度重视,因为这一看法背后隐含的是非常流行的对文学评论的定位,即评论要分析文学作品的艺术风格、把握作家的创作特色、总结文艺发展的内在规律,并在有可能、有意愿的情况下,对不断涌现的新作品进行价值判断,鼓励其中优秀的创作倾向,抨击不良的创作苗头。这一系列工作,一方面确实是文学评论的分内之事,定位本身也很准确;但另一方面,这实际上是文学这一学科给文学评论规定的常规位置。如果评论家不对这样的位置进行反思,而是满足于在文学内部占据这样一个位置,那么文学评论自然会有只能尾随在文学创作后面的嫌疑。在这种情况下,评论家不断鼓励作家去深入生活、扎根人民,用作品去"反映时代新气象""讴歌人民新创造",却也使得创作者成了一支面对现实生活独自进行前沿探索的孤军。而评论家就成了待在后方的援军,只能根据创作者探索的最终成果,把握风格特色、总结相关经验、评判其表现现实生活的优劣得失。

对文学评论只能追随创作的不满,有两种解决思路。第一种思路我们今天已经非常熟悉,就是20世纪欧美文学研究界不断流行的包括精神分析、结构主义、解构主义、东方主义等在内的各类理论话语。这些形形色色的理论在诞生之初,当然都各自有其强烈的现实针对性,并以对文艺作品的独特解读让人耳目一新。但它们在学术体制内部经历着辗转更替的过程中,逐渐与生活脱节,甚至也与文学本身脱钩,使文学理论虽然真的突破了文学学科的限制,但也失落了文学,演化成了理论本身，让评论成了理论术语内部循环、自我增殖的文字游戏。我们越来越看到这一趋势在中国文学研究界的流行，但文学评论工作如果止步于此，就会把自己封闭在某个特定的空间中，不能真正通过冲破文学获得更广阔的思想空间。

另一种使文学评论超越文学学科限制的思路，典型地体现在19世纪中叶俄国文学界著名的《现代人》杂志身上。这份刊物1836年由普希金创办，经过普列特尼约夫，特别是涅克拉索夫的发展，最终在先后成为刊物主笔的别林斯基、车尔尼雪夫斯基、杜勃罗留波夫手中达到其影响力的顶点。普希金在为这份刊物取名时，选用了"современник"一词，这在俄语中是一个双关语，既指时间性的概念，翻译过来就是通行译法的"现代人"，意指在时间维度上最新的人；同时这个词也可以翻译成"同时代人"，更强调在空间和时间维度上共同面临相似处境的一批人。从刊物的名称可以看出普希金以及这份刊物所具有的广阔视野和恢宏气度，他们不仅仅关心文学本身，而且是要与俄国的作家、刊物的读者乃至全体俄国人民站在一起，思考他们共同面对的时代与社会，并始终保持着充沛的精力、足够的敏感以及难以穷尽的好奇心，关注社会生活的方方面面。今天提到《现代人》杂志，最有名的恐怕还是上面发表了果戈理的《死魂灵》、屠格涅夫的《猎人笔记》、冈察洛夫的《平凡的故事》，以及托尔斯泰的处女作《童年》等人们耳熟能详的经典作品。不过，同样不能忽视其中的文学评论。《现代人》杂志上的文学评论的最大特点，就是从来没有将自己的思考限定在文学的疆域之内，这种探索的视野是如此广阔，以至于在探讨文学创作的时候，也会穿插当时医学领域的进步、最新的农业机械以及欧洲科学家新发现的化学元素等内容。从中可以看出，

《现代人》杂志的评论家希望与俄国作家、人民一起,努力认识他们共同身处的世界,发现新的现象和新的问题,并不断探索俄国社会前进的方向。因此,这些评论家不是仅仅让作家去探索现实生活,自己则单纯地评判作家作品的风格特色,以及他们对现实生活的表现是否准确、是否做出了新的艺术贡献,而是与作家携手前行,共同探索。这中间当然也会出现评论家与作家之间的矛盾和冲突,安年科夫、冈察洛夫、屠格涅夫以及托尔斯泰等作家,就因为杜勃罗留波夫加盟《现代人》杂志而宣布退出编辑部。但这些作家日后在创作中表现出的明显的思辨色彩,在作品中对社会问题的持续关注与思考,恰恰都是在通过小说创作与评论家继续进行隔空辩论。因此,正是作家与评论家对社会现实问题的共同探索、相互辩难,锻造了19世纪俄国现实主义文学的辉煌成就。

《中共中央关于制定国民经济和社会发展第十四个五年规划和二〇三五年远景目标的建议》中指出,"'十四五'时期是我国全面建成小康社会、实现第一个百年奋斗目标之后,乘势而上开启全面建设社会主义现代化国家新征程、向第二个百年奋斗目标进军的第一个五年"[1],这是对我国进入新的发展阶段的重大判断。这意味着在"十四五"期间以及未来的远景中,中国社会的经济发展模式、组织形态、社会结构、生活方式、人的心理状态以及中国在国际政治经济格局中的地位,都将发生重大改变。这是一个全新的、有待探索的未来,蕴含着机遇和挑战,充满了未知与可能性,是百年未有之大变局。在这样一个时代去加强文学评论工作,就不能继续固守学院中的学科建制、学

---

1 《中共中央关于制定国民经济和社会发展第十四个五年规划和二〇三五年远景目标的建议》,《人民日报》2020年11月4日,第1版。

术传统给文学评论预留的那个特定、狭小的位置，满足于单纯地探讨艺术特征、风格流变、创作规律以及作品的优劣成败等文学的内部问题。习近平总书记在参加全国政协十三届二次会议的文化艺术界、社会科学界委员联组会时，提了几点要求，其中第一点就是"坚持与时代同步伐"[1]。在评论家鼓励文学家去书写和反映新时代的同时，也不能让作家成为深入生活的一支孤军，独自肩负起在瞬息万变的现实生活中捕捉新现象、思考新问题的任务。评论家应该真正与作家、文学爱好者乃至人民成为"同时代人"，共同探索正处在百年未有之大变局中的中国社会。

这样的期待，自然会对评论家提出更高的要求。当然，这不是说艺术风格的辨析、创作特色的梳理、文艺发展规律的总结以及艺术价值的判定等传统文学评论工作的内容不重要或者需要放弃，而只是把这些看作是文学评论家的基本功、文学评论的切入口。评论家必须由此出发，把目光和思想的触角投射到更加广阔的天地中去。如果我们理想中的文学是反映现实、包罗万象、恢宏壮阔的，那么评论家同样不能放松对自己的要求，必须观察、思考、探索社会生活的方方面面。相应地，在知识层面上，仅仅是文学理论与文学史方面的修养和知识储备，或许不足以帮助文学评论家完成这一艰巨的任务。在力所能及的范围内，人文社会科学乃至自然科学的相关知识，也应该纳入评论家的阅读视野。毕竟，在文学作品已经在挑战现代科技的边界、探索人类伦理的疆域的时代，在影响作家创作的因素早已不仅仅局限在文学内部的时代，评论家如果只能在文学的层面上讨论相关创作，给出

---

[1] 《坚定文化自信把握时代脉搏聆听时代声音　坚持以精品奉献人民用明德引领风尚》，《人民日报》2019年3月5日，第1版。

的注定只能是苍白、无力的答卷。今天的文学评论，或许会和以往的评论有所不同，它将广泛涉及人文社会科学、自然科学等不同的学科，不断回应思想与公共性话题。人不能选择自己生活的时代，评论家不能一边抱怨或批评现代性进程造成的科层制和专业分工对完整的人性与生活的分割，一边却心安理得地把文学囚禁在现代学科制度所给定的狭小范围里。文学评论与其他学科的不同之处在于，它的研究对象——文学——非常特殊，那是一种复杂、灵活多变、充满想象力、作用于情感、具有共情能力的知识形态，因此恰恰可以作为文学评论家的有效工具，帮助他们穿越现代性的学科体制建构起来的深厚的知识壁垒，沟通现代社会不同社会层级彼此之间的阶层隔阂，从而使文学与文学评论携手成长为有穿透力、包容力的思想空间，真正回应和思考"同时代人"共同关心的话题。这样的文学评论，未必能够给出关于生活的答案，却能够让文学评论摆脱只有作家本人和想读或读过作品的人愿意看的窘境，创造出有吸引力和引领性的思维形式，为"同时代人"思考和探索现实生活提供参考和帮助。这样的努力自然会非常困难，但却是值得的。因为对于文学评论家来说，如果眼中只有单纯的文学，那么他可能会错失身边波澜壮阔的现实生活；而如果选择与同时代的作家、人民携手前进，共同去思考和探索正处在不断变化中的中国社会，那么他或许就在参与塑造一个可以孕育伟大作品的文学环境。

（原载《文艺报》2020年12月11日，第3版）

以反思的姿态理解生活

不管是支持还是反对，数字媒介都已经无可挽回地改变了人们的生活和人们对现实的感知方式。以至于每当社会上有了突发性事件，很多人的第一反应往往不是挺身而出、及时干预，而是拿起手机，拍照留念。伴随着生活的各个角落都充斥着无数的屏幕和摄像头，每个现代人都不可避免地处在看与被看的关系当中，一方面成为名副其实的"表演者"，另一方面又化身为无孔不入的"偷窥者"。于是我们看到，现代人无时无刻不试图用摄像头记录下生活的方方面面，同时又努力经营着光鲜靓丽的外表以便接受别人窥探的目光。在这样一个时代，重要的已经不再是对美好生活的真切体验，而是对完美表象的不断消费；不再是对爱情与友谊的实际感受，而是对亲密表象的反复炫耀；不再是事件的真相究竟怎样，而是以什么样的形象呈现在世人面前。所谓"无图无真相"固然是网络上流传的戏谑之语，但它同时也最生动、最准确地概括了这个时代的基本特征。

当整个社会对现实生活的感受方式、观看角度都发生改变的时候，当图像与视觉在人们感知世界的过程中越来越发挥着主导性作用的时候，文学作品对现实的书写和呈现方式也必然受到深刻的冲击。特别是在当代中国有着悠久传统和深刻影响的现实主义文学，其体验生活、捕捉生活的细节、在典型环境下塑造典型人物、把握生活表象之下的历史潜流等创作方式，也会因为人们感知现实的方式的变化而发生相应的改变。曾几何时，现实主义文学的大师们并不仅仅依靠曲折的情节、生动的人物以及宏大的主题打动人心，其作品对伦理道德、人情冷暖的微妙体察，对日用杂物、鸟兽草木的细致描摹，对世事沧桑、悲欢离合的兴叹感慨，都无不令读者深受触动、获益良多。在托尔斯泰、陀思妥耶夫斯基、曹雪芹、鲁迅、柳青、周立波等作家的作品面前，读者能够明显感到自己对社会、人生、历史、道德等方面的认识与这些现实主义大师相去甚远，并总能够从他们的作品中学到很多东西。例如，在阅读《红楼梦》时，我们根本无须通读全书来领略其艺术魅力，只要随便翻开读上数页，就感受到作者对人物口语的熟稔、对生活细节的通达，以及对世事、人情的洞明，所谓现实主义文学的魅力正蕴藏在其中。这也使得那些伟大的现实主义作品都堪称自己所处时代的百科全书。

然而，在这个数字媒介的时代，当越来越多的现代人开始自觉或不自觉地放弃了对日常生活的直接观察，选择以屏幕和摄像头作为理解、观察现实生活的手段时，我们的作家其实并不能独善其身，而是越来越深地卷入到时代的潮流之中。在今天，我们很难想象还有作家能够像当年的柳青那样，为从事创作十余年如一日地扎根乡村体验生活。很多作家理解生活、观察社会的方式其实和大多数人一样，同样要借助于各式各样的屏幕和摄像头。应该承认，伴随着数字媒介的普遍应用，现代人获取资讯的途径越来越多，接收信息的方式也越来越便捷，顺手打开搜索引擎或微信朋友圈，无穷无尽的信息就会奔涌而来，让人目不暇接，这毋庸置疑是时代的进步。

只是当作家也像社会上的大多数人一样仅仅通过屏幕和摄像头观

察这个世界的时候,他们对现实生活的感知其实是被媒介所限制的,无法获得超越普通人的视野和境界。一个具有症候性的现象,就是近年来一些非常优秀的作家的作品开始表现出某种新闻化的倾向。例如,余华2013年出版的小说《第七天》以一个死者的灵魂游走勾连起诸如强拆、卖肾、袭警以及弃婴等社会上的热点新闻事件。在文学史上,从新闻中获取灵感并非不能产生伟大的文学作品,陀思妥耶夫斯基的《罪与罚》最初就来自作家在报纸上看到的一则刑事犯罪报道。但由于陀思妥耶夫斯基将重点放在对人的心灵世界的开掘上,使得其作品的思想含量和刻画人物的力度远远超越了单纯的新闻报道。然而在《第七天》这样的小说中,人物不过是充当了行走的"眼睛",用以带领读者观看一个个具有轰动效应的新闻事件,并"借机"引出作者的诸多评论。由于作家并没有深入发掘新闻背后的故事,没有超越那些新闻报道,读者在阅读小说之后会感到作家的描写和网友们的评论并没有什么不同,甚至远不如网上的"酷评"生动传神。更让人哭笑不得的是,由于依靠新闻报道寻找写作素材的现象极为普遍,还出现了两位知名作家因为看了中央电视台《今日说法》的同一期节目,分别根据这一素材写了小说,造成题材"撞车"的尴尬。

毋庸置疑,在数字媒介的时代进行写作,对作家提出了更高的要求。毕竟,在信息获取途径不够通畅、教育的普及程度也不高的时代,作家拥有获取信息、体验生活、发表作品等一系列特殊的权利,使得他们可以凭借媒介的"特权"站在更高的位置上,天然地充当普通读者的"导师"。但伴随着数字媒介的出现,屏幕与摄像头在彻底改变了人类感知世界的方式的同时,也在某种程度上"填平"了作家与读者之间的差距。如果作家在作品中不能提供观察世界的新视角,不能提出独特、富有见地的看法,无法让自己的读者获得新的知识和教益,那么我们很难想象读者为何要阅读这样的作品。20世纪80年代中期以来，文学读者群开始萎缩，社会影响力逐渐被电视、电影以及新媒体等各类媒介超越，最根本的原因就在这里。

当然，笔者指出这些问题，并不是希望中国当代作家放弃使用各式各样的数字媒介，重新回归到现代科技尚未取得突破的年代，继续走体验生活、干预生活这类创作老路。我们无法选择自己身处的时代，只能依据这个时代的特点，带着它的全部优势和缺陷寻找合适的写作方式。毕竟，在屏幕和摄像头已经全方位地覆盖我们的生活的时候，逆时代潮流而动其实毫无意义，任何人都无法摆脱数字媒介的左右，作家也不例外。只是当作家使用屏幕和摄像头观察生活、理解现实的时候，不应该仅仅将其看成是纯粹的技术工具、接收信息的透明管道，而是要以反思的态度对待媒介本身，思考媒介自身的特质对信息的筛选、修正、过滤机制，对人类社会伦理关系的冲击与改写，对人类行为方式的控制与影响……只有这样，当代作家才有可能比他的读者稍稍往前迈出一步，刺破生活的表象，理解现实生活的运行机制。苏格拉底曾有一句名言："未经反思的生活称不上真正的生活。"[1] 在数字媒介的时代，或许这种反思的姿态正是以文学方式来理解现实的有效途径。

（原载《文艺报》2018年6月22日，第5版）

---

1 Plato, *Plato Complete Works*, Edited, with Introduction and Notes, by John M. Cooper, Indianapolis: Hackett Publishing Company, 1997, p. 33.

历史的远景与英雄的塑造

生动鲜活的英雄人物，是优秀的文艺作品带给我们的美好回忆之一。英俊潇洒的赵云、耿直粗豪的李逵、机智勇敢的杨子荣，永远会在我们的文学记忆中占据一席之地。他们安身于一个永不可及、超越世俗、勇武豪侠的世界里，那里面有大善大恶、波澜起伏、峰回路转，象征着美好的理想与幸福的生活，永远反衬着我们所寄居的这个世界的平庸、凡俗与缺憾。不过，文学史从来都是一座广袤的坟场，但并不是所有文学作品中的英雄都能为我们铭记，太多因缺乏现实性而显得虚假的英雄将安息在永恒的遗忘之中。

而真实可感的英雄其实就是历史上的行动者，他能否在文学作品中出现，并不仅仅取决于作家想象与虚构的能力，在很大程度上还与作家所身处的时代，以及作家对时代的理解直接相关。以中国现代文学史上的鲁迅为例，在1925年以前，他在小说集《呐喊》《彷徨》中从来没有塑造英雄人物，其笔下只是那些辗转于苦难的生活，充满了精神痛苦的小人物。然而值得注意的是，从1926年开始，惯于以嘲讽的态度对待生活的鲁迅，也开始在《铸剑》《理水》等作品中塑造出黑衣人、眉间尺、大禹这样或挺身抗暴或忧国忧民的英雄。究其原因，在写作《呐喊》《彷徨》的时候，鲁迅只能意识到自己身处的社会并不合理，它必须被改变，但根本无从发现变革社会的可能。历史在此时尚未给鲁迅提供变化的远景，没有显露出前进的方向与美好的未来，因而他拒绝虚假的"黄金世界"的诱惑。作为一个有着清醒的现实主义精神的写作者，鲁迅在这样的历史条件下只能成为自己身处时代的诅咒者，其笔下的人物也就不会是历史中的行动者，更不会是英雄人物。

而在1925年之后，伴随着大革命以及北伐战争的兴起，中国社会变革的曙光已经越来越清晰地显露出来。当历史的远景终于出现的时候，行动者/英雄也就出现在鲁迅的作品中。可以对照的是，也恰恰是在1925年之后，先是革命文学兴起，继之以1930年开启的左翼文学，再到1942年出现工农兵文艺，直至十七年文学，在这一文学脉络中，英雄人物是层出不穷的。因为不管是那个时代的作家还是文学人物，其实都投身于改造中国社会的洪流之中，他们都带着对历史远景的憧憬，带着对一个美好社会的想象，去改变自己身处的时代，成为行动者和英雄人物。因此，作家能否在自己身处的时代发现历史的远景，捕捉历史前进的方向，超越某种凡俗状态，是其笔下能否出现英雄的关键。

值得注意的是，20世纪80年代中期以后，随着虚无主义、犬儒主义开始降临中国，英雄也就逐渐远离了我们的视野。整个社会的文化氛围渐渐变得不愿对未来进行畅想，历史前进的方向消失了。于是我们看到，在文学作品中，对未来的描写似乎只是印证了我们当下的社会是多么美好，所有对乌托邦的描绘最终都演变为异托邦。当然，现代人也会对社会有各种各样的不满，但他们大多只是发发牢骚，并不会当真以行动去改变不完美的生活本身。当代作家也更愿意关注身边小事、内心世界,自然没什么兴趣去塑造英雄人物。而不少尝试去书写英雄的作品,也因为本身就缺乏对历史远景的理解,使那些英雄丧失了现实基础,显得假大空而被读者遗忘。鲁迅曾在《"题未定"草》中说过:"譬如勇士,也战斗,也休息,也饮食,自然也性交,如果只取他末一点,画起像来,挂在妓院里,尊为性交大师,那当然也不能说是毫无根据的,然而,岂不冤哉!"[1]而今天很多人在文艺作品中解构英雄时,会在英雄身上添加儿女情长,使得红色经典演变为粉红色经典。而有些正面塑造英雄人物的作品,则把英雄身上的凡俗性全部消解,把英雄全都变成悲情英雄,乃至苦情英雄,使这些英雄多少显得有些假大空。这样的做法当然并不值得赞赏,但却情有可原。毕竟,英雄就必然要超越普通人,而如果作家的思想不能超越时代,发现历史的远景,那么当他要塑造英雄的时候,只能让英雄单纯地超越日常生活。

一个可以作为参照的当代作家,是刘慈欣。他是当代一位持续在书写英雄,并不断思考英雄的作家。在《全频带阻塞干扰》《混沌蝴蝶》《地球大炮》《流浪地球》以及近年来炙手可热的《三体》等作品中,英雄主义都是特别突出的主题。只是刘慈欣笔下的英雄都极为悲壮,这或许是因为作家觉得今天这个时代并不是英雄的时代,他曾经明确表示:"随着文明的进步,随着民主和人权理念在全世界被认可,英雄主义正在淡出。文学嘲弄英雄,是从另一个角度呼唤人性,从某种程度上看是历史的进步。可以想象,如果人类社会沿目前的轨道发展,

---

[1] 鲁迅:《"题未定"草 六》,《鲁迅全集》第6卷,北京:人民文学出版社,2005年,第436页。

英雄主义终将成为一种陌生的东西。"[1]值得注意的是，不断书写英雄的刘慈欣所秉持的文学理念，在某些人看来会比较陈旧，他受到20世纪50、60年代的社会主义现实主义文学的影响很深。他曾感慨："在过去的时代，在严酷的革命和战争中，很多人在面对痛苦和死亡时表现出的惊人的平静和从容，在我们今天这些见花落泪的新一代看来很是不可思议，似乎他们的精神是由核能驱动的。这种令人难以置信的精神力量可能来源于多个方面：对黑暗社会的痛恨，对某种主义的坚定信仰，以及强烈的责任心和使命感，等等。但其中有一个因素是最关键的：一个理想中的美好社会在激励着他们。"[2]在这里，"一个理想中的美好社会"就是历史的远景，作家只有真诚地相信这一点，才有可能在笔下塑造出英雄人物，那些改变现状的行动者。

对于今天的中国来说，不断提高的综合国力正深刻地改变着几个世纪以来由欧美国家主导的全球政治经济格局。在这样的变革时代，其实新的历史远景正在向我们敞开，无数英雄人物正等待着被文学作品书写。应该说，还是有很多中国作家将目光投向这个变化了的世界，中国人在海外、外国人在中国的种种经历早已不再是新鲜的题材。不过我们也必须要看到，很多作家在写作中并没有能力构想新的世界图景，不平等的国际政治经济格局仍然支配着他们的写作，中国只是在这一差序格局中地位提高了而已。如果是这样，那么这类写作其实并未提供差异性的未来想象，所谓未来不过是现实秩序的延伸而已，其

---

[1] 刘慈欣：《从大海见一滴水——对科幻小说中某些传统文学要素的反思》，《最糟的宇宙，最好的地球——刘慈欣科幻评论随笔集》，成都：四川科学技术出版社，2015年，第115页。

[2] 刘慈欣：《理想之路——科幻和理想社会》，《最糟的宇宙，最好的地球——刘慈欣科幻评论随笔集》，成都：四川科学技术出版社，2015年，第25页。

笔下的英雄也就多少显得有些虚假。由于英雄总是特立独行、超越凡俗、负载着美好的想象，因此，如果我们的作家无法在现实生活中发现历史的远景，提出从中国视野出发的新的世界图景，那么英雄也就无法真正出世。

（原载《文艺报》2017年9月15日，第3版）

第二辑

吞噬一切的怪兽或劳动者

——关于现实主义的思考之一

一

毫无疑问,现实主义是 20 世纪最具歧义、争讼不断的文学概念之一。在它的旗帜之下,诞生了无数的经典作品,深刻地塑造了人们对于文学的理解,并成为人们情感结构中的重要组成部分;在某些特殊的社会语境下,它对其他文学形式的挤压,造成现实主义往往成了某种僵化、过时事物的象征。此外,现实主义小说以反映论的方式对社会生活进行模仿,也使它勾连着那些逝去的年代,于人群中制造了分裂,在让很多人追怀感念的同时,也让另外一些人想起不堪回首的往事。更为重要的是,它没有像充满战乱和动荡的 20 世纪所产生的大多数文学流派那样,如流星般闪亮之后,就很快沉入黑暗之中,而是始终伴随着文学的演进过程,并不时成为某个时段文学讨论的核心话题,其影响至今不绝。

现实主义文学之所以具有这些特点,当然与 19 世纪那些伟大的小说家,如狄更斯、司汤达、巴尔扎克、托尔斯泰、陀思妥耶夫斯基、契诃夫(我们可以不断续写这个辉煌的谱系,将一系列伟大的小说家放入现实主义的万神殿)等人取得的文学成就有关。那些才华横溢的作品在让今天的读者不断叹服的同时,也为后辈作家留下了一个巨大的阴影,使得任何有关文学问题的讨论,都很难避开现实主义。在某种意义上,我们甚至可以把20世纪的先锋作家在小说形式上所做的那些令人眼花缭乱的实验,理解为逃逸出现实主义"阴影"的绝望挣扎。德国语文学家奥尔巴赫在《摹仿论》中,曾描述了一个绵延数千年的模仿现实主义的文学发展脉络,如果这样的论断是成立的,那么先锋作家的种种努力,其实永远无法撼动那个强韧、顽固的文学传统。带着后见之明回望那段历史的时候,我们会发现,伍尔夫、乔伊斯、普鲁斯特似乎只是在文学史上留下了如雷贯耳的名字,他们的著作被人们津津乐道,却很少有人真正去读完;80年代,中国小说家在"补课"的压力下也进行了一番形式创新的狂欢,但几十年之后,现实主义风格在经历了嘲笑、讽刺,乃至颠覆后,似乎再一次在小说创作中占据了主流地位。

不过,现实主义所携带的争议性与复杂性,也不能完全局限在文学内部予以解释。英国历史学家霍布斯鲍姆在《极端的年代1914—1911》一书中,以"一战"爆发和冷战终结为重要的时间节点,标示出20世纪的开端和结尾,并由此将这个多灾多难的时代定义为"短促二十世纪"[1]。而资本主义和社会主义这两种对人类发展道路的构想之间的竞争与搏战,构成了那个"极端的年代"最核心的内容。现实主义这种文学风格,就深刻地卷入了这场人类历史上最惨烈的争斗中。一方面,现实主义成了社会主义阵营内部得到大力倡导的文学风格,在某些国家甚至成了唯一被允许的写作模式。这就使得文学风格与时代、政治,乃至具体的政策纠缠在一起,并成为几代人唯一可见的文学事

---

[1] 参见[英]霍布斯鲍姆《极端的年代1914—1911》,郑明萱译,南京:江苏人民出版社,1998年,前言第2页。

实。我们会看到，诸如《铁流》《青年近卫军》《钢铁是怎样炼成的》《拖拉机站站长和总农艺师》《三里湾》《创业史》以及《金光大道》这类来自社会主义阵营的现实主义小说，牢牢地镶嵌在特定的社会生活、政治理想之中，并成了人们情感结构中的内在组成部分。钱理群先生就曾透露过，他的情感世界和认知模式可以由三本书来代表，而这三本书的位置甚至与他的知识结构直接相关，它们分别是最上面的《钢铁是怎样炼成的》，中间的《牛虻》，最下面的《约翰·克利斯朵夫》[1]。这样一种文学与政治制度、人的精神世界之间的深刻连接，可谓空前绝后，它在文学史上没有先例，今后也很难想象会重现这样的文学。因此，对现实主义小说进行评论和研究时，从特定年代走过来的人们其实是在反顾那些铭刻在自身生命历程中的记忆、谈论自己对作品所描绘的那个时代的看法。当有人表示自己更喜爱《钢铁是怎样炼成的》中的冬妮娅，对保尔竟然粗鲁地对待自己拒绝劳动的初恋情人感到不满时，与其说是在评论小说人物，不如说是在追忆青春期的特殊往事，并表达对那个不堪回首的时代的憎恶[2]。同样的，当有些研究者认为茅盾的《子夜》是"一部高级形式的社会文件，因而是一次不足为训的文学尝试"[3]时，他其实并不是在客观、公正地判断小说的艺术水准，而更多的是在表达自己对作品背后隐含的政治倾向的态度。

另一方面，现实主义之后出现的种种新潮流派，如自然主义、表现主义、未来主义、象征主义、荒诞派等，往往被社会主义阵营判定为"资产阶级腐朽没落的表征"，成为被批判的对象。于是，本着"凡

---

1 参见洪子诚、戴锦华、贺桂梅、毛尖《当代中国人的情感结构与文学经典——以阅读为中心的对话》，《文艺研究》2019年第12期。
2 参见刘小枫《记恋冬妮娅》，《读书》1996年第4期。
3 蓝棣之：《现代文学经典：症候式分析》，北京：清华大学出版社，1998年，第164页。

是敌人反对的，我们就要拥护；凡是敌人拥护的，我们就要反对"[1]的原则，这些新潮前卫的形式实验在冷战的另一边往往获得极高的礼遇，化身为所谓"思想自由""艺术独立"的象征。较为特殊的，是《赤地之恋》《日瓦戈医生》这类有着现实主义风格的作品，特别是后者，根据有些学者的考证，其流传、翻译、出版、传播以及获诺贝尔文学奖等各个环节，都贯穿着美国CIA和苏联克格勃的暗中角逐[2]。这就使得这部长篇小说和奥威尔的《一九八四》这类反乌托邦写作一样，不管它们自身如何有着异常丰富的思想面向，但在两军对垒的历史语境下，都迅速被简化成了冷战中的文化武器，一方对其毫不吝啬地褒扬有加，另一方马上就会展开全面的批判运动。

二

这一系列文学现象告诉我们，评价现实主义作品的优劣，和作品描摹现实的准确程度无关，甚至跟艺术也没有太大的瓜葛，有时与站在什么样的立场上描绘现实、所呈现的文学样貌能否在政治上发挥作用关系更大些。正像我们经常会看到的，如果现实主义小说对主题的处理不够宏大，那么批评家就会认为这部作品没有抓住所谓时代的主潮；如果作家笔下的主人公存在不少缺陷，那么必然会招致诸如人物塑造不够"典型"的指责。要是小说家敢于提出抗议，认为自己的写作其实有着极为深厚的现实基础，那么评论家只需要祭起对生活提炼不够的大旗，就足以让作家百口莫辩；甚至对某些生活细节描写得过于逼真，也会被认为作品存在着"自然主义倾向"，而被予以较低的评

---

1 毛泽东：《和中央社、扫荡报、新民报三记者的谈话》，《毛泽东选集》第2卷，北京：人民出版社，1991年，第590页。
2 参见[美]彼得·芬恩、[荷]彼特拉·库维《当图书成为武器——"日瓦戈事件"始末》，贾令仪、贾文渊译，北京：北京大学出版社，2015年。

价。这似乎印证了伊格尔顿的说法,"什么能够充当真实世界的度量衡",其实并不是一个文学问题,而是"一个政治问题"[1]。

由此引申出的问题是,为什么是现实主义,而不是别的文学风格,在20世纪充当了这样特殊的角色,引发了如此持久的争论?如果从艺术史的角度来看,这样的问题其实也很好理解。因为在艺术史的发展历程中,现实主义的美学追求简直称得上逆潮流而动,是某种"怪胎"般的存在。艺术在漫长的人类精神生活史里始终扮演了重要的角色,并伴随着时间的流逝,其自身的形态也在不断地发生改变。而这种艺术形态演进的主要方向之一,就是艺术形式的自觉。换句话说,尽管远古时代的艺术在形式上已经达到了令人叹为观止的境界,但形式本身从来不是艺术家的终极追求,作品最终还是要与政治、宗教、史传、技术、劳作等一系列外在事物勾连在一起,发挥实际功用。类似于《诗经》这样的作品,虽然形式高度成熟,其艺术魅力也足以打动人心,但在先秦时代,无论是作者还是读者,都不会将其当作"纯文学"来欣赏,通常情况下要在祭祀、节庆、婚嫁、丧葬、日常交往乃至政治、外交等社会活动中发挥诗歌的实用性功能。然而到了今天,绝大部分诗人(除了那些秉持着现实主义文学理念的诗人和试图用诗歌换取实际利益的投机分子)恐怕都不会太关心诗歌是否能发挥实际功用,而是更关心诗歌在语言形式上的探索,把正确的语汇放置在正确的位置上,成了诗人们普遍追求的目标。这一变化的背后,正是诗人对于诗歌艺术形式的充分自觉。

其他艺术门类的演进过程,也与此极为相似。以美术为例,其主要使用的形式要素,例如线条、笔触、色彩、明暗以及光影等,在早

---

[1] [英]特里·伊格尔顿:《文学事件》,阴志科译,郑州:河南大学出版社,2015年,第10页。

期往往与宗教、历史、戏曲、文学、建筑、装潢等外在于美术的事物混杂在一起，成为其他艺术形式的附庸，发挥着解说宗教故事、图解文学或历史人物以及立面装饰等实用性功能。而伴随着美术的不断发展，一代又一代的画家逐渐产生了对绘画形式要素的自觉，使得形式要素本身在绘画表意中发挥的作用越来越大。以至于到了20世纪，当各类先锋画派纷纷涌现之时，特别是在抽象主义（诸如马列维奇的"冷抽象"或康定斯基的"热抽象"）那里，画面中就只剩下了一系列色块和线条，通过将人物、风景等传统绘画题材彻底"驱逐"出画框的方式，把形式自身的特征凸显到无以复加的地位。最极端的例子，当属罗伯特·雷曼被称为"白上之白"的画作《无题》，从正面看上去，这个1.238米乘1.238米的大尺寸画幅上除了白色之外什么都没有，人们只有从侧面去仔细分辨，才能观察到上面的纹理、笔触以及不同白色之间的细微差别。在这样的画作中，有的只是形式本身，除此之外则空无一物。

三

由此可以看出，艺术发展的"客观"规律，是不断纯化、剥离种种外在于艺术的事物，最终将形式自身凸显出来。不过，就像所有的"客观"规律在其诞生的那一刻就呼唤着挑战与改写一样，19世纪涌现出的一大批现实主义小说家用他们的伟大作品宣告了对艺术发展史"铁律"的僭越和颠覆。这也使得这一艺术风格成为文学史上异常独特的存在。之所以这么说，是因为对于诸如叙事技巧、结构以及语言等涉及小说形式的元素，不能说现实主义作家完全不关心，但至少从来不是他们首先要考虑的话题。英国小说家毛姆在谈到这一点时，就曾惊讶地感慨：

一般认为，巴尔扎克的文笔并不高雅。他为人粗俗（其实粗俗也是他的天才的一部分，是不是？），文笔也很粗俗，往往写得冗长啰唆、矫揉造作而且经常用词不当。著名批评家埃米利·吉盖曾在一本专著中用整整一章的篇幅，专门讨论巴尔扎克在趣味、文笔和语法等方面的缺陷。确实，他的有些缺陷是相当明显的，即使没有高深的法语知识的人，也能一眼看出来。这实在令人惊讶。据说，查尔斯·狄更斯的英语文笔也不太好，而有个很有语言修养的俄国人曾告诉我，托尔斯泰和陀思妥耶夫斯基的俄语文笔也不怎么样，往往写得很随意，很粗糙。世界上迄今最伟大的四位小说家，竟然在使用各自的语言时文笔都很糟糕，真是叫人瞠目结舌。[1]

其实，这些现实主义小说家不仅是对语言漫不经心，对于作品的结构、情节也缺乏全盘的考虑，让读者感到他们似乎并没有真正掌控叙事的进程，而是让生活自身"拖"着文字前行。对俄罗斯文学有着深刻理解的纳博科夫，甚至觉得托尔斯泰的小说近乎是某种自动化写作的产物，认为"托尔斯泰的小说是自己写出来的，浑然天成，是从素材中、从小说的内容中诞生的，而不是由某个特定的人拿起一支笔自左而右地书写，然后又回过头去擦掉某个词，考虑片刻，再拨开胡须挠挠下巴"[2]。

对于这样的写作风格，最直接、似乎也是最难以反驳的解释，是那批作家都是不世出的天才，他们"浑然天成"、不假思索的创作，其

---

[1] ［英］W. S. 毛姆：《巴尔扎克与〈高老头〉》，《毛姆读书随想录》，刘文荣译，上海：文汇出版社，2017年，第288页。
[2] ［美］弗拉基米尔·纳博科夫：《俄罗斯文学讲稿》，丁骏、王建开译，上海：上海三联书店，2015年，第146页。

实来自文学天赋的自然流露。格非就认同这样的看法，觉得"托尔斯泰的作品仿佛一头大象，显得安静而笨拙，沉稳而有力。托尔斯泰从不屑于玩弄叙事上的小花招，也不热衷所谓的'形式感'，更不会去追求什么别出心裁的叙述风格。他的形式自然而优美，叙事雍容大度，气派不凡，即便他很少人为地设置什么叙事圈套，情节的悬念，但他的作品自始至终都充满了紧张感；他的语言不事雕琢、简洁朴实但却优雅而不失分寸。所有上述这些特征，都是伟大才华的标志，说它是浑然天成，也不为过"[1]。格非的这一说法当然准确地把握了托尔斯泰的叙事特征，即漠视所谓"形式感"和种种叙事上的奇技淫巧，但也很难完美解释那位伟大作家的全部创作。因为当托尔斯泰在《安娜·卡列尼娜》里，不停地中断对安娜与沃伦斯基爱情的细腻描写，转而以大量的篇幅，让列文对如何改良俄国农村土壤发表意见时，我们很难相信这些令外国读者感到冗长、厌倦的部分，都是依靠灵感自动生成的而不掺杂着托尔斯泰对19世纪中后期俄罗斯社会问题的独特思考。

从这个角度来看，现实主义作家对语言、小说形式的漫不经心，其实并不仅仅是由于他们的"伟大才华"，而是他们"所谋者大、所见者远"，不甘心单纯地耕耘文学的园地，而总是要让小说去发挥实用性功能。这样一种逆艺术发展潮流而动的文学尝试，使得现实主义成了一个几乎可以吞噬一切的怪兽。因此，一个现实主义作家会觉得对自己的最高褒扬，应该是类似于恩格斯对巴尔扎克的评价：

> 他（巴尔扎克——引者注）汇集了法国社会的全部历史，我从这里，甚至在经济细节方面（诸如革命以后动产和不动产的重新分配）所学到的东西，也要比从当时所有职业的史学家、经济

---

[1] 格非：《列夫·托尔斯泰与〈安娜·卡列尼娜〉》，《作家》2001年第1期。

学家和统计学家那里学到的全部东西还要多。[1]

也就是说,真正的现实主义作家其实是一些"生活在别处"的人。命运让他们非常"不幸"地成了小说家,只能不断地从事文学写作,但他们的梦想与生命的寄托,始终都在文学之外的地方,只有成为其他领域的专家,对外部的社会生活发表意见,才让他们感到心满意足、获得了人生的意义。

四

因此,现实主义小说家总是要将笔触伸向广阔天地,追求呈现所谓全景式的生活样貌。我们会看到,在秉持这一文学理念的批评家那里,长度不再是一个客观中性的度量单位,而是成了文学成就高低的标尺。《战争与和平》《约翰·克利斯朵夫》《静静的顿河》《大波》《上海的早晨》《李自成》这样的小说,都将情节放置在波澜起伏的时代背景下,让故事在漫长的时间架构中从容展开,并将生活的方方面面包容在小说叙事之中。如此体量的作品,单单是读完就已经会让习惯于看电视剧的当代读者暗地对自己竖起大拇指,更遑论能够将其写完的作家。我们可以想象现实主义小说家为此付出的巨大心血。于是,一般来说,只要现实主义风格的长篇小说达到类似的长度,至少会被批评家们赐予一枚镌刻着"史诗"二字的荣誉勋章,作为对其艺术成就的表彰。风气所及,连鲁迅这样伟大的短篇小说家,也一直在酝酿着长篇小说的写作计划。更有大量研究者为鲁迅于生命的最后阶段,花费那么多精力在杂文写作、文学翻译上,却最终没能拿出一部长篇小

---

[1] [德]恩格斯:《致玛·哈克奈斯》,《马克思恩格斯选集》第 4 卷,北京:人民出版社,1997 年,第 684 页。

说而扼腕叹息，似乎这成了他那辉煌的艺术成就中一个不容忽视的瑕疵。以至于到了今天，年轻作家如果没有尝试过长篇小说的写作，总是会有批评家为此感到焦虑，觉得这是创作不够成熟的症候，期待着小说家能够在作品的长度上有所突破。

需要补充的是，现实主义小说家对社会生活的全景式呈现，往往还有一个前提条件，即从一定的政治立场出发设置小说叙事的视点，提出对生活的种种看法。例如，茅盾的《子夜》描绘了20世纪二三十年代中国社会的方方面面；从都市的繁华到乡村的凋敝，上至军阀、高官，下至工人、农民。读者仅从小说尝试以上海和农村两条线索交叉互动的方式描写中国社会的形式结构，就能够感受到小说家要去赢得"史诗"勋章的努力。这就是茅盾自己所说的，"打算通过农村（那里的革命力量正在蓬勃发展）与都市（那里敌人力量比较集中因而也是比较强大的）两者革命发展的对比，反映出这个时期中国革命的整个面貌，加强作品的革命乐观主义"[1]。只是这一努力的效果并不好，最后小说家不无遗憾地表示，"写下的东西越看越不好，照原来的计划范围太大，感觉到自己的能力不够"[2]，只好删去农村的线索。有趣的是，尽管《子夜》在呈现"全景"的过程中，有很多非常有趣的描写，生活自身的丰富性也使得这部作品的内涵值得反复玩味，但茅盾在阐释这部作品时，却愿意将作品的意义与非常直接的政治目的联系起来，即《子夜》"当然提出了许多问题，但我所要回答的，只是一个问题，即是回答了托派：中国并没有走向资本主义发展的道路，中国在帝国主义的压迫下，是更加殖民地化了"[3]。更为极端的，是赵树理以"问题

---

1 茅盾：《再来补充几句》，孙中田、查国华编：《茅盾研究资料》，北京：知识产权出版社，2010年，第476页。
2 茅盾：《〈子夜〉是怎样写成的》，《新疆日报》1939年6月1日，第3版。
3 茅盾：《〈子夜〉是怎样写成的》，《新疆日报》1939年6月1日，第3版。

小说"命名的文学观,他甚至认为:"我写的小说,都是我下乡工作时在工作中所碰到的问题,感到那个问题不解决会妨碍我们工作的进展,应该把它提出来。"[1]在这里,现实主义要发挥的实用性功能,就是帮助政治解决实际工作中存在的问题。这样的小说自然会享受与中国共产党的农村政策文件一同下发的"待遇",成为指导党员干部开展农村工作的业务指南。这也是现实主义文学招致很多争议的根源之一。毕竟,在政治上取得成功,需要因地制宜、随机应变,而人们对文学的期待,却是追求永恒。在转瞬即逝的时局变迁中能否诞生出不朽的文学,是一个值得思考的问题。

这种全方位囊括生活的努力,使得现实主义文学不仅要呈现波澜壮阔的时代背景、改变无数人命运的政治变迁,还要把最微小的生活细节吸纳到作品中来。在很多时候,甚至决定一部现实主义作品成败的关键,就在于细节的刻画是否到位。一部标榜现实主义风格的小说,如果在典章制度、日用器物、风物景致、礼俗习惯以及衣帽服饰等细节存在疏漏,就很难避免读者"出戏",进而质疑故事情节的真实性。今天重新看《创业史》这样的作品,正是其中那些精妙的细节描写,让人不由得叹服柳青深厚的创作功力,其文学史地位在很大程度上是由这些细节夯实的。例如,为了生动地刻画出富农的形象,作家毫不吝啬篇幅地描写了郭世富卖粮食的详细过程,重点是人物如何将粮食装袋运往集市。原来,郭世富装粮食时,第一个口袋要先装入一斗好麦,再装满次麦;其他的口袋则要先装次麦,最上面才放上一斗好麦。到了集市,郭世富将第一个口袋中的粮食倒入笸箩,好麦就直接到了最上面,看着他倒粮食的粮客根本想不到下面会是陈粮。[2]这段描写,

---

[1] 赵树理:《当前创作中的几个问题》,《火花》1959年6月号。
[2] 参见柳青《创业史》,北京:中国青年出版社,2009年,第346—358页。

一下子勾勒出了郭世富这个貌似憨厚,实则精明、狡黠的陕西农民的性格特点,堪称神来之笔,如果柳青没有长期在农村生活的经验,根本不可能写出来。正是由于拥有无数类似的精彩细节,使得不管我们如何评价农业合作化运动,《创业史》都堪称现实主义文学的典范之作。

当然,现实主义文学不仅要全方位地描绘外在的社会生活,更要将笔触伸向人物精神世界的幽微精深之处。在陀思妥耶夫斯基那里,故事情节通常都不复杂,有时甚至来自报纸上的新闻报道,人物形象也多少显得有些苍白。提起《罪与罚》中的拉斯柯尔尼科夫,人们脑海中除了浮现出他那瘦弱、有些神经质的形象,并不会留下更多的东西,但杀戮在他内心世界掀起的海啸,却足以让每个读者感到震撼。拉斯柯尔尼科夫与波尔菲里、拉祖米欣、扎梅托夫关于超人哲学的争论,伊万·卡拉马佐夫与阿辽沙·卡拉马佐夫有关自由与奴役的对话,都完美地把握了俄国19世纪中后期社会思潮的现状及发展态势。因此,有研究者就赞叹,陀思妥耶夫斯基"听到了居于统治地位的、得到公认而又强大的时代声音,亦即一些居于统治地位的主导的思想(官方的和非官方的);听到了尚还微弱的声音,尚未完全显露的思想;也听到了潜藏的、除他之外谁也未听见的思想;还听到了刚刚萌芽的思想,看到未来世界观的胚胎。'全部现实生活,'陀思妥耶夫斯基本人说,'不是眼下紧迫的需要所概括得了的,因为它有相当巨大的一部分,表现为尚是潜在的、没有说出的未来的思想。'"[1]

陀思妥耶夫斯基在这里揭示出,现实生活其实包含着那些未曾到来但又已然存在的未来。而这种对未来的想象和把握,其实是现实主义文学,特别是20世纪出现的社会主义现实主义文学的一贯追求。毕

---

1 [苏]巴赫金:《陀思妥耶夫斯基诗学问题》,《巴赫金全集》第5卷,白春仁、顾亚铃译,石家庄:河北教育出版社,1998年,第117—118页。

竟，如果没有对未来远景的想象，没有对生活应该怎样的理解，那么无论是对丑恶的现实进行批判，还是指出现实生活前进的方向，都是不可能的。苏联文艺理论家谢尔宾纳在指出"早在俄国社会主义运动的黎明时期，列宁就曾热烈地号召：'要幻想！'"后，认为"列宁的反映论全面地揭示出作为人类认识的一种有效方法的创作幻想与想像的来源和本性。没有想像，没有幻想，科学和艺术的发展是不可能的"。因此，"在现实主义艺术中，想像的勇敢奔放也有巨大的意义"。[1]以最激进的形式，凸显现实主义小说对未来的构想的作品，当属赵树理的长篇小说《三里湾》。其中出现了画家老梁绘制的三幅画，分别是《现在的三里湾》《明年的三里湾》和《社会主义时期的三里湾》。在小说的叙事逻辑中，后面两幅画对于未来的描绘，成功地激发了三里湾农民建设美好家园的热情。有趣的是，画家本人最初并没有图绘未来的想法，只创作了一幅准确反映三里湾现状的画作。可是玉生却向他提出了一个问题："老梁同志！现在还没有的东西能不能画？"这个问题让老梁感到有些困惑，马上反问："你说的是三里湾没有呀，还是指世界上没有？"在明白玉生是想让他画修好了水渠的三里湾后，老梁同志欣然同意，并表示这幅画应该叫作"提高了的三里湾"[2]。可以说，所有的现实主义小说都是以所谓"提高了的"现实为标尺，一方面对不可救药的"现实"进行批判、否弃，另一方面则"拽"着那些可堪造就的"现实"，沿着走向未来的大道一路狂奔。

需要指出的是，老梁同志的反问其实涉及较为重要的理论问题。文学中的想象可以分为两种：一种是完全脱离了现实依据的空想，也

---

[1] [苏]谢尔宾纳：《文学与现实》，硕甫译，《文艺理论译丛》第1辑合订本，上海：新文艺出版社，1956年，第255—256页。
[2] 赵树理：《三里湾》，《赵树理全集》第2卷，太原：北岳文艺出版社，1986年，第167—168页。

就是画家所说的"世界上没有";一种是有着坚实现实基础的对未来的展望,即老梁所说的"三里湾没有"。然而具体到某一种特定的想象,它究竟算是空想,还是有着充分的现实可能性,却聚讼纷纭,在很大程度上取决于判断者的出身、知识结构以及政治立场。舍勒、马克斯·韦伯和卡尔·曼海姆等人阐述的知识社会学,就志在呈现知识生产背后隐藏的倾向性和社会学背景。例如,卡尔·曼海姆在《意识形态与乌托邦》一书中指出,统治者总是将被统治者对未来的构想指认为"乌托邦",以此强调其不可能在现实生活中实现;而被统治者则倾向于将统治者描绘的远景命名为"意识形态",以此强调其虚假性和可颠覆性。[1]理论的命名与强调的重点,其实深刻地取决于思考者的社会位置和政治立场。于是,现实主义小说所蕴含的对未来的畅想,究竟是"现在没有",还是"世界上没有",每个人都可以给出不同的答案,成了一个永远无法讨论清楚的话题,并在历史上引发了太多的争论。在赵树理这样有着坚定信仰的作家那里,《明年的三里湾》和《社会主义时期的三里湾》所描绘的图景,显然是通过不懈的努力可以最终实现的,但时过境迁之后,人们或许会更关注实现梦想的道路上中国农民所付出的巨大牺牲。前些年批评界有关土改题材文学的争论,就与此相关。

五

由此我们会发现,现实主义总是像一个吞噬一切的怪兽,试图把错综复杂的事物全盘吸纳到自己营造的文学世界中来,从波澜壮阔的时代变迁到幽微精深的内心世界,从影响千万人命运的政治决断到日

---

[1] 参见[德]卡尔·曼海姆《意识形态与乌托邦》,艾彦译,北京:华夏出版社,2001年。

常生活中的琐碎细节，从当下的现实生活到前方的未来远景……这种全方位把握社会生活的努力，使得现实主义小说早已突破了由情节、结构、语言以及意象等构成的文学疆界，直接与社会现实勾连在一起，甚至在某种程度上，改变了我们身处其间的世界。从19世纪到20世纪，整个世界发生了天翻地覆的变化，而在无数读者的内心深处留下深刻印痕的现实主义文学，可以说也深度参与了这一进程。国民党将领张治中年轻时因为读了共产党作家蒋光慈的长篇小说《少年飘泊者》，才决定离家出走并最终参加国民革命，就是流传已久的文坛佳话。

因此，无限憧憬革命前的岁月静好的新批评派，始终严守着文学的城堡，敌视任何跨入现实生活的尝试，现实主义文学也就成了他们最主要的敌人。翻开有着"新批评派宝典"之称的《文学理论》，韦勒克和沃伦就不断强调文学与历史无关、文学与传记无关、文学与心理学无关、文学与社会无关、文学与思想无关、文学与政治无关，文学甚至和其他艺术形式也没有任何关联，也就是说，文学就仅仅是它本身。因此，《文学理论》在讨论文学问题时，最终将焦点放置在谐音、节奏、格律、意象、隐喻、象征以及神话等纯粹的文学形式之上。[1]在新批评派最为推崇的小说家纳博科夫那里，这一文学观念得到了最为集中的体现。长期在大学课堂上讲授文学的纳博科夫，在长篇小说《洛丽塔》中甚至压抑不住从事文学批评的冲动，不停地中断叙述，转过身去与现实主义文学进行论战，告诫读者自己的小说不能从道德、宗教、政治等意识形态角度进行理解，小说最终要表达的是对单纯的美的追求。而如果有些作家居然放弃了对纯美的探寻，书写文学形式

---

[1] 参见［美］勒内·韦勒克、奥斯汀·沃伦《文学理论》，刘象愚、邢培明、陈圣生、李哲明译，杭州：浙江人民出版社，2017年。

之外的东西,那么他们写下的如果"不是应时的拙劣作品,就是有些人称之为思想文学的东西,而这种东西往往也是应时的拙劣作品,仿佛一大块一大块的石膏板,一代一代小心翼翼地往下传,传到后来有人拿了一把锤子,狠狠地敲下去,敲着了巴尔扎克、高尔基、曼(托马斯·曼——引者注)"[1]。

正是由于这种对纯美的执念、对现实的拒斥,使得英国小说家马丁·艾米斯(Martin Amis)更愿意将《洛丽塔》的风格比作一位健美运动员:他身材匀称、肌肉丰硕,有着宽阔的背肌、厚实的胸肌、粗壮的二头肌、八块腹肌以及清晰的人鱼线……这位健美运动员在身上涂满油脂,做着各种动作,不停地展示自己肌肉的力量。他的身材是如此完美,每块肌肉、每个线条都似乎是美的化身。不过,他从不走出健身房,也不会去从事任何实际工作,唯一做的就是"展示"身体的美。[2] 如果我们沿用艾米斯的这个比喻,那么现实主义文学则是一个常年下地干活的劳动者。从美的标准来看,他不会当众裸露自己的身体,显得有些落伍保守;跟健美运动员相比,他显然也不够强壮;甚至因为长年累月地干农活,他的骨骼已经变形,肌肉也有些不平衡,比例远远谈不上标准。然而,恰恰是这个劳动者,以及无数和他一样的人,在日复一日的劳动中创造了更加美好的生活,维系了那个可以让健美运动员展示"美"的舞台。不过,这也是现实主义总是会激起人们复杂感受的根源。因为如健美运动员般的《洛丽塔》永远处于文学的内部,读者与其之间的距离,保证了我们在阅读时除了产生欣赏美的愉悦,不会有其他更为激烈的情感。而现实主义却如同那个比例

---

1 [美] 弗拉基米尔·纳博科夫:《关于一本题名〈洛丽塔〉的书》,金绍禹译,《洛丽塔》,主万译,上海:上海译文出版社,2006年,第500页。
2 Martin Amis, "Lolita Reconsidered," *The Atlantic*, vol. 270, no. 3 (1992), pp. 109-120.

失衡的劳动者,他不仅有些丑陋、粗鲁,而且总是要突破文学的疆界,走入我们的世界,告诉我们,生活应该被改变,生活也可以被改变。

(原载《小说评论》2020年第1期)

卡特琳娜·莱斯科的位置

——关于现实主义的思考之二

一、绘画比赛的规则

谈到现实主义理论，柏拉图笔下苏格拉底讲述的那个著名故事，即公元前 5 世纪的两位希腊画家，赫拉克里亚（Heraclea）的宙克西斯（Zeuxis）与以弗所（Ephesus）的帕拉修斯（Parrhasius）举行的一场绘画比赛，总是被理论家们反复提及。在比赛中，宙克西斯迫不及待地抢先揭开了盖在自己作品上的幕布，于是，一幅男孩头上顶着串葡萄的画像呈现在世人面前。这幅画是如此逼真，以至于一只恰好飞过的麻雀竟然信以为真，停下来啄食那串葡萄。在观众的喝彩声中，宙克西斯非常得意，觉得自己胜券在握，而帕拉修斯却只是微微一笑，迟迟不肯向观众展示自己的作品。等了很久，急于获胜的宙克西斯实在耐不住性子，伸手去揭帕拉修斯画上的幕布，可他的手刚刚碰到布上，却尴尬地发现那块幕布竟然是帕拉修斯画出来的，最终心悦诚服地认输。

怎么来理解这个故事的内涵呢？通常的解释是，宙克西斯的绘画水平只能"骗"过麻雀，而帕拉修斯的作品却可以让一位优秀的画家信以为真，因此，后者的画作更加逼真（或者说与现实更为接近）。不过，美国古典学家伯纳德特（Seth Benardete）却为我们提供了另一种理解这个故事的思路。在《道德与哲学的修辞术——柏拉图的〈高尔吉亚〉和〈斐德若〉》一书中，伯纳德特在分析柏拉图为何让苏格拉底提及宙克西斯时指出，"宙克西斯"（Zeuxis）的名字在词源上与希腊语的"画家"（zōgraphos）具有同构性。而"画家"这个词又可以拆分为"画 zōa 的人"，在这里，"zōa"的希腊语语意含混，"既可以指生物，也可以指生物的形象以及别的什么事物的形象"[1]，宙克西斯/画家的意思也就大致可以理解为"画形象的人"。由此再来重新审视这个有关绘画比赛的故事，那么宙克西斯与帕拉修斯的高下分野，或许并不是谁的画作更加逼真，而是前者描绘的只是形象，后者画出的则是灵魂（如果用中国美学的术语，则是神韵）。

笔者在这里分析两种理解这则绘画比赛故事的路径，并无意去评判它们之间的优劣正误，而是想指出这两种理解方式的背后，其实是两种现实主义理论评判艺术作品价值的标准。如果按照第一种方式（帕拉修斯画得比宙克西斯更加逼真）来理解那场绘画比赛，那么比赛的规则就是判断艺术作品与它所模仿的现实生活之间的距离，要是一件艺术作品无限趋近于，甚至在某种程度上替代了现实生活，如同帕拉修斯所画的幕布，它就是最完美的艺术。而如果按照第二种方式（宙克西斯表现的是形象，而帕拉修斯刻画的则是神韵）来理解那场绘画比赛，那么比赛规则的背后其实隐藏着柏拉图的灵肉二分观念。在柏拉图那里，人及其所生活的世界被划分为两个部分，一个部分是身体、表象，另一个部分则是灵魂、内在精神，而后者的价值显然要远远高于前者，因为前者不过是对后者的模仿。于是，柏拉图认为，人

---

[1] ［美］伯纳德特：《道德与哲学的修辞术——柏拉图的〈高尔吉亚〉和〈斐德若〉》，赵柔柔、李松睿译，上海：华东师范大学出版社，2016年，第23页。

类所发展出的全部技艺（当然包括各类艺术），只有在以表现灵魂、内在精神为旨归时，才能称得上"善"（这也是柏拉图哲学中的最高标准）[1]。在这个意义上，判断艺术作品价值的标准，就是看艺术家能否通过对事物表象的描绘，把握其灵魂与神韵。

艺术究竟是应该无限地趋近于现实生活，还是必须透过生活的表象去捕捉其内在精神？那两套比赛规则和它们背后的这两个问题，其实都直接指向了现实主义理论最核心的命题——艺术作品与现实生活之间的关系。两千多年前发生在宙克西斯与帕拉修斯之间的那场"对决"，与其说给我们留下了确定的答案，不如说向我们提示了这个问题的复杂与繁难。在某种意义上，从古至今，围绕着现实主义理论展开的不计其数的争论、辩难，其实都与对这个核心问题的不同回答相关。面对一代又一代理论家们的宏论妙旨，笔者在本文中既没有能力，也没有意愿全面梳理和总结他们的观点，而是希望做一个小小的实验，通过重新解读一场特殊的绘画比赛，勾勒出理解这个现实主义核心问题的思考路径。

二、玄妙的杰作

宙克西斯和帕拉修斯当年那场著名的绘画比赛，由于年代久远，缺乏足够的细节，解读空间相对有限。不过，这个故事后来在文学、绘画、雕塑以及音乐等多种艺术体裁中被反复书写，成为给无数艺术家带来灵感的重要母题。19世纪30年代，法国现实主义小说家巴尔扎克就曾以隐晦的方式，通过短篇小说《玄妙的杰作》（又译作《不为人

---

[1] 参见［美］伯纳德特《道德与哲学的修辞术——柏拉图的〈高尔吉亚〉和〈斐德若〉》，赵柔柔、李松睿译，上海：华东师范大学出版社，2016年，第38—73页。

知的杰作》,1832)向宙克西斯和帕拉修斯的那场比赛致敬。正是在巴尔扎克的笔下,画家弗朗霍费(Frenhofer)和他倾尽十年心血创作的油画《卡特琳娜·莱斯科》,在展现了艺术模仿生活的过程中可能遭遇的多重困境的同时,也寄予了小说家自身对于现实主义艺术如何书写生活的思考。甚至可以说,《卡特琳娜·莱斯科》在艺术与生活之间不断游移的位置,既让《玄妙的杰作》的内涵变得复杂难懂,也使得这篇小说充分展现了现实主义艺术与生活关系的诸多层次,成为思考现实主义理论的一个绝佳案例。

短篇小说《玄妙的杰作》所叙述的故事发生在17世纪的巴黎,人物并不多,只有四位,其中两位是历史上实有其人的著名画家。一位是尼古拉·普桑(Nicolas Poussin,1594—1665),法国古典主义绘画的奠基人,以痴迷于古希腊、古罗马艺术而知名。另一位是弗朗索瓦·波尔比斯(Frans Pourbus le Jeune,1570—1622),法国宫廷画师,以为亨利四世绘制巨幅肖像闻名于世。在《玄妙的杰作》中,波尔比斯因为画家鲁本斯的声名鹊起而失宠,正赋闲在家;普桑则尚未出名,就像很多巴尔扎克小说中年轻的主人公一样,带着才华和野心,刚刚从外省来到巴黎要开创一番事业。另外两位则是虚构的人物,一个是普桑在巴黎的情人——美丽的少女吉莱特,另一位就是这篇小说的核心人物弗朗霍费,著名的尼德兰画家扬·格萨尔特(Jan Gossaert,1478—1532)唯一的学生,他既是位富有的收藏家,也是个苦心孤诣钻研绘画技巧的伟大画家。

从结构上看,小说《玄妙的杰作》分为两个部分,标题分别是"吉莱特"和"卡特琳娜·莱斯科"。在第一个部分中,初到巴黎的普桑怀着忐忑不安的心情,去拜访著名画家波尔比斯,在后者的画室里,他凑巧看到了弗朗霍费与波尔比斯讨论绘画艺术。正是这一场景，在某种意义上成了宙克西斯和帕拉修斯两千多年前的那场绘画比赛的镜像。普桑看到，弗朗霍费毫不客气地评点波尔比斯所画的天主教圣女埃及女人玛丽的画像。弗朗霍费在指出圣女像的一些优点后，表示"尽管作了这些值得赞许的努力，我也不能认为这个美丽的人体是有生命的。如果我用手去抚摸那浑圆结实的乳房，我会觉得它象大理石一样冰凉！我的朋友，那象牙般的皮肤下面，没有血液在奔流；象琥珀一样透明的两鬓和胸脯上，毛细血管交织似网，可是生命没有用它紫红的血浆把这些青筋鼓起来。这部分栩栩如生，那部分则很呆板。每个细部都有生和死的角逐：这部分象女人，那部分象塑像，再看那边，象僵尸。你的作品是不完整的"[1]。最终，弗朗霍费的结论是："你们画了生活的表象，但没有表现其丰满充实的内涵——这种可意会而不可言传的东西也许就是灵魂，象云雾一般飘浮在外表之上。"[2]

单从这里的表述来看，弗朗霍费似乎采纳了理解宙克西斯和帕拉修斯绘画比赛的第二种思路（形象与灵魂的二分法），指出波尔比斯的作品只是画出了圣女的形象，却没能表现出她的灵魂。不过，正像在柏拉图的故事中是宙克西斯而不是帕拉修斯赢得了观众的掌声和喝彩一样，作为旁观者的普桑对弗朗霍费的观点很不服气，大声为波尔比斯声辩："这幅圣女像可是件绝妙的作品呀，老先生！……圣女和船夫这两个形象，具有意大利画家所没有的精心独到之处。我不知道有哪

---

[1]［法］巴尔扎克：《玄妙的杰作》，张裕禾译，《人间喜剧》第20卷，北京：人民文学出版社，1994年，第416—417页。
[2]［法］巴尔扎克：《玄妙的杰作》，张裕禾译，《人间喜剧》第20卷，北京：人民文学出版社，1994年，第420页。

个画家曾画出过船夫的这种迟疑神态。"[1] 由此可见，日后成为古典主义绘画大师的普桑，仍然认为绘画艺术的核心是"形象"，弗朗霍费那套透过表象捕捉灵魂的玄妙理论并不能让他信服。接下来，弗朗霍费开始用颜料和画笔修改波尔比斯的作品，在展示自己那神妙技艺的同时指导普桑作画："用少许淡蓝的油彩，就能使空气在这可怜的圣女的头颅四周流通起来！在这沉重的气氛里，她一定感到窒息，感到不自在！瞧，这身衣服现在飘动起来了，好象是微风把它吹起来的！而原来衣服看上去象一块上了浆的用大头针别住的布。你注意了么，我刚才加在胸脯上的缎子般的光泽，如何很好地表现了少女丰润柔软的肌肤，我用棕红加桔红，如何使这血液凝滞的阴冷幽灵有了生气。"[2] 在亲眼看见弗朗霍费神奇的绘画技巧后，普桑心悦诚服，对那幅修改过的圣女像赞不绝口，可弗朗霍费却骄傲地宣称："这幅画还比不上我的《卡特琳娜·莱斯科》"。[3]

从叙事艺术上看，第一部分"吉莱特"的大段描写显然只是个铺垫，目的是为了勾起读者的好奇心：弗朗霍费的绘画技艺是如此高超，仅仅是修改别人的画作就已经可以点铁成金，那么他本人独立完成的画作《卡特琳娜·莱斯科》该是何等精妙。这样的想法自然也扎根在波尔比斯和普桑的内心深处，小说第二部分的全部内容，就是讲述他们如何说服弗朗霍费，要求后者展示那幅十年来始终未曾示人的《卡特琳娜·莱斯科》。有趣的是，普桑在做出巨大的"牺牲"后，终于走进

---

1 [法] 巴尔扎克：《玄妙的杰作》，张裕禾译，《人间喜剧》第 20 卷，北京：人民文学出版社，1994 年，第 421 页。
2 [法] 巴尔扎克：《玄妙的杰作》，张裕禾译，《人间喜剧》第 20 卷，北京：人民文学出版社，1994 年，第 422 页。
3 [法] 巴尔扎克：《玄妙的杰作》，张裕禾译，《人间喜剧》第 20 卷，北京：人民文学出版社，1994 年，第 423 页。

弗朗霍费的私人画室，对"四周墙上挂着的那些迷人的作品"赞不绝口，可弗朗霍费却一边轻蔑地表示这些不过是自己"为了研究一种姿势而随便涂出来的"，一边骄傲地展示那幅被他称为"自己的情妇"的《卡特琳娜·莱斯科》[1]。然而，波尔比斯和普桑在那幅画上"看到的只是一堆乱七八糟的颜色，包含在一大堆奇形怪状的线条里，构成一垛颜料的墙"[2]。原来，抱着对艺术的热忱，弗朗霍费花费了十年的光阴不断修改自己的画作，然而日复一日地添补细节，却最终毁掉了自己的作品。不过在此时，画家似乎不再强调透过生活的表象抓住其内在精神，而是选择了宙克西斯与帕拉修斯比赛的第一条规则——追求使艺术无限地趋近于生活。沉浸在幻觉中的弗朗霍费甚至以为自己当真突破了艺术与生活的界限，将现实生活本身完美地移至画布上，他洋洋得意地对目瞪口呆的观众说：

> 一个女人就在你们面前，你们却在找画。这幅画面的视野多么深远，空气多么逼真，你们简直区别不出画面上的空气和我们周围的空气有什么两样。艺术在哪里？不见了，消失了！这就是少女的形体。[3]

或许可以说，在画作《卡特琳娜·莱斯科》中，艺术的确如弗朗霍费所言消失了，但它并没有与生活融为一体，而只是变成了"一堆乱

---

1 ［法］巴尔扎克：《玄妙的杰作》，张裕禾译，《人间喜剧》第20卷，北京：人民文学出版社，1994年，第440页。
2 ［法］巴尔扎克：《玄妙的杰作》，张裕禾译，《人间喜剧》第20卷，北京：人民文学出版社，1994年，第441页。
3 ［法］巴尔扎克：《玄妙的杰作》，张裕禾译，《人间喜剧》第20卷，北京：人民文学出版社，1994年，第440页。

糟糟的颜色、深浅不一的色调和隐隐约约的明暗变化"[1]，不再能称之为艺术了。在故事的结尾处，波尔比斯没能阻止耿直的普桑戳破弗朗霍费的幻觉，让这个老画家突然间意识到自己十年来的心血不过是一场迷梦，当夜就郁郁而终，并在去世前将自己的全部油画付之一炬。

三、永不相交的平行线

显然，巴尔扎克在创作小说《玄妙的杰作》的过程中，对如何理解现实主义艺术与生活的关系问题感到犹豫不决：在有些时候，他让老画家试图去超越生活的表象，获得对灵魂或内在精神的把握；而在另外一些时候，他笔下的弗朗霍费则更愿意用艺术去完美地模仿现实生活，将两者之间的毫无差别视作艺术的极致状态。在这种情况下，全面体现弗朗霍费艺术观念的画作《卡特琳娜·莱斯科》，似乎变得难以安放，开始在生活与艺术之间反复滑动，使得这篇作品的内涵变得暧昧起来。看来，小说家对于现实主义的核心问题并没有特别清晰的答案，而是把自己的困惑放置在了《玄妙的杰作》里。不过，如果我们换个角度来看，那么这位现实主义艺术的大师所感到的困惑，其实正照亮了艺术与生活之间的纷繁歧路，后来者反倒可以通过探究解读这篇小说的不同方式，辨析出巴尔扎克在一百多年前为我们留下的种种标记，去寻找继续思考的路径。

《卡特琳娜·莱斯科》在小说《玄妙的杰作》里究竟意味着什么？从故事发展的逻辑来看，这幅油画似乎是弗朗霍费探索绘画艺术失败的象征。在老画家公开展示自己的作品前，他那使绘画与现实生活毫无差别，或者追求突破生活的表象捕捉内在精神的创作理念，让波尔

---

[1] [法]巴尔扎克：《玄妙的杰作》，张裕禾译，《人间喜剧》第20卷，北京：人民文学出版社，1994年，第441页。

比斯和普桑赞叹不已。两位古典主义画家对弗朗霍费出神入化的绘画技巧，更是佩服得五体投地。然而，当《卡特琳娜·莱斯科》真的展现在世人面前时，所有高妙的创作理念都落空了，只剩下"一堆乱七八糟的颜色，包含在一大堆奇形怪状的线条里，构成一垛颜料的墙"。弗朗霍费崇高的艺术梦想不仅没有创造出精彩的作品，反而连最基本的构图、形象都没有表现出来。《文心雕龙·神思》所说的"方其搦翰，气倍辞前，暨乎篇成，半折心始"[1]，似乎最能形容弗朗霍费面临的窘境。这样的构思或许表明，在巴尔扎克看来，艺术与生活处在两条永不相交的平行线上，前者能够不断从后者那里汲取营养，后者也可以在前者的反复书写中焕发出别样的光彩。不过，它们总是分头并进、遥遥相望，于相互陪伴中走过漫长的旅途，却永远无法抵达共同的终点。任何试图将艺术与生活交汇在一起的努力，都只能既破坏了艺术，也毁掉了生活。正像我们在《玄妙的杰作》中看到的，弗朗霍费毫无疑问掌握了极为高超的绘画技巧，本来可以绘制最精彩的画作，可他却"狂妄"地宣称"艺术在哪里？不见了，消失了"，产生了自己笔下的艺术与生活毫无二致的幻觉。最终，《卡特琳娜·莱斯科》可悲地变成了一垛颜料墙，老画家的生活也走向了终结。

单从这样的情节设置来看，巴尔扎克似乎在艺术与生活之间筑起了一道厚厚的障壁，它们只能按照各自的逻辑和法度运行，任何沟通两者的努力都必然带来悲剧性的后果。在这种情况下，以模仿生活为基本特征的现实主义艺术，最多也只能是生活的镜像，不可能描绘出生活的本来面貌，更不可能逾越生活所给定的限度。在《玄妙的杰作》中，弗朗霍费就试图去超越艺术自身的法则，甚至认为构成油画基础

---

[1] 刘勰著，周振甫注：《文心雕龙注释》，北京：人民文学出版社，1981年，第295页。

的素描和线条根本就不存在。他对波尔比斯和普桑说:

> 严格地说,素描是不存在的!不要笑,年轻人!不管这话在你们看来怎样离奇,总有一天你们会懂得其中的道理。线条是人类用以认识光对物的作用的手段,但在一切都是饱满充实的自然界,线条是不存在的。我们是通过塑造来绘画的,也就是说,我们把实物从它所存在环境中突现出来。惟有光的配置才能赋予人体以外形!所以我没有明确勾出人物的轮廓,我在四周布上一层半明半暗的金黄的、色调温暖的云雾,使人不能明确指出轮廓和背景交接在何处。近看,画面好象绵软无力,模糊不清,但离开两步看,一切都挺立起来,清晰起来,浮现出来;人体转动,外形突出,空气在四周流通。但是我还不满意,我有疑虑。也许一根线条也不该画,也许画像最好从中间着手,先画最明亮的突出部分,然后再画比较阴暗的部分。[1]

否定了素描与线条,就是在颠覆文艺复兴以来建立在透视法基础上的绘画艺术。我们知道,欧洲文艺复兴以来的绘画艺术虽然看上去精确地模仿了自然,但实际上却将一种特殊的观察世界的角度强加给了每一位观画者。换句话说,人类在实际生活中是同时使用两只眼睛在开阔视野里打量这个世界的,但透视法却要模拟一只眼睛从钥匙孔中偷窥外界的观看角度。《玄妙的杰作》中的画家尼古拉·普桑,在真实的绘画史上,就是把自己关在箱子里,用透过小孔观察模特的方式来作画的。明白了这一点,也就可以让我们更好地领悟巴尔扎克为何

---

[1] [法]巴尔扎克:《玄妙的杰作》,张裕禾译,《人间喜剧》第20卷,北京:人民文学出版社,1994年,第426页。

在小说中要选择让普桑与弗朗霍费代表两种不同的艺术理念。作为古典主义绘画的代表性画家，普桑严格遵守"艺术"的法则，笔下从来不会出现下里巴人，更没有粗鄙与流俗，他的作品的确是写实的，但稳定、精致、和谐的构图方式，永远为现实生活披上了玫瑰色的面纱。对比之下，弗朗霍费却执意要将光影复杂、躁动不安的现实生活引入艺术的世界，画家那打破艺术与生活界限的努力，最终只是给他带来悲剧性的结局。巴尔扎克似乎要告诉我们，现实主义艺术最多只能是一面镜子，它可以映照出现实的镜像，但由于镜子的面积极为有限，永远无法呈现生活的全部内容。艺术家要是被镜像所诱惑，试图打破艺术与生活的边界，那么他得到的只能是一地碎片，并在艺术"法则"的墙壁上碰个头破血流。

如果这样来理解巴尔扎克的《玄妙的杰作》，那么小说家似乎是一位站在艺术与生活边界处的守门人，宣布两者泾渭分明、独自运行，有着各自的法度和疆界。在此后的岁月里，我们会不断看到这一思路在各类文艺理论中引发绵延不绝的回响。特别是当索绪尔在《普通语言学教程》（1916）中划分出能指与所指，使得语言文字的任意性凸显出来后，文学与生活之间的城墙就被 20 世纪的文艺理论家们修葺得更加坚固。俄国形式主义者什克洛夫斯基就曾宣称："艺术总是独立于生活，在它的颜色里永远不会反映出飘扬在城堡上那面旗帜的颜色。"[1] 英国文学研究者瑞恰兹在《文学批评原理》（1967）一书中认为，文学使用的是一种情感性的语言，而非"指涉性"（referential）的语言。文学看上去是在描述现实生活，但实际上却与后者没有太大关系，它不过

---

[1] 转引自张隆溪《二十世纪西方文论述评》，北京：生活·读书·新知三联书店，1986 年，第 80 页。

是以令人满意的方式组织起人们对现实生活的情感[1]。在美国新批评派那里,文萨特和比尔兹利甚至提出"意图谬误"和"感受谬误"的概念,切断了文学与作家、读者所身处的世界之间的深刻关联,使得文学画地为牢,对丰富多彩的现实生活狠狠地关上了大门[2]。看来,20世纪上半叶异常惨烈的战争与革命,让这些理论家更愿意将文学视为可以慰藉心灵的城堡,而外面充满纷争的现实世界,只要它待在原地不来打扰文学就好了,根本不想指望文学去接近现实生活。因此,伊格尔顿不无尖刻地指出,对于这样的文艺理论家来说,"诗,本质上作为一种瞑想方式,并不鼓励我们改变世界却鼓励我们尊敬它的既成形式,并且教导我们以一种无为的谦卑态度去接近它"[3]。

由此来反观《玄妙的杰作》,我们会发现,如果巴尔扎克试图热情拥抱古典主义的绘画法则,毫不留情地宣判弗朗霍费和卡特琳娜·莱斯科这样的越界者死刑,那么他认同的正是普桑所描绘的那个崇高、优美、和谐,由神灵所统治的世界,宁愿对第三等级在法兰西掀起的革命浪潮视而不见。这种理解现实主义艺术与生活关系的方式,似乎使得巴尔扎克坐实了其保王党的身份。

四、历史的天使

虽然这样解读《玄妙的杰作》对艺术与生活关系的呈现方式,在文本中有着充足的依据,但多少还是会让人心存疑虑。尽管巴尔扎克

---

1 Cf. Ivor Richards, *Principles of Literary Criticism*, London: Routledge and Kegan Paul, 1967.
2 Cf. William K. Wimsatt & Monroe C. Beardsley, "The Intentional Fallacy," *Sewanee Review*, vol. 54, no. 3 (1946): pp. 468-488; William K. Wimsatt & Monroe C. Beardsley, "The Affective Fallacy," *Sewanee Review*, vol. 57, no. 1, (1949): pp. 31-55.
3 [英]特雷·伊格尔顿:《二十世纪西方文学理论》,伍晓明译,北京:北京大学出版社,2007年,第52页。

的确在政治上支持贵族与王权，但作为一位现实主义作家，他真的会认同醉心于艺术的世界，对外在的社会生活视而不见吗？恩格斯在写给玛格丽特·哈克奈斯的那封著名的信中就指出："巴尔扎克在政治上是一个正统派；他的伟大作品是对上流社会必然崩溃的一曲无尽的挽歌；他的全部同情都在注定要灭亡的那个阶级方面。但是……巴尔扎克就不得不违反自己的阶级同情和政治偏见；他看到了他心爱的贵族们灭亡的必然性，从而把他们描写成不配有更好命运的人；他在当时唯一能找到未来的真正的人的地方看到了这样的人，——这一切我认为是现实主义的最伟大胜利之一，是老巴尔扎克最重大的特点之一。"[1] 而阿多诺将恩格斯的这一观点阐发得更加清晰："巴尔扎克的伟大之处恰恰在于他的叙述走向能够背离他自己的阶级立场和政治偏见，他的描写批判了他的正统主义倾向。作者就像是 Weltgeist［世界精神］，他具有一种历史赋予的力量，因为支配着他的创作的创造性生产力乃是一种集体性的力量。"[2]

尽管有人会质疑这类评价简化了巴尔扎克笔下丰富、复杂的小说世界，但有一点恩格斯与阿多诺却领会得极为准确，即巴尔扎克对自己小说中的失败者（如吕西安、拉法埃尔、弗朗霍费等）永远寄予了复杂的情感，用成王败寇的逻辑永远不能穷尽这些人物身上的内涵。例如，小说《路易·朗贝尔》的主人公就是一位与弗朗霍费分享着相似命运的悲剧性人物。他自幼聪慧、好学，穷尽全部精力对世界的本质进行思考，却只能悲叹："有一种不可抗拒的力量引导我走向光明，他

---

[1]［德］恩格斯：《致玛·哈克奈斯》，《马克思恩格斯选集》第4卷，北京：人民出版社，1972年，第463页。

[2]［德］阿多诺：《读巴尔扎克——给格蕾特尔》，赵文译，《上海文化》2006年第1期。

早就照亮我的道德生活。但是又有一种权力束缚着我的双手,堵住我的双唇,拖着我走向与天职相反的方向。"[1]最终,他在种种矛盾、冲突中挣扎、彷徨,罹患精神性疾病蜡屈症,年仅28岁就离开人世,和弗朗霍费一样,没能留下任何作品。虽然路易·朗贝尔是个典型的失败者,但这个人物的性格特征、在旺多姆学校学习的经历、对斯威登堡神秘主义学说的倾心,都表明在《人间喜剧》中,只有他才是巴尔扎克本人的投影。因此,在面对弗朗霍费这样的人物时,我们绝不能因为小说宣判他为失败者就无视其倾心探索的艺术技巧,小说《玄妙的杰作》或许还有其他的解读方式。

当巴尔扎克在1832年写下小说《玄妙的杰作》的时候,古典主义绘画尚统治整个画坛,印象画派还要等上三十年才能崭露头角,进而改变西方世界的绘画风格。在这样的语境中,上文对这篇小说的解读,即巴尔扎克认同尼古拉·普桑、否定弗朗霍费,无疑是有其现实基础的。不过,如果我们把弗朗霍费的艺术探索放到绘画史上,那么他取消线条和轮廓的尝试就不应该被轻易否弃。几十年后,印象派画家为了表现大自然水汽氤氲的效果,所采用的方法正是拒绝古典主义绘画中清晰的线条和轮廓,以便捕捉物体在光影、水汽中的朦胧感。与古典主义使用清晰的线条框定颜色的方式不同,印象派画家放弃采用土黄、赭色、黑色等色彩,只用棱镜分解太阳光所形成的七原色作画。他们在色块与色块之间将互补的颜色并置在一起(例如,为了表现阳光下的草地,就不能仅仅使用绿色,还要互补地添加上红色),从而产生出颤动的色调。而弗朗霍费向普桑展示自己的绘画方法时说:"看我

---

[1] [法]巴尔扎克:《路易·朗贝尔》,罗旭译,《人间喜剧》第22卷,北京:人民文学出版社,1994年,第491页。

是如何一笔一笔用厚厚的影晕才把真正的光线表现出来并把光线同色调明亮的白色结合起来的，看我又如何用相反的办法，抹去油彩的突出部分，不断润色包围在中间色调中的形象的轮廓，才把绘画和人工的痕迹去掉，才使形象如真人一样丰满。"[1]这样的绘画技法，似乎和印象派并没有太大的分别。难怪后期印象派的主将保罗·塞尚"在读这部《玄妙的杰作》时深受触动，以至落泪，并宣称自己就是弗朗霍费"[2]。

由此重新审视油画《卡特琳娜·莱斯科》，那么它似乎当真是一幅玄妙的作品。波尔比斯和普桑发现弗朗霍费隐藏了十年的画作不过是"一垛颜料的墙"后，就忽然发现这件作品其实是一幅残迹或废墟：

> 他们走近去，发现画布的一角有一只光着的脚，从一种无形的迷雾中，从一堆乱糟糟的颜色、深浅不一的色调和隐隐约约的明暗变化中显露出来，但，这是一只纤丽可爱的脚，活象真人的脚！看到这个在一场难以置信的、长期和逐步的破坏中幸免于难的细部，他们佩服得目瞪口呆。这只脚露在那儿，就好象某个用帕罗斯大理石雕塑的维纳斯的半截身子露在遭火劫的城市废墟上一样。[3]

从这里可以看出，卡特琳娜·莱斯科所处的位置恰好是时代与时代的交界处，她的"一只纤丽可爱的脚"踩在了旧的时代，甚至本身

---

1 [法]巴尔扎克：《玄妙的杰作》，张裕禾译，《人间喜剧》第20卷，北京：人民文学出版社，1994年，第442页。
2 [法]梅洛-庞蒂：《意义与无意义·塞尚的怀疑》，《梅洛-庞蒂文集》第4卷，张颖译，北京：商务印书馆，2018年，第16页。
3 [法]巴尔扎克：《玄妙的杰作》，张裕禾译，《人间喜剧》第20卷，北京：人民文学出版社，1994年，第441页。

就是旧的艺术观念所能完成的最精美的艺术作品——"活象真人的脚",完美地模仿了现实生活;而她的身体已经沐浴在新时代的艺术理念中,用全新的画法向着未来进军。虽然在此时,弗朗霍费笔下的少女还只能被两位古典主义的大师看作是"无形的迷雾""乱糟糟的颜色""深浅不一的色调""隐隐约约的明暗变化"。因此,如果卡特琳娜·莱斯科真的只是上段引文中所说的"废墟",那也是一种本雅明意义上的废墟。

在本雅明看来,"每个时代不仅梦想着下一个时代,而且也在梦想中催促它的觉醒。每个时代自身就包含着自己的终结"[1]。而身处当下的废墟,一方面作为历史的遗迹,勾连着逝去的往事;另一方面则提醒着人们,现实生活并不像它看上去的那样和谐、稳定、坚不可摧,从而开启了一个指向未来的维度。在这个意义上,废墟是历史的遗存,是当下这个时代的讣告,更是指向未来的路标。这就可以解释为何本雅明在《历史哲学论纲》中,要让历史的天使面朝废墟向后飞行[2]。因为废墟作为历史、当下与未来的交汇处,正蕴涵着无限的救赎的可能。

在17世纪,波尔比斯和普桑描绘的那个和谐、优美,永远笼罩着灵氛的神灵世界,无疑与当时如日中天的法国王权相匹配,是那个时代的忠实反映。然而,在《玄妙的杰作》诞生的1832年,血雨腥风的一连串革命和复辟、战争与动荡,早已让那个田园牧歌般的封建时代支离破碎。1830年诞生的七月王朝,只是过去的幻影,虽然贵族们竭尽全力地装作革命从未发生,但新的时代早已莅临。或许我们可以说,

---

[1] [德]本雅明:《巴黎,19世纪的首都(1935年提纲)》,《巴黎,19世纪的首都》,刘北成译,北京:商务印书馆,2013年,第30页。
[2] 参见[德]本雅明《历史哲学论纲》,阿伦特编《启迪——本雅明文选》,张旭东、王斑译,北京:生活·读书·新知三联书店,2008年,第270页。

卡特琳娜·莱斯科就是一位笼罩在"无形的迷雾""深浅不一的色调"与"乱糟糟的颜色"里的历史的天使，只是波尔比斯、普桑这些来自旧时代的画家，甚至弗朗霍费本人，尚未获得与她相认的眼睛。不过，她在巴尔扎克的笔下作为"废墟"而出现，却已经标记了旧时代的终结和新时代的到来。

在这个意义上，《玄妙的杰作》似乎在告诉我们，现实主义艺术并不仅仅以完美地模仿生活为目标，它也并非是与生活平行前进的独立王国，在某些情况下，它甚至能够寓言般地标记出生活发展的方向。巴尔扎克在小说中揭示出的这种理解艺术与生活关系的思路，也将在日后的文艺理论家那里以各种形式发扬光大。不断呼唤未来救赎的本雅明自不必说，卢卡契更是宣称，现实主义艺术必须通过对故事的讲述，把握社会生活的整体结构，并进而揭示出这一结构的目的和发展方向，只有做到这一点，才是真正的"叙述"艺术；如果文学达不到这样的要求，那么无论它如何尽善尽美地模仿了现实生活，所呈现的生活世界也将是支离破碎的，其艺术手法最多只能被称作"描写"，远远达不到"叙述"的高度[1]。这样的文学评价标准，自然会派生出文学应把握隐藏在生活表象之下的潜流，乃至"从现实的革命发展中真实地、历史地和具体地去描写现实"[2]这类要求。而所有这一切，正处在卡特琳娜·莱斯科所指出的方向上。

---

[1] 参见［匈］卢卡契《叙述与描写——为讨论自然主义和形式主义而作》，刘半九译，《卢卡契文学论文集》（一），北京：中国社会科学出版社，1980年，第38—86页。

[2] 《苏联作家协会章程》，周扬译，《苏联文学艺术问题》，曹葆华等译，北京：人民文学出版社，1953年，第13页。

五、吉莱特去哪儿了？

在上文的分析中，卡特琳娜·莱斯科的位置在艺术与生活之间的反复游移，带来了极为丰富的意义层次，不过需要追问的是，《玄妙的杰作》本来有四位主要人物，我们已经详细地分析了弗朗霍费、普桑和波尔比斯，那么，普桑的情人吉莱特去哪儿了？在以往对巴尔扎克这篇著名小说的解读中，研究者全都忽略了吉莱特的存在，似乎她不过是一个与作品内涵无关的小人物。可是考虑到巴尔扎克将"吉莱特"作为小说第一部分的标题，与第二部分的标题"卡特琳娜·莱斯科"相对应，那么这个美丽的少女就不应该如此微不足道，需要我们去给予更多的关注。

在《玄妙的杰作》里，吉莱特所发挥的主要功能，是帮助普桑和波尔比斯劝说弗朗霍费展示他那幅神秘的画作。波尔比斯在得知弗朗霍费为了进一步完善自己那幅"玄妙的杰作"，决定去亚洲寻找一位完美的模特后，提议将吉莱特年轻、美丽的身体当模特，献给弗朗霍费，而作为交换，老画家则要让他们一睹《卡特琳娜·莱斯科》的真容。他对弗朗霍费说："年轻的普桑有个情人，长得完美无缺，举世无双。不过，亲爱的大师，如果他同意把美人借您一用，至少您应该让我们看看您的画。"[1]最终，正是依靠吉莱特身体的魅力，使得弗朗霍费同意向波尔比斯和普桑展示自己的画作，并引发了后面一连串悲剧性的后果。

作为特别善于描写嫉妒这种情感的小说家，巴尔扎克在这个段落中非常详细地呈现了弗朗霍费和普桑的心理变化过程，并为我们理解现实主义艺术与生活的关系提供了新的思路。最初，弗朗霍费对这样

---

1 ［法］巴尔扎克：《玄妙的杰作》，张裕禾译，《人间喜剧》第20卷，北京：人民文学出版社，1994年，第435页。

的交换嗤之以鼻,他甚至表示:"把我创造的人,把我的妻子给你们看?撕开我谨慎地遮盖我的幸福的纱幕?这简直是可耻的卖淫!我和这个女人已经生活了十年,她属我所有……如果不是我,而是别人看她一眼,她就会羞得脸红。把她给人家看!什么样的丈夫,什么样的情人,才会卑劣到让自己的女人丢脸呢?"[1]单看这样的表述,老画家简直就是在对提出这一建议的普桑进行辛辣的讽刺。不过,当普桑真的把吉莱特带来时,弗朗霍费一见到这个美丽的少女,就"为之一怔",并"凭着画家的习惯,可以说已经透过这少女的衣衫,看到了她肉体的每一根线条"[2]。而普桑发现吉莱特走进房间后,老画家就"重新焕发青春","羞耻感如万箭穿心",马上宣布停止"交易",要带吉莱特离开。恰恰在此时,弗朗霍费突然松口:"噢!把她留给我用一会儿。……你们可以把她同我的卡特琳娜比较比较。对,我同意了。"他似乎完全忘记了自己刚才对这类行径的批判。此时,本来以为自己成功"逃过一劫"的吉莱特,发现普桑没有急着带自己离开,反倒"正专心欣赏那幅他前不久还以为是乔尔乔涅的作品"[3]时,则愤而跟随弗朗霍费走进画室。

这段发生在私人画室前的插曲虽然看似简单,但却揭示了弗朗霍费和普桑特殊的心理状态。从弗朗霍费的角度看,他本来对吉莱特并没有什么兴趣,早早就断然拒绝了波尔比斯和普桑的提议。但恰恰是普桑的中途反悔,使他感到如果从年轻的画家那里"夺"走吉莱特,

---

[1] [法]巴尔扎克:《玄妙的杰作》,张裕禾译,《人间喜剧》第20卷,北京:人民文学出版社,1994年,第435页。
[2] [法]巴尔扎克:《玄妙的杰作》,张裕禾译,《人间喜剧》第20卷,北京:人民文学出版社,1994年,第438页。
[3] [法]巴尔扎克:《玄妙的杰作》,张裕禾译,《人间喜剧》第20卷,北京:人民文学出版社,1994年,第438—439页。

会让其非常痛苦,因此残忍地同意了这桩"交易"。而从普桑的角度来看,最初正是他主动要求吉莱特去做普朗霍费的模特的,在他心中,当艺术与爱情相比较时,显然是前者更加重要。可是,一旦他看到老画家用欲望的眼光盯着自己的情人,"强烈的忌妒心又在普桑身上占了优势",决定带吉莱特离开画室。只是因为波尔比斯告诫普桑,"爱情的果实如昙花一现,艺术的果实则永世长存"[1],后者才没有真的离开。可以看出,在普桑和弗朗霍费那里,作为客体的吉莱特其实无足轻重,并不能真正勾起他们的欲望/爱,只是因为他们各自发现别的男人也对吉莱特产生了欲望,这个美丽的少女才变得"身价"倍增。因此,无论是弗朗霍费,还是普桑,都丧失了在现实生活中欲望/爱的能力。与其说两位画家都对吉莱特产生了欲望,不如说他们其实是同时嫉妒着对方,吉莱特只是他们相互角力的工具。

普桑和弗朗霍费在画室门前的心理状态,深刻地揭示出嫉妒这种心理活动的运作方式,这不禁让人想起法国学者勒内·基拉尔(René Girard)所阐述的"欲望三角形"[2]。在《浪漫的谎言与小说的真实》一书中,勒内·基拉尔通过对 19 世纪欧洲现实主义小说的分析,指出现代性主体已经丧失了直接与客体发生共情的能力,只有在第三方也爱上客体之后,他才会在嫉妒心理的刺激下,表达对客体的欲望。因此,发自内心的爱在现代社会是不可能的,现代人只有在第三方的"挑逗"下,才有可能迸发出激情。这一心理学模型,就是所谓的"欲望三角形"。就像我们在《玄妙的杰作》中看到的那样,普桑并没有当真觉得

---

[1] [法] 巴尔扎克:《玄妙的杰作》,张裕禾译,《人间喜剧》第 20 卷,北京:人民文学出版社,1994 年,第 438 页。
[2] 参见 [法] 勒内·基拉尔《浪漫的谎言与小说的真实》,罗芃译,北京:生活·读书·新知三联书店,1998 年。

吉莱特比艺术更加重要，是弗朗霍费的欲望才让普桑由于嫉妒做出要带走自己情人的姿态。正是因为普桑和弗朗霍费对吉莱特的感情都是虚假的，所以一旦他们走进了那间神秘的画室，就全都围在《卡特琳娜·莱斯科》周围，发表各自对艺术的看法，没有人再有余暇对吉莱特看上一眼。直到被戳破真相的弗朗霍费把普桑赶出画室，后者才"听见了被遗忘在角落里的吉莱特的啜泣声"[1]。

如果做进一步的引申，那么此处其实存在着两组"三角关系"：一组由普桑、弗朗霍费与吉莱特构成；另一组则由两位画家和《卡特琳娜·莱斯科》组成。两个三角形分享着共同的底边和底角，只是顶角上的两位女性并不相同。需要指出的是，在第一组"三角关系"中，普桑和弗朗霍费对吉莱特的欲望是虚假的，而在第二组"三角关系"里，他们对那幅"玄妙的杰作"的情感却是真诚的。两位女性境遇的反差，使她们作为两个三角形中的顶角处在相互对应的关系上。分析至此，我们就能明白为何巴尔扎克要选择"吉莱特"和"卡特琳娜·莱斯科"作为小说两个部分的标题，两位女性的对照表明，前者代表了现实生活，而后者则象征着艺术的世界。在《玄妙的杰作》中，弗朗霍费和普桑虽然表面上都宣称要在作品中真实地模仿现实生活，但实际上，活生生的少女吉莱特就在身边，他们却根本就不愿意驻足观看，而是更愿意沉浸在艺术的世界里，欣赏画布上卡特琳娜·莱斯科的倩影，尽管那不过是"一垛颜料的墙"。因此，如果从心理学的角度来解读这篇小说，那么巴尔扎克似乎认为，现实主义艺术其实是与生活背道而驰的，它并非对现实世界的模仿，也不是生活的镜像，而是艺术家在拒

---

[1]［法］巴尔扎克：《玄妙的杰作》，张裕禾译，《人间喜剧》第20卷，北京：人民文学出版社，1994年，第444页。

绝直视日常生活后，创造出的真实世界的幻影。现实主义艺术其实和现实并没有太大的关系，反而是回避现实的产物。在这个意义上，笼罩在卡特琳娜·莱斯科身上的那些"深浅不一的色调""隐隐约约的明暗变化"，或许正是现实主义艺术与其宣称要模仿的现实生活渐行渐远的表征。

结语

小说《玄妙的杰作》最令人震惊的意象，是弗朗霍费为了更好地模仿现实，长年累月在卡特琳娜·莱斯科身上涂抹一层又一层的色彩、光影。由于老画家试图挑战绘画只能从一个视点观看的"法则"，执意要让卡特琳娜·莱斯科在不同的角度和光线下都呈现出立体感和真实感，使得他笔下少女的位置不停地发生位移，最终变得模糊起来。这一绝望的努力，让波尔比斯感慨"我们在他身上看到了一位十分伟大的画家"，使得普桑认为"他与其说是一位画家，还不如说是一位诗人"[1]。或许我们也可以说，卡特琳娜·莱斯科身上的每一层油彩、每一道笔触，都在试图回应下列问题：现实主义艺术究竟是对现实生活的模仿，还是在捕捉隐藏于生活表象之下的灵魂？它是处在与生活携手前行、永不相交的平行线上，还是对现实视而不见的逃离现实的某种姿态，抑或是一条汇聚历史、当下与未来，指引生活前进方向的轨迹？对于这些疑问，在小说中努力营造不确定性的巴尔扎克显然没有得出最终的答案，而是天才般地留下了继续思考的线索。这也使卡特琳娜·莱斯科身上隐藏着无数的侧面，产生了神秘的吸引力，引诱后世

---

1 ［法］巴尔扎克：《玄妙的杰作》，张裕禾译，《人间喜剧》第20卷，北京：人民文学出版社，1994年，442页。

读者去反复探究。这就难怪一百年后，尝试在画面中同时呈现多个视角的立体主义大师毕加索，会无数次热情地重读《玄妙的杰作》，并为其绘制一系列插图了。

（原载《小说评论》2020年第2期）

时间的诡计

——关于现实主义的思考之三

"因此哥萨克就散发出布尔什维主义的气息,而且跟布尔什维克齐步走了。但——是,只要——战争一结——束,布尔什维克就要伸手去统治哥萨克了,哥萨克和布尔什维克就要分道扬镳!这是有理论根据的,是历史发展的必然。在今天哥萨克生活方式和社会主义——布尔什维克革命的终极目的——之间有一道不可逾越的鸿沟……"

"我说……"葛利高里沙哑地嘟哝道:"我什么都不明白……弄得我晕头转向……就像在草原上的大风雪中迷了路……"

"这是回避不了的!生活会逼着你去弄清楚,而且不仅仅逼着你去弄清楚,还要竭力把你往某一方面推。"[1]

这段发生在 1917 年末的对话,来自苏联作家肖洛霍夫的长篇小说《静静的顿河》第 2 部,此时已经在"一战"中晋升为连长的主人公葛利高里·潘苔莱耶维奇·麦列霍夫,正与同事叶菲姆·伊兹瓦林中尉就十月革命后哥萨克的前途问题促膝长谈。正像我们在引文中看到的,

---

1 [苏]肖洛霍夫:《静静的顿河》第 2 部,金人译、贾刚校,《肖洛霍夫文集》第 3 卷,北京:人民文学出版社,2000 年,第 717 页。

虽然葛利高里早在1914年于莫斯科养伤期间就觉得共产主义思想很有道理，但内心深处根深蒂固的哥萨克传统观念又让他怀疑各类新式的政治理念。因此，当伊兹瓦林向葛利高里"推销"沙皇逊位后哥萨克应该独立的理想时，后者感到异常困惑，如同身处暴风雪中看不到前途和出路。有趣的是，伊兹瓦林并没有劝说葛利高里马上就认同自己的观点，而是认为"生活"本身将"推"着葛利高里走上命中注定的道路。在这部长达两千页的巨著中，伊兹瓦林中尉如同流星般在故事里一闪而过，但他有关"生活"的这句评论，却好似谶语一样笼罩了葛利高里的一生。读者会看到，勇敢、正直的哥萨克"英雄"葛利高里始终没有找到自己的信仰，而是在"生活"的推动下，一会儿加入红军，一会儿又参加白卫军，甚至还成为土匪，最终在走投无路之际，将武器沉入顿河，向苏维埃政权投降。伊兹瓦林中尉对"生活"的看法，或许在某种意义上也代表了肖洛霍夫的观点，因为作家从未让葛利高里去挑战"生活"的铁律，而总是让主人公随着"生活"的节拍前行，在违背自己意愿的情况下，一步步走向深渊。

　　肖洛霍夫的《静静的顿河》一直被看作是社会主义现实主义文学的典范之作，在有些理论家心目中，这部小说的出版甚至表明，"真正的叙事文学传统通过蒸蒸日上的社会主义文学，以一种本真艺术的意趣盎然的形式获得新生、发扬光大"[1]。但是，由于肖洛霍夫对"生活"的这种独特理解，葛利高里并没有像很多社会主义现实主义小说的主人公那样总是能够克服困难走向胜利，而是在各种不同的"历史发展的必然"的夹击下迷失了方向，使得《静静的顿河》从诞生之日起就不断受到一部分苏联文艺理论家的批判。考虑到社会主义现实主义的

---

[1] ［匈］格奥尔格·卢卡奇：《论〈静静的顿河〉》，罗悌伦译，刘亚丁编选：《肖洛霍夫研究文集》，南京：译林出版社，2014年，第240页。

本质，就是"再现和再创造生活的手段"[1]，《静静的顿河》所流露出的对"生活"的看法、它所招致的一系列争议、肖洛霍夫在日后的创作变化，以及中国当代文学对这些问题的回应，都提供了一个极为有效的切口，帮助我们去思考社会主义现实主义文学与生活的关系及其面临的困难。

一

所谓"社会主义现实主义"的创作方法，来自1934年苏联作家第一次代表大会上的决议。根据作家协会章程的定义，社会主义现实主义是"苏联文学与文学批评的基本方法，要求艺术家从现实的革命发展中真实地、历史具体地去描写现实。同时艺术描写的真实性和历史具体性必须与用社会主义精神从思想上改造和教育劳动人民的任务结合起来"[2]。这次会议的召开，是苏联不同派别的作家相互妥协的结果。由于此前俄罗斯无产阶级作家联合会（简称"拉普"）大肆攻击诸如皮利尼亚克、扎米亚京等同路人作家，哪怕是肖洛霍夫这样的党员作家，也不时遭受残酷的批判，使得这批牢骚满腹的作家持续不断地通过高尔基向斯大林去"讨要公道"。最终，不胜其烦的斯大林选择解散拉普，"把一切拥护苏维埃政权纲领和想要参加社会主义建设的作家联合起来"[3]，组建了苏联作家协会。正是由于社会主义现实主义的理念来自不同文学观念之间的碰撞与妥协，使得我们仅从其定义就能看到其

---

1 ［苏］阿·米亚斯尼科夫：《社会主义现实主义和文学理论问题》，李传明译，《苏联现实主义问题讨论集》，北京：外国文学出版社，1981年，第61页。
2 《苏联作家协会章程》，周扬译，《苏联作家第一次代表大会文献辑要》，刘逢祺译，北京：首都师范大学出版社，2004年，第346页。
3 转引自［荷兰］佛克马、易布思《二十世纪文学理论》，林书武等译，北京：生活·读书·新知三联书店，1988年，第107页。

中包含的种种矛盾。它要求作家"真实地"描写现实,似乎将如实在作品中再现生活放在最重要的地位上,但是,当"历史具体性"这一限定对"真实性"做了补充后,二者之间究竟是什么关系就让人产生了疑惑:"历史具体性"是指作家对生活的描绘要充分注意具体的时空背景,还是意味着艺术家对现实的再现要考虑到这类描绘在特定年代所可能产生的具体效果?此外,当"真实性""历史具体性"与"改造、教育劳动人民"的任务结合起来时,三者之间的关系是什么样的?生活中某些实际存在的现象如果不能教育和改造劳动人民,那么它是否还具有"真实性"或"历史具体性"?这三方面要求中的每一个都对艺术与生活的关系做出了规定,但社会主义现实主义的定义却并没有具体解释三者之间的关系,为此后发生的一系列争吵留下了空间。从这个角度来看,试图解决分歧的社会主义现实主义,并没有带来分歧的解决。

有关《静静的顿河》对"生活"的理解的争论,可以说将社会主义现实主义的内在矛盾无比清晰地显影了出来。特别是葛利高里这个哥萨克"英雄"竟然没有选择共产主义道路,而是始终在红军和白卫军之间摇摆不定,最终走向毁灭的命运,让很多苏联作家、批评家感到异常愤怒。在这些理论家看来,人物——特别是小说主人公——绝不能在生活的洪流中随波逐流,他必须克服重重困难,成为命运的主人;而他所选择的人生道路,也一定要与历史的发展轨迹相吻合;只有这样,主人公的生命才能与时代的节拍发生共振,使作品能够印证历史发展的必然规律。而肖洛霍夫竟然让"生活"推着"毫无主见"的葛利高里挪动,无论是成为白卫军师长,还是担任红军骑兵连连长,他都不能理解两支队伍的政治理念,最终只是在时势的逼迫下才不得不向苏维埃政权投降,这样的描写方式简直是对社会主义现实主义的背叛。

不仅《静静的顿河》第3部投稿时受到《十月》杂志编辑部的抵制,要等到斯大林亲自过问才获得发表的机会,而且在这部作品荣获第一届斯大林文学奖前,评奖委员会的内部讨论简直称得上是对肖洛霍夫的集中宣判。例如,阿·托尔斯泰就表示:"《静静的顿河》这样的结尾是作者的构思还是一个错误?我认为是个错误。如果《静静的顿河》就以第四部结束的话,那就是错误……但是我们觉得,这个错误将会被那些要求作者继续写葛利高里·麦列霍夫生活的读者的意志纠正过来。"[1] 言下之意,似乎肖洛霍夫必须要写出《静静的顿河》第5部来为自己此前创作的失误赎罪。法捷耶夫更是认为,"我们所有人都怀着最好的苏维埃感情对作品的结尾感到遗憾。因为这个结局我们等了十四年,而肖洛霍夫却把可爱的主人公引向精神空虚。……我们期待葛利高里有另外一种结局。不管他有何过失,我们已经喜欢上他了,同时他象征着哥萨克的道路。……小说应该阐明一种思想,而肖洛霍夫却把读者引向死胡同。这也给我们的评价带来困难"[2]。显然,法捷耶夫虽然深深地被《静静的顿河》吸引(否则他不会为一部小说等上十四年),但还是觉得这样的结尾无法改造和教育劳动人民,会"把读者引向死胡同",因而感到异常遗憾。当然,也有不少评奖委员认可肖洛霍夫的艺术成就,涅米罗维奇-丹钦科就觉得葛利高里的形象是真实可信的,表示"在艺术方面,作者希望真实地描写,所以他无法给

---

[1] 《1940—1941年斯大林奖评选委员会文件中有关肖洛霍夫的资料》,李志强译,刘亚丁编选:《肖洛霍夫研究文集》,南京:译林出版社,2014年,第38页。

[2] 《1940—1941年斯大林奖评选委员会文件中有关肖洛霍夫的资料》,李志强译,刘亚丁编选:《肖洛霍夫研究文集》,南京:译林出版社,2014年,第40—41页。

葛利高里设定另一种结局。假如他执意掉头，那么他的形象就不可信，或者需要在他的心理上设置一个不自然的转折，让他突然成为一个布尔什维克"[1]。

第一届斯大林文学奖评选委员会内部的巨大分歧表明，在社会主义现实主义内部，艺术描写生活的真实性原则与作品把握社会发展规律、教育劳动人民的任务之间存在着异常尖锐的冲突。这样的冲突是如此深刻，以至于不仅发生在主人公命运这样的核心问题上，哪怕是一些看上去微不足道的细节描写，都会产生巨大的分歧。例如，肖洛霍夫曾这样描写葛利高里的妹妹杜妮亚什卡看到红军骑兵时的反应：

"哎呀，娜塔什卡（葛利高里的妻子娜塔莉亚的爱称——引者注）！亲爱的！……他们是怎么骑马的呀！坐在鞍子上，前一蹿，后一仰，后一仰，前一蹿……胳膊肘子乱颤跶。他们就像是用破布片缝的，冻得浑身打哆嗦！"

她非常逼真地学起红军骑马的笨相，引得娜塔莉亚不敢笑出来，赶紧跑到床边，趴到枕头上去，免得惹公公生气。[2]

一方面，这段描写红军骑兵骑马姿势笨拙的段落，在小说中不过是一个幽默的闲笔，或许只是作家信手拈来增强作品的可读性；而另一方面，现实主义小说正是要靠无数这类微不足道的细节的累积，创造出某种真实感，用文字"复制"出一个活生生的世界。从这个角度来看，这类源自生活的细节对于现实主义作品能否取得成功是至关重

---

1 《1940—1941年斯大林奖评选委员会文件中有关肖洛霍夫的资料》，李志强译，刘亚丁编选：《肖洛霍夫研究文集》，南京：译林出版社，2014年，第42页。
2 [苏] 肖洛霍夫：《静静的顿河》第3部，金人译、贾刚校，《肖洛霍夫文集》第4卷，北京：人民文学出版社，2000年，第1089页。

要的，要是完全予以剔除，小说就真的成了某种思想观念的传声筒。不过，某些苏联批评家却看不惯这样的描写，《静静的顿河》第3部投稿给《十月》杂志后，一位审稿专家就愤怒地在手稿的空白处批注："谁？！是红军在马上极难看地上下颤动着？难道可以这样写红军吗？！这简直就是反革命！"[1]面对这样严重的指控，肖洛霍夫为自己辩护的方式，就是诉诸作品的真实性。因为哥萨克世世代代都是优秀的骑兵，再加上通常装备有高桥鞍和坐垫，使得他们能够在马上姿态优雅、平稳。而在小说所描写的时代，红军骑兵则大多出身工人或农民，入伍后才开始骑马，装备的又是龙骑兵式马鞍，哪怕骑术高超，他们的骑马姿态也一定是上下起伏的。看惯了哥萨克骑术且从未离开过顿河的杜妮亚什卡，突然间看到红军骑兵的古怪样子，当然会感到非常可笑。在肖洛霍夫看来，这段描写在任何意义上都是真实的，它用生活提供的证词保证了自己可以在社会主义现实主义的园地中占有一席之地，审稿专家的指责毫无道理，因此拒绝对这段描写进行修改。

需要指出的是，肖洛霍夫在面对批评时的态度，几乎与所有现实主义作家在遭遇批评家指责时的反应完全相同。真实性，是现实主义作家捍卫自己作品意义的最后防线。例如，狄更斯的小说《雾都孤儿》（1838）由于描写了伦敦肮脏的市容市貌、充满罪犯的底层社会以及《贫民法案》的不公、荒诞，发表后立刻招致了各式各样的抨击。他的忠实读者墨尔本勋爵就表示："小说（《雾都孤儿》——引者注）全是关于贫民院、棺材铺、贼窟的。我不喜小说里展现的这些内容，它无助于提升道德观念；我也不乐见对人类的贬低。我希望能避免这些，在现实中我不希望看到发生如此情况，所以我也不希望它们在小说中

---

[1] 转引自［苏］肖洛霍夫《致高尔基的信（1931年6月6日）》，孙美玲译，孙美玲编选：《肖洛霍夫研究》，北京：外语教学与研究出版社，1982年，第460页。

被再现出来。"一位贵族在读了《雾都孤儿》后甚至毫不掩饰地宣称："我知道有像扒手或流浪汉之类的不幸人,我对他们的遭遇和生活方式感到非常遗憾和震惊,但是我不希望这些事实通过文字被宣扬出去。"[1]而理查德·福特这样的批评家甚至会直接指责小说的描写歪曲事实:"《雾都孤儿》矛头直指当时的《贫民法案》及贫民习艺所制度,我们认为博兹(狄更斯的笔名——引者注)的描述有失公允。他所指摘的不仅夸大,而且十之八九压根儿不存在。博兹很少介入政治或迎合世俗的偏见,所以我们很遗憾看到他这种部分出于好搞派别活动、部分出于感伤文学、部分出于个人兴趣来创作的这部小说。"[2]面对种种抨击,狄更斯的回应方式与肖洛霍夫非常相似,在《雾都孤儿》1867年版序言中,他连续强调了七八次自己作品的真实性,甚至气急败坏地用赌咒发愿的方式,宣布小说所写的一切是真实的。他说,"任何人只要注意到生活中这些阴暗面,一定知道这是真实的",哪怕是"逮不着外套上的一个窟窿或南茜乱发中的一张卷发纸",都毫不掺假。至于那些上流社会的权贵,他们的"反应是好是坏,我并不看重;我既不妄想博得他们的赞许,也不为娱悦他们而写作"[3]。在狄更斯心目中,似乎现实生活本身坚如磐石,只要保证自己所写事物的真实性,任何攻击都是微不足道的。

维多利亚时代的英国权贵之所以会对一部小说有这类反应,是因为当时英国社会在科技进步和社会革命的双重压力下,宗教的影响力急剧衰退,统治阶级需要寻找宗教的替代物以便维护自身的统治地位。

---

[1] 转引自赵炎秋、刘白、蔡熙《狄更斯学术史研究》,南京:译林出版社,2014年,第9页。

[2] Richard Ford, "An Unsigned Review," *Quarterly Review*, 44 (June 1839): p. 90.

[3] [英]狄更斯:《作者序》,《奥立弗·退斯特》,荣如德译,上海:上海译文出版社,1984年,序言第4页。

在这一过程中，文学被选中作为团结和教育英国底层普通民众的手段。正如伊格尔顿所讽刺的，马修·阿诺德这样的批评家希望借助文学，"在群众中培养不拘一格的思想和感情，并说服他们承认，除了他们自己的观点，世界上还存在着其他观点——即他们主人的观点。文学会向他们传播资产阶级文明的道德财富，会使他们尊重中层阶级的成就，而且还会——既然阅读本质上是一种孤独的、沉思的活动——抑制他们身上进行集体政治行动的分裂倾向。文学会使他们为自己民族的语言和文学而骄傲：如果稀少的教育和漫长的工时使他们不能亲自创作文学杰作，他们可以在下述思想中获得安慰：他们的自己人——英国人——已经创作了杰作"。[1]可见，维多利亚时代虽然盛产浪漫主义诗歌和现实主义小说，但这里并没有灵感自由勃发的空间，文学也不能对生活进行如实的描写，正像墨尔本勋爵所说的，文学最重要的功能应该是能够"提升道德观念"（这当然可以直接翻译成"维护大英帝国的统治"）。

二

太阳底下似乎真的从无新事。至少在文学要对生活进行筛选和审查这一点上，某些苏联文艺理论家似乎与维多利亚女王没有太大的区别。对于写作《静静的顿河》时的肖洛霍夫而言，现实生活博大、壮阔，茫无涯际，单纯地描绘它本身就已经能够创造出伟大的文学。战争与革命是如此芜杂、纷繁，来自鞑靼村的哥萨克葛利高里又何德何能，可以窥破生活的表象，去直接把握社会历史发展的必然规律？他只能在生活的"推动"下，一步步走向绝路。面对这样的作品，无论

---

[1] ［英］特雷·伊格尔顿：《二十世纪西方文学理论》，伍晓明译，西安：陕西师范大学出版社，1987年，第28—29页。

是英国自由主义传统下的批评家，还是苏联坚持社会主义现实主义的文艺理论家，都感到存在着严重的欠缺。几乎在法捷耶夫等人为《静静的顿河》第3部顺利发表愤愤不平的同时，英国小说家格雷厄姆·格林在1934年的一篇文章中觉得肖洛霍夫的作品属于"不经仔细选材就企图展示人生的幻想的小说"，"小说为什么从这里开始、为什么在那里结束，也没有明显的道理。书中的事件都处理得很简洁，但事件却过于繁多。如果说这部作品有某种布局的话，——我怀疑有这种布局，——那么它也在冗长的文字之中被淹没了"。他甚至认为肖洛霍夫和托尔斯泰一样都犯了小说创作的大忌："想把文明生活中出现的所有不同的场面统统囊括进去。这本书的篇幅很长，但即使再增加两倍，仍然会有许多场面写不进去。"[1]显然，在英国人看来，没有被剪裁和审核过的生活根本算不上艺术。

在俄罗斯文学的传统中，类似的看法也是根深蒂固的。虽然肖洛霍夫不断用自己亲眼所见的种种事实来为《静静的顿河》的真实性提供佐证，但在俄苏文学的语境中，这样的辩护其实苍白无力。因为俄语中，"ви́дение"（视觉）这个词的重音位置只要稍稍后移，就会立刻变成"виде́ние"（幽灵、幻影）。这个双关语似乎是在向人们暗示，眼睛看到的生活，并不等于坚不可摧的现实，那很可能不过是稍纵即逝的幻影。仅仅依靠眼睛，艺术家是无法捕捉真正的现实的。这或许可以解释，为何以冈察洛夫、托尔斯泰、陀思妥耶夫斯基、车尔尼雪夫斯基等为代表的俄国现实主义作家从不满足于仅将各类"见闻"纳入自己的文学世界，而是要在作品中探讨宗教、道德、伦理、哲学、政治、革命、科学、军事、园艺、养殖等一系列事物。在他们心目中，

---

[1]［英］格雷厄姆·格林：《论小说》，郭小朋、胡欣欣译，孙美玲编选：《肖洛霍夫研究》，北京：外语教学与研究出版社，1982年，第440页。

思考那种种驳杂理论所形成的对生活的理解，将突破视觉/幻影的局限，抵达真正的现实。

因此，上文分析的社会主义现实主义定义中"真实性""历史具体性"以及"改造和教育劳动人民的任务"之间的"碰撞"，也可以被理解为是扎根于俄罗斯文学传统中的一种对现实的独特理解。由"真实性"要求所表征的所谓生活本身，并不能保证作品能够升华为艺术，只有经由"历史具体性"与"改造和教育劳动人民的任务"这样的外在要求的规划、处理，混沌的生活才能被赋予可以理解的形式，成为真正的艺术。因此，社会主义现实主义所理解的现实，并不等同于生活本身。正像卢那察尔斯基所说的，"真实就是冲突，真实就是斗争，真实就是明天"，如果有作家写出了真人真事，却"没有从发展中分析现实"，那么他所写的"不是真实，——这是非现实、假话，是偷偷地用一具死尸来替换生活"。社会主义现实主义"有权利塑造在生活中碰不到的、然而是集体力量之化身的伟大形象"[1]。对于秉持这样的文学理念的批评家来说，葛利高里竟直到小说结束还没有窥破生活的秘密、掌握历史发展的必然规律，当然无权成为苏维埃社会的"当代英雄"。比较有趣的是，给《静静的顿河》获得斯大林奖投下关键一票的剧作家柯涅楚克在内部讨论时表示："肖洛霍夫是位共产党员作家，他战斗过，痛苦过，成长起来了。而斯大林奖将调整他的心态，开阔他的视野。……肖洛霍夫应该向前走，从思想上认识以前他未曾认识的现实。"也就是说，虽然柯涅楚克觉得《静静的顿河》因为"对大自然，对人，都有真实的、深切的认识和了解"[2]，理应获得大奖，但作家本人却并没

---

[1] ［苏］卢那察尔斯基：《社会主义现实主义》，《论文学》，蒋路译，北京：人民文学出版社，1978年，第56—57页。
[2] 《1940—1941年斯大林奖评选委员会文件中有关肖洛霍夫的资料》，李志强译，刘亚丁编选：《肖洛霍夫研究文集》，南京：译林出版社，2014年，第42—43页。

有真正认识现实，还需要继续磨炼他的思想与写作。

在档案解密前，肖洛霍夫当然没有机会了解柯涅楚克充满善意的告诫，但类似的期待却无疑为众多苏联文学批评家所分享，并会凝聚成某种压力，对作家的写作道路产生影响。我们会看到，在肖洛霍夫的第二部长篇小说《被开垦的处女地》（又译《新垦地》）中，作家对生活的理解已经发生了天翻地覆的变化。值得注意的是，《被开垦的处女地》的写作几乎是与《静静的顿河》第3部同步进行的，因此他其实是在《静静的顿河》中坚持了自己最初的对生活的理解，却同时在新的长篇小说中悄悄修正了自己的思想。与农民出身的葛利高里在充满变革、动荡的生活中感到迷惑不同，《被开垦的处女地》的主人公达维多夫要自信、乐观得多。这个来自列宁格勒（今圣彼得堡）以革命著称的基洛夫工厂的工人，对生活永远充满好奇心和责任感，总是要去寻找隐藏在生活表象背后的规律，并引导农民改变千百年来因袭的生活方式，创造出新的世界。肖洛霍夫这样描写达维多夫发现隆隆谷村的人际关系异常复杂，自己根本无法顺利开展工作时的心态：

> 对达维多夫来说，这村庄好像一台新设计的复杂马达，他一心一意要研究它，了解它，摸透每一个零件，在这架奥妙的机器每天一刻不停的运转中，听出每一个不规则的声音来……[1]

显然，生活对于葛利高里来说是草原上让人迷失方向的"大风雪"，面对它的肆虐，我们除了默默承受之外其实别无选择。而在达维多夫那里，生活已经脱离了自然状态，成了一台时刻运转的马达，它

---

[1] ［苏］肖洛霍夫：《新垦地》第1部，草婴译，《肖洛霍夫文集》第6卷，北京：人民文学出版社，2000年，第109页。

或许有些复杂，但人们总能掌握其操作方法、运转逻辑，并摸透内部的每一个零件。而生活中那些没有完全按照设计规划图出现的事物，如地主与富农的暗中破坏、中农的瞻前顾后、贫农的自私自利等，都不过是机器运转过程中"不规则的声音"，主人公完全可以将它们一一找出，放逐到生活的疆域之外。

在这里，生活的形象从狂暴肆虐的自然转化为自如驾驭的机器。如果说面对前者，我们只能感到恐惧、无奈，那么在后者面前，只需一份出厂自带的使用说明书就可以解决一切问题。这一巨大的变化，显然说明肖洛霍夫有了全新的对生活的理解。如何理解这种变化？或许形而下的阐释，是作家遭遇种种对《静静的顿河》的批评后，选择在《被开垦的处女地》中做出改变，表明自己具有进步、向上的决心。不过更合理的解释是，《静静的顿河》的故事背景主要发生在"一战"到苏维埃政权稳固前，这段充满了战争与革命的历史本身就错综复杂，葛利高里身处其间，自然会感到生活捉摸不定，只能被命运"推"着前行；而《被开垦的处女地》描写的则是白卫军被基本肃清后，哥萨克农村开始推行土地改革、建设集体农庄的过程，在这个建设社会主义的时代，每当主人公感到困惑或遇到困难，党的文件就会适时地颁布以提供解决之道，生活的道路自然会变得异常清晰。在《被开垦的处女地》中，达维多夫等共产党员费尽心力也没有处理好隆隆谷村的集体农庄问题，达维多夫甚至被一群由富农雅可夫·鲁基奇教唆的妇女打得头破血流；而斯大林同志只是在1930年3月2日的《真理报》上发表了《胜利冲昏头脑（论集体农庄运动的几个问题）》一文，就立刻消除了笼罩在哥萨克农村的不安情绪，并顺便把地主、富农密谋已久的暴动化解于无形。肖洛霍夫这两部长篇小说的差异，或许正是不同的社会历史发展阶段决定的。

当我们分析肖洛霍夫如何将狂暴恣肆的自然"驯化"为一台机器的时候，或许有些读者会认为这再次印证了某些包含着深刻洞见的偏见，即社会主义现实主义文学虽然以现实的面貌出现，但它其实是以某种理念性的东西为先导，去改造（如果客气些不用"粉饰"的话）现实，它所呈现的生活样貌与事实之间有着很大的距离。之所以说这种看法是洞见，是因为社会主义现实主义作品所描绘的现实确实与其原型之间存在着巨大差异；而必须指出这样的事实是一种偏见，是因为这类批评其实隐含着一个前提，即存在着可以如实复现生活的文学，可这样的文学又什么时候存在过呢？在终极意义上，所有文学都是由某种理念出发，去框定或改造现实，哪怕是那些以幻想为主要特征的文学样式。或许可以用精神分析理论作为参照，更好地说明这个问题。在那些深刻怀疑人类认知能力的精神分析学家看来，未被人类涉足的自然被称为"实在界"，它混沌、狰狞，会对人的精神世界造成巨大的创伤，以至于人类出于本能直接将其屏蔽在认知范围之外。可人类又不可能真的离开自然，于是就用符号体系将自然予以变形，这个能够被接受和认知的世界，就是"象征界"。在某种意义上，文学对生活的捕捉与呈现，正类似一个从实在界到象征界的过程。

不过，正如人类的精神并没有强大到可以完全屏蔽实在界，有些人就是由于实在界的入侵而被噩梦纠缠或罹患精神疾病一样，社会主义现实主义以某种理念框定、改造生活，也会面对类似的问题。生活如大江大河般奔涌向前、永不停留，不断将新的事物、新的问题向我们抛来。当社会主义现实主义试图根据某种理念，乃至某个政策文件，将生活"驯化"为一台机器的时候，它其实是把文学所创造的世界锚定在某个时间点上。这种处理方式有些类似于胶片时代的照相机，摄影师力图通过按下快门,将一个瞬间雕刻在卤化银晶体上,然而他还没来得及把定影好的照片挂起来晾干,不断向前的生活就可能已经完全改变了他所拍摄的事物。一旦现实的发展状况与政策文件发生龃龉,对于社会主义现实主义文学来说,"实在界入侵"的时刻也就到来了,它会因此而遭遇精神危机吗?这会损害它的文学价值吗?

面对这样的问题,卢那察尔斯基曾经进行过正面的回应。他承认"生活在奔流",往往作家刚刚写完一部反映当下的作品,"由于来了新的指示,你又得完全用另一套办法去解决问题"[1];要是艺术家描绘未来,"描写二十五年或五十年后的情形,而那时候的人却说'他们大错特错了'",是大概率会出现的情形。不过,卢那察尔斯基表示,这类错误并不重要,重要的是文学"对我们今天有什么意义。我们应该试着登高远眺,展望未来。在这里,幻想和表面上不象真实的东西起着很大的作用,在这件事上可能出错,但是也能够有和应该有真实性,真实性首先在于:无产阶级的胜利、没有阶级的社会的胜利,以及个性大大发扬这一胜利,只有在集体主义的基础上才能达到。这就是真实"。[2]也就是说,细节的失真或对未来的误判并不算什么大的问题,无产阶级必然胜利的历史发展规律,已经预先保证了作品的真实性。卢那察尔斯基对革命的未来充满信心,这让我们心怀敬意。毕竟在这个"小确幸"的时代,已经很少有人再有改造世界的勇气和理想。可作为后来人,心中却免不了要惴惴不安地提问:如果集体主义的实践也暂时遭遇了挫折呢?

---

[1] [苏]卢那察尔斯基:《社会主义现实主义》,《论文学》,蒋路译,北京:人民文学出版社,1978年,第72页。
[2] [苏]卢那察尔斯基:《社会主义现实主义》,《论文学》,蒋路译,北京:人民文学出版社,1978年,第59页。

三

在《被开垦的处女地》中,达维多夫因抓捕反革命分子而牺牲前,他所领导的斯大林集体农庄已经走上了正轨,人们适应了集体的劳动方式,一些积极分子也纷纷要求入党,按照小说世界内部的逻辑,隆隆谷村的生活将会迎接光明的未来。这部作品在全世界范围内产生了极为广泛的影响,1936年,周立波就将该书第一部译介到中文世界。诸如《暴风骤雨》《太阳照在桑干河上》《创业史》《山乡巨变》等一大批以土地改革、农村合作化运动为主题的长篇小说,在人物形象、情节结构等方面,都或多或少地带有学习和模仿《被开垦的处女地》的痕迹。这些小说中的元茂屯、暖水屯、蛤蟆滩以及清溪乡,也和顿河边的隆隆谷村一样,走在了集体主义的金光大道上。不过,带着时间所赋予的后见之明,去重新回顾这些小说的时候,我们会忍不住好奇:隆隆谷村的后代们会如何看待前辈的奋斗?

关于这样的话题,俄罗斯文学没有为我们的思考提供合适的案例,因为生活本身并没有给俄国的农业生产方式带来特别大的改变。苏联解体固然给俄国农业造成很多冲击,但集体化的农村生产方式却一直延续了下来。究其原因,是苏联的农业集体化运动于1928年开启、1937年基本完成,到90年代初苏联解体时已经持续了七十年左右的时间,这近一个世纪的历史以及大规模机械化开启的石油农业,早就抹去了达维多夫那代人以家庭为单位从事农业生产的技艺与记忆。脱离集体、单独种田,对新一代的俄国农民来说,如果不是来自"远古"的神话,也是不可能完成的任务。于是,大多数集体农庄在失去苏维埃的领导后,并没有解散,而是转变为小型农业公司或农业合作社。因此,某些农业生产方式的戏剧性转变,以及在这一生活中生长出来的文学经验,其实是在东方,由中国当代文学来提供。这种不同,自然也是时间因素造成的。从1952年12月中共中央通过《关于发展农业合作社的决定》，全面推进农业合作化运动，到1978年11月24日安徽省凤阳县小岗村村民签订包干到户的保证书，这中间只经历了不到三十年的时间。这样的时间长度，尚不足以埋葬农民对于土地的梦想，尤其是对50年代的那些年轻人来说，他们会经历农村经济制度的两个巨大转折，用自己生命所遭遇的戏剧性变化来印证和体认20世纪中国历史的剧烈动荡。在这样的背景下出现的文学，或许可以帮助我们思考，肖洛霍夫的社会主义现实主义小说将狂暴恣肆的生活改写为一台机器，似乎完美地掌控了生活，但时过境迁，当生活再次以其势不可挡的力量将那台"新设计的复杂马达"冲毁时，其文学的意义又该锚定在何处。

有关这一主题，或许最值得一提的作品就是陈忠实的中篇小说《初夏》。这部小说最初是作为《当代》1984年第4期的头题发表的，由此可以看出编辑部对它的看重。此时的陈忠实还没有开始思考中国传统文化在20世纪的种种遭遇，而是以社会主义现实主义的创作方式，去敏锐把握当时中国农村的变化，并思考农民的前途和命运，使得《初夏》发表后一些陕西作家觉得这部作品"像《创业史》，连一些人物都像"[1]。在阐述创作《初夏》的动机时，陈忠实表示自己在现实的"逼迫"下写出了这部作品："我无法背向现实，在生活的巨大的变革声浪中保持沉默，也无法从嘈杂的实际生活中超脱出来。"[2]的确，家庭联产承包责任制在80年代初的中国社会掀起了巨大的波澜，在改变了农村生产、生活面貌的同时，也对日后的城乡关系变化、人口大规

---

[1] 王汶石、陈忠实：《关于中篇小说〈初夏〉的通信》，《小说评论》1985年第1期。

[2] 王汶石、陈忠实：《关于中篇小说〈初夏〉的通信》，《小说评论》1985年第1期。

模流动乃至中国成为世界工厂等有着重要影响。小说《初夏》的故事，正是在这样的背景下展开的。

在结构上，这部作品的叙事动力来自父子两代人之间的矛盾。父亲冯景藩是个和达维多夫、梁生宝类似的先进人物，他是20世纪50年代河西乡第一批入党的老党员，曾在冯家滩创办了第一个试点合作社，一时间成为政治明星。为了能够带领乡亲走上共同致富的道路，他甚至放弃了成为河东乡党支部书记的机会。然而，接二连三的政治运动，却使冯景藩当年的牺牲变得毫无意义，小说中因此感慨："二三十年来，他不仅没有实现当初实行合作化时给社员们展示的生活远景，而且把自己的家庭的日月也搞烂包了。"[1]而更让冯景藩难以接受的是，当年他苦口婆心地劝说村民带着自家的牲口和田地加入合作社，如今又是他认真衡量、反复核算，让村民牵回牲口、领走田地，时间对人的嘲弄让他忍不住偷偷流泪，"冯家滩耗尽了他庄稼人的黄金岁月，在几乎筋疲力竭的时候，却猛然发现，他拽着的冯家滩这辆大车好像又回到二三十年前的起点上"[2]。对于新政策，冯景藩不愿意使用"责任制"这样的新词，坚持称其为"分田单干"，正是一种对命运的自嘲。因此，一辈子舍己为公的冯景藩拒绝了上级培养儿子冯马驹主持大队工作的美意，哪怕走后门也要送儿子到县饮食公司当司机，离开农村当城里人。

而陈忠实笔下的子一代冯马驹似乎继承了达维多夫、梁生宝以及青年冯景藩的精神气质。退伍后回到家乡的冯马驹担任了冯家滩大队三队生产队长，他没有像父亲那样觉得分田单干后就用不着干部主持

---

1 陈忠实：《初夏》，《陈忠实文集》第2卷，北京：人民文学出版社，2016年，第18页。

2 陈忠实：《初夏》，《陈忠实文集》第2卷，北京：人民文学出版社，2016年，第10页。

工作了，而是办起了砖瓦厂、配种站，努力办副业为村里那些剩余劳动力解决生计问题。当父亲没经过他的同意，直接让他放弃队里的工作去县饮食公司报到时，两人爆发了激烈的冲突。最终，他拒绝了老年冯景藩的安排，选择了青年冯景藩的道路，要留在农村建设新的生活。有趣的是，小说的结尾处，冯马驹和几个村里的年轻人找出一本"六十年代出版的《中国青年》"，重温其中的一段誓词："在国家处于困难的时候，在我的家乡的乡亲处于严重苦难的关头，我应该用党教给我的知识去承受困难的压力，去和家乡的人民一起尽快排除困难，建设新的生活。"[1]

正是这个结尾，使得《初夏》的叙述结构可以理解为两次命运的循环：一次是老年冯景藩在主持合作化和"分田单干"时感受到的命运的循环；另一次则是冯马驹在20世纪80年代再次重复了青年冯景藩作为60年代青年的选择而形成的循环。我们可以从这个结构看出陈忠实构思的巧妙。只是按照叙述的逻辑来看，作家显然更看重冯马驹舍己为公的选择，因而予以浓墨重彩的表彰。不过，伟大作品所蕴含的意义，往往会超越作者给定的范围，今天的读者或许会觉得冯景藩的命运包含了更多历史的信息。至于冯马驹的选择，则更多地会让人联想起《新华字典》解释冒号的第五种用法的例句："张华考上了北京大学；李萍进了中等技术学校；我在百货公司当售货员：我们都有光明的前途。"[2] 这个例句已经成了著名的网络笑话，用来嘲讽阶层固化和社会分配的不公。毕竟，稍有阅历的人都知道，"张华""李萍"和"我"固然"都有光明的前途"，但人生的轨迹将极为不同。

依靠时间赋予的优势地位，我们今天已经很清楚，在冯马驹选择

---

[1] 陈忠实：《初夏》，《陈忠实文集》第2卷，北京：人民文学出版社，2016年，第146页。
[2] 《新华字典》，北京：商务印书馆，1998年，第673页。

留守农村后的几十年里，东南沿海地区的高速发展、大中型城市的扩张、中国在国际政治经济格局中大比例承接制造业等新情况，将因20世纪70年代末以来的农村改革、化肥产量提高、优良品种推广而形成的大量农村剩余劳动力转化为农民工，并彻底改变了城乡经济的基本面貌。这也使得冯马驹要在村里办配种站、砖瓦厂等副业吸纳剩余劳动力的努力变得有些可笑。虽然《初夏》高度赞扬冯马驹的选择，但我们有充分的理由为这个人物担忧，他或许会和青年冯景藩一样，中了时间的诡计，落入命运的陷阱，并在晚年为自己的选择感到遗憾。而作家带着复杂情感描写的老年冯景藩，却准确把握了历史发展的方向，执意要让儿子离开农村。这一具有历史洞见的选择，自然是得益于从二三十年的政治磨难中获取的经验，只是令人遗憾的是，生命已经没有足够的长度让他利用这份珍贵的经验改写自己的命运了。

陈忠实对老年冯景藩的精彩描写，准确"预判"了生活前进的轨迹，在某种意义上获得了现实主义艺术的胜利。这样的人物命运，让人忍不住想到黑格尔关于思想与现实关系的描述："关于教导世界应该怎样……哲学总是来得太迟。哲学作为有关世界的思想，要直到现实结束其形成过程并完成其自身之后，才会出现。……这就是说，直到现实成熟了，理想的东西才会对实在的东西显现出来，并在把握了这同一个实在世界的实体之后，才把它建成为一个理智王国的形态。"[1]这就从理论上解释了为何冯景藩只有在临近生命的终点处，时间才吝啬地赋予其对生活的准确认识。

由此，我们也可以理解社会主义现实主义文学所面临的困境。达维多夫、梁生宝、青年冯景藩以及冯马驹都将生活视为一台可以操纵、

---

1 ［德］黑格尔：《法哲学原理》，范扬、张企泰译，北京：商务印书馆，1961年，序言第13—14页。

驾驭的机器，他们为了理想的生活形式，努力去改变貌似自然、延续千年的世界。在这一过程中，他们或许犯了很多错误，但他们所展现出的勇气、果决、崇高、勤劳以及自我牺牲，无不向读者揭示人类精神所能达至的最高境界。这样的作品当然会让我们感动。然而，一旦社会主义现实主义把自己锚定在现实之上，它也就必然要接受现实的检验。当历史的进程超越了曾经的设想，当葛利高里眼中的命运洪流冲毁了达维多夫那台"复杂马达"，当老年冯景藩猛然发现"冯家滩这辆大车好像又回到二三十年前的起点上"，社会主义现实主义文学那闪亮的光辉自然会黯淡下来。不过，我们也无需对肖洛霍夫那代作家过分苛责。只有那些自以为历史已经终结的人，才会在回顾过去时自比为诸葛孔明。生活的洪流还在奔涌向前，今天习以为常的种种事物，或许只是时间的诡计设下的陷阱，在洪水改道的时刻，达维多夫那台"复杂马达"未必不会从河床上重新浮出，发出机器的轰鸣。

（原载《小说评论》2020 年第 3 期）

遮帕麻的梦

——关于现实主义的思考之四

一、从遮帕麻与大魔王腊旬的比武谈起

在《时间的诡计——关于现实主义的思考之三》一文中，笔者分析了当社会主义现实主义文学所描绘的生活远景与历史的发展走向发生偏离时，前者遭遇的尴尬与质疑。需要指出的是，这不仅是社会主义现实主义文学要面对的问题，几乎也是所有被打上"现实主义"标签的作品的宿命。毕竟，现实主义不断强调"摹仿"现实是自己的安身立命之本，自然会"诱惑"读者去检验其与生活原貌之间的距离。不过，由此引申出来的问题是，如果现实主义真的如同很多人想象的那样，能够创造出一种完美复制现实的书写方式，那么在理论上，每个时代最优秀的现实主义小说所呈现的生活样貌，都应该是一样的，因为它们试图去模仿的是同一个样本。如果生活前进的轨迹与作品所描绘的那个文学世界存在差异，那只能说明作家其实并未真正领悟到现实主义艺术的真谛，不过是个蹩脚的小说家。这样的观点虽然在理论上有一定道理，但却很难通过文学史实践进行验证。在19世纪，现实主义取得了辉煌灿烂的成就，涌现出太多优秀的作家，他们笔下的文学世界可以说完美再现了作家所身处的时代，以至于恩格斯会觉得

巴尔扎克的作品"汇集了法国社会的全部历史，我从这里，甚至在经济细节方面（诸如革命以后动产和不动产的重新分配）所学到的东西，也要比从当时所有职业的史学家、经济学家和统计学家那里学到的全部东西还要多"[1]。然而，恩格斯这个夸张的说法还是会让人心生疑惑，难道文学的意义真的只是更好地完成"史学家、经济学家和统计学家"的工作吗？19世纪伟大的现实主义作家对生活的呈现各个不同、色彩斑斓，又有哪位可以称作是正确的呢？判断现实主义艺术成就优劣的标准，真的是复制生活的程度吗？

思考这样近乎无解的问题，或许需要求教于先民的智慧，例如中国云南阿昌族的创世史诗《遮帕麻与遮米麻》。就如同全世界各个民族的创世神话一样，《遮帕麻与遮米麻》也包含了诸如开天辟地、创造日月星辰和鸟兽鱼虫、确定自然界秩序、洪水神话、干旱神话等异常丰富的内容，里面蕴含着远古时代先民对其生活世界方方面面的理解。而与我们的讨论相关的，是其中创造了天地的男神遮帕麻与大魔王腊旬之间的对决[2]。这场比武的背景是，狂风吹破了东南西北四个方向的天空，使得天上降下洪水，大地成了一片汪洋。曾经用自己的毛发编制了大地的女神遮米麻身上只有当年剩下的三根地线，她用这三根地线织补好东、北、西三个方向的天空，对南方天空中的破洞感到束手无策。于是，遮帕麻决定到南方修建南天门，挡住从南面吹来的风雨。如同奥德修斯在归家途中被女神卡吕普索滞留了七年一样，修好了南天门的遮帕麻也于当地遇到了美丽的盐神桑姑尼，在后者的引诱下，

---

1 [德]恩格斯：《致玛·哈克奈斯》，《马克思恩格斯选集》第4卷，北京：人民出版社，1997年，第685页。
2 《遮帕麻与遮米麻》以两种形式流传，一种是散文体，讲述方式较为随意；一种是韵文体，由阿昌族专门的念经人"活袍"在特定的宗教仪式或民俗活动中以阿昌古语念诵。两种形式的《遮帕麻与遮米麻》的故事情节基本框架相同，部分细节有微小的出入。本文的分析依据散文体《遮帕麻与遮米麻》。

遮帕麻深深地陷入情网，完全忘记了自己的家乡。此时，大魔王腊訇趁遮帕麻外出之机，开始肆虐乡里，在天空中放置了一个永远不落的假太阳，使得土地干涸，民不聊生。女神遮米麻挑战腊訇失败后，在小獭猫的帮助下，"翻了九十九座山，过了九十九条河，肉跑掉了九斤，皮磨破了九层"[1]，才把遮帕麻从南方请了回来，于是就有了遮帕麻与大魔王腊訇之间的对决。

这个故事最具特色和想象力的地方，是遮帕麻与腊訇比武的方式。他们没有像后世《西游记》《封神榜》等神魔小说那样以"一物降一物"的套路用仙术或法宝进行厮杀，而是仇人相见、分外眼红，揎拳捋袖、倒头便睡，开启了一场极具创意的比赛。原来，遮帕麻与腊訇约定，晚上双方一起睡下，第二天醒来后分别陈述自己的梦境，再根据讲述内容的优劣决出胜负。先民如此解释这个同床异梦的故事：

> 在人神同住的时代，大家都认为，梦表面看来虚幻，其实是最真实的，做梦不受任何限制，在梦中可以到任何自由王国。[2]

在腊訇的梦中，他法力无边、力大无穷，可以随意让树木枯槁、生灵涂炭；而在遮帕麻的梦里，被腊訇的"假太阳晒死的树木，都活过来了，小鸟又飞回了树林，鱼儿在水里游来游去，世界充满了欢乐"[3]。听了遮帕麻对梦境的讲述，大魔王腊訇输得心服口服，不得不宣告自己的失败。腊訇梦想的生活里只有痛苦和杀戮，而遮帕麻则表达

---

[1] 赵安贤讲述、杨叶生翻译、智克整理：《遮帕麻与遮米麻》，《山茶》1981年第2期。

[2] 赵安贤讲述、杨叶生翻译、智克整理：《遮帕麻与遮米麻》，《山茶》1981年第2期。

[3] 赵安贤讲述、杨叶生翻译、智克整理：《遮帕麻与遮米麻》，《山茶》1981年第2期。

出了对生命与欢乐的向往，两相对照之下，显然是后者的梦境更具吸引力。由于梦中究竟发生了什么，只有做梦者本人才知道，因此，这场比赛的实质，是比较遮帕麻与腊甸对各自梦境的讲述。在这个意义上，这场发生在上古时代的比赛可以看作是一次文学批评实践，要评出"表面看来虚幻，其实是最真实的"梦境的优劣。先民不愿意用理论的语言表达自己的观点，而是选择将经验与智慧蕴藏在故事中，等待后人的理解与诠释。那么，《遮帕麻与遮米麻》在这里所说的"真实"究竟指什么？评价遮帕麻与腊甸梦境高下的标准又是什么？在笔者看来，既然先民将梦的"真实"与"自由王国"联系在一起，那么这里的"真实"就不是对现实生活的复制或模仿，而是传达出对理想生活的憧憬。正是因为遮帕麻描绘了一个充满生机和希望的生活远景，他才赢得了竞赛的桂冠，哪怕在举办比赛的时刻，腊甸那颗永远不落的假太阳仍然让人类饱受旱灾之苦。这似乎是在暗示我们，对于"真实"与"摹仿"这类概念，应该采用更加开放的看法，评价它的标准或许并非其与现实生活的走向是否相符，而是它能否提出更好的对于生活的构想。

二、"现实感"：理想生活的愿景

云南阿昌族的祖先对"真实"与"摹仿"这类概念的思考，在古希腊哲学中也有类似的回响。柏拉图在《理想国》第 10 卷中，借苏格拉底之口提出了那个著名的看法，即现实生活不过是作为"本质的形式或理念"的影子，而艺术家的创作其实是在模仿生活"看上去的样子"，只与"隔真理两层的第三级事物相关"[1]。在这样的思路下，艺术

---

1 ［古希腊］柏拉图：《理想国》，郭斌和、张竹明译，北京：商务印书馆，1986年，第 390—399 页。

家无论付出多大的努力去模仿生活，其作品也不过是生活虚幻的影子，永远无法达至真理的境界。然而，亚里士多德在《诗学》中却对此提出异议。他举例说："尽管我们在生活中讨厌看到某些实物，比如最讨人嫌的动物形体和尸体，但当我们观看此类物体的极其逼真的艺术再现时，却会产生一种快感。"[1]正是在这里，亚里士多德全然翻转了柏拉图的逻辑，艺术对生活的模仿不再是只能创造出生活的影子，恰恰相反，"极其逼真"的模仿能够让艺术超越丑陋的现实生活，创造出更加美好的东西。正是基于这一理念，亚里士多德没有像柏拉图那样对荷马表示轻蔑，而是指出"在作《奥德赛》时，他没有把俄底修斯的每一个经历都收进诗里，例如，他没有提及俄底修斯在帕尔那索斯山上受伤以及在征集兵员时装疯一事——在此二者中，无论哪件事的发生都不会必然或可然地导致另一件事的发生——而是围绕一个我们这里所谈论的整一的行动完成了这部作品。……因此，正如在其他摹仿艺术里一部作品只摹仿一个事物，在诗里，情节既然是对行动的摹仿，就必须摹仿一个单一而完整的行动。"[2]可见，所谓模仿并不是原封不动地复制生活的原貌，而是对生活进行改造、提炼、加工，将其内部的潜能予以激发，创造出一个完美的世界。这就是为什么亚里士多德会认为，"诗人的职责不在于描述已经发生的事，而在于描述可能发生的事，……诗是一种比历史更富哲学性、更严肃的艺术，因为诗倾向于表现带普遍性的事，而历史却倾向于记载具体事件"[3]。

其实，不仅是艺术中的"摹仿"并不是要复制出一个与现实生活

---

[1] ［古希腊］亚里士多德：《诗学》，陈中梅译注，北京：商务印书馆，1996年，第47页。

[2] ［古希腊］亚里士多德：《诗学》，陈中梅译注，北京：商务印书馆，1996年，第78页。

[3] ［古希腊］亚里士多德：《诗学》，陈中梅译注，北京：商务印书馆，1996年，第81页。

毫无二致的世界，哪怕是将还原"历史真相"看作安身立命之本的历史学，也并不追求原封不动地记录下所有事件。海登·怀特的看法就与亚里士多德极为相似，他指出："所有的人类活动不都是历史，甚至所有已经记录的可以为后来人们所熟知的人类活动也并非都是历史。如果历史是所有人类发生的事件，如同所有的自然事件都被看作自然一样，那么它显然没有意义，也不可能全部被认知。和自然一样，历史，只有当它被选择地认知，只有把它分为不同的领域，只有辨别它们其中的元素，把这些元素统一为关系结构，而这些结构反过来以特殊的规则、原则和法律，来赋予它们确定的形式时，才能被认知。"[1] 只不过传统的历史学家更愿意压低自身的叙述声音，尽可能仅仅陈列各类史料，把自己的工作视为"让事实自己说话"，最多也不过是在叙述的最后借助"太史公曰"或"臣光曰"这样的提示，低调地表达自己的看法。而经历了后现代主义思想洗礼的历史学家，则意识到编排、拣选历史事实，在叙述中将它们构建成一套逻辑关系顺畅、具有起承转合结构的话语本身，就已经是在表达历史写作者自身的观点与立场了。在这个意义上，事实其实永远沉默，说话的只是自觉或不自觉的历史学家而已。

与传统的历史学家类似，福楼拜这样的现实主义（也有人认为他属于自然主义）小说家没有像同时代的其他作家那样，总是按捺不住表达的冲动，要在讲述故事的同时跳出来点评人物的行为，表达自身的观点和道德立场，而是在创作中尽可能地降低叙述者的存在感，尽可能在作品中隐藏自己的观点，不干预、评点小说中的人物、事件。

---

[1] ［美］海登·怀特：《现实主义表现中的文体问题：马克思与福楼拜》，马丽莉译，［美］罗伯特·多兰编：《叙事的虚构性：有关历史、文学和理论的论文（1957—2007）》，马丽莉、马云、孙晶姝译，南京：南京大学出版社，2019年，第225页。

在谈及《包法利夫人》时，乔治·桑认为小说家不应该"把作品的道德和有益的意义神秘化"，并建议福楼拜要"多表白一下你的意见、人对女主人公和她丈夫和情人应有的意见"。对于这样的"忠告"，福楼拜直截了当地予以拒绝，在给乔治·桑的回信中宣称："至于泄露我本人对我所创造的人物的意见：不，不，一千个不！我不承认我有这种权力。一本书应当具有品德，假如读者看不出来的话，若非读者愚蠢，便是从精确的观点看来，这本书是错误的。因为一件东西只要是真的，就是好的。"[1]不过在今天看来，福楼拜拒绝作者干预小说叙事、让生活呈现自身面貌的努力，注定只是一厢情愿的执念。有研究者通过比较小说《情感教育》和马克思的《路易·波拿巴的雾月十八日》指出，后者"是法国资产阶级的'情感教育'，正如《情感教育》象征典型的法国高级资产阶级之一员的'雾月十八日'"。"两部作品分别以不同的情节—结构描述了相同的发展模式：开始作为一个史诗般的或英勇的努力实现的价值——一方面是个人的，一方面是阶级的，经过一系列虚幻的成功和真实的失败，到最后为了与现实妥协而不得不放弃理想以及接受这种放弃的反讽性。"[2]因此，不管福楼拜是否承认（或者是否意识到），其作品总是注入了作家对历史、社会、阶级等重大问题的思考。

更加有趣的是，当虚构的小说与权威的历史阐释采用相同的方式进行叙述时，似乎倒逼我们去重新思考现实主义文学中的"摹仿"与"真实"的含义。在本文开头引用的恩格斯那段对巴尔扎克的著名评论

---

[1] 《乔治·桑和福楼拜的文学论争书信》，李健吾译，《文艺理论译丛》1958年第3期。
[2] [美]海登·怀特：《现实主义表现中的文体问题：马克思与福楼拜》，马丽莉译，[美]罗伯特·多兰编：《叙事的虚构性：有关历史、文学和理论的论文（1957—2007）》，马丽莉、马云、孙晶姝译，南京：南京大学出版社，2019年，第227页。

中，对现实主义小说艺术成就的最高褒扬，是其对生活的描绘可以达到，乃至超越"职业的史学家、经济学家和统计学家"所做的切实性工作。这一论述的潜台词是：小说家的事业本来只与虚构有关，地位自然不会很高；历史学家的研究却因为与现实生活更为切近，具有更高的价值；而现实主义文学由于能够超越自身的局限性，获得本应由史学著作取得的成就，所以才需要予以特别的表彰。因此，对于恩格斯来说，现实主义通过"摹仿"捕获的"真实"，是成功地在文学文本中把握现实生活，就如同史学家们历来所做的工作那样。然而问题在于，当福楼拜的《情感教育》和马克思的《路易·波拿巴的雾月十八日》都选择以"模拟成长小说"[1]的模式进行叙述，甚至后者实际上是在"摹仿"文学时，恩格斯的说法就成了建立在沙滩上的城堡，开始让人心生疑惑。如果现实主义小说是因为像历史学那样忠实于现实生活才取得了令人敬仰的成就，那么一旦史学叙述本身其实只是在"摹仿"文学，又该如何理解现实主义文学的价值？

后现代主义小说家朱利安·巴恩斯在小说《10½章世界史》中思考这一问题时，也表达了自己的困惑。小说的叙述者表示，"客观真实是无法得到的，某一事件发生时，我们会有众多的主观真实，经过我们评点之后编成历史，编成某种在上帝看来是'实际'发生的情况。这一上帝眼里的版本是虚假的——可爱诱人但毫无可能的虚假"[2]。面对其实不可能完全抵达真实的现实主义文学或历史学，读者在对其进行评判时，似乎很难去计算该文本有多大的比例来自虚构，又有多少成

---

[1] ［美］海登·怀特：《现实主义表现中的文体问题：马克思与福楼拜》，马丽莉译，［美］罗伯特·多兰编：《叙事的虚构性：有关历史、文学和理论的论文（1957—2007）》，马丽莉、马云、孙晶姝译，南京：南京大学出版社，2019年，第227页。

[2] ［英］朱利安·巴恩斯：《10½章世界史》，宋东升、林本椿译，南京：译林出版社，2020年，第227页。

分是在"摹仿"现实生活。我们能够说有43%的内容符合生活原貌的作品，艺术价值一定会高于现实所占比例只有41%的小说吗？对于这样的问题，先民的智慧如果不是最佳的回答，至少也提供了一个可以接受的解决方案。正像上文所分析的那样，在遮帕麻和大魔王腊甸那场发生在远古的对决中，他们各自陈述梦境的比赛方式，与其说是在较量双方的魔法、力量，不如说是在进行文学创作，这场比赛其实可以看成是一次文学评奖。而评选优秀作品的标准，显然不是两种梦境哪个更加符合实际生活，而是哪个梦境更具有吸引力。大魔王腊甸对自己梦境的陈述，透露出他其实是个缺乏想象力的庸人（神），那个严格复制当时生灵涂炭惨状的梦境根本无法获得评委（先民）的首肯；而遮帕麻则描绘了一幅充满生机、令人向往的未来图景，成功地打动了先民，让后者判定那个虽然虚假但却美好的生活远景为最佳故事，把胜利的冠冕戴在了遮帕麻的头上。或许我们可以说，真正决定现实主义文学优劣的，并不是在多大程度上复制出现实生活（这本身就是不可能完成的任务），而是提出一个有吸引力、使人愿意相信的对理想生活的构想。在笔者看来，正是这份生活远景，而不是作品尽可能地贴近所谓现实生活，才让现实主义文学真正获得了所谓"现实感"。

三、"历史真相"的迷思

虽然我们在理论层面上意识到现实主义文学的"真实"概念，更多是指对生活的构想和预期，但非常遗憾，在具体的文学阅读过程中，绝大多数人还是会愿意按照"摹仿"的本义，将"真实"与实际的社会生活联系起来。在狄更斯这样的作家以几乎歇斯底里的方式反复声称自己笔下的全部描写都与真实一般无二的情况下[1]，我们又怎能阻止读者以生活本身为标尺去检验现实主义文学的成色呢？特别是那些天真（或者说理想）的读者，会径直认为触动自己心灵的作品是来自现实生活本身。这种如醉如痴的阅读状态固然说明作品取得了极为出色的艺术效果，但有时也会让写作者感到哭笑不得。比如，茅盾的长篇小说《腐蚀》（1941）就由于采用了18世纪欧洲文学中常见的书信日记体小说的结构，以拾得一本日记为引子展开叙述，让很多为女主人公赵惠明的命运扼腕叹息的读者信以为真，甚至纷纷写信向茅盾询问："《腐蚀》当真是你从防空洞中得到的一册日记么？赵惠明何以如此粗心竟把日记遗失在防空洞？赵惠明后来命运如何？"[2]

这里当然没有嘲笑这些读者的意思，他们阅读文学的虔敬态度让人心生敬意，但是，如果专业研究者也混淆了现实主义文学与社会生活之间的界限，用二者之间的距离质疑作品的艺术价值，甚至苛责作家的道德水准，则令人感到有些遗憾。近些年，伴随着研究界越来越重视与现当代文学相关的史料，很多现实主义作品的本事或原型被发掘出来，如何解释这两者之间的差异就成了一个必须面对的问题。这一点，在学界近来对赵树理的经典小说《小二黑结婚》（1943）的解读中表现得较为典型。由于赵树理秉持"问题小说"的创作理念，尝试用文学创作的方式解决生活中遇到的各类问题，使得其作品大多有着生活原型，与社会现实有着千丝万缕的联系，《小二黑结婚》也不例外。有关这部作品与其原型之间存在差异，其实早就为人熟知。1949年，董均伦就指出小二黑和小芹的原型岳冬至和智英祥（一说智英贤）并

---

[1] ［英］狄更斯：《作者序》，《奥立弗·退斯特》，荣如德译，上海：上海译文出版社，1984年，序言第3—4页。
[2] 茅盾：《腐蚀·后记》，《茅盾全集》第5卷，北京：人民文学出版社，1984年，第300页。

没有像小说所写的那样迎来大团圆的结局,"岳冬至和智英祥的恋爱本来是合法的,但社会上连他俩的家庭在内没有一个人同情。斗争会叫岳冬至承认错误,正是叫他把对的承认成错的,事后村里人虽然也说不该打死他,却赞成教训他"[1]。只是随着2006年《大众收藏》杂志在征集藏品时发现了一张山西省左权县政府法庭1943年6月5日签发的岳冬至一案的判决书,才吸引研究者开始重新讨论《小二黑结婚》与故事原型之间的关系。在这张判决书中,法庭对案件的定性是"争风嫖娼",给如何理解岳冬至、智英祥的道德品质留下了空间。判决书的收藏者王艾甫甚至认为:"他(岳冬至——引者注)和智英祥的恋情是自由恋爱不假,但在当时的社会环境下却是不被认可的,甚至是不道德的。即使在今天,这样的事情也被认为是不道德的。'智英祥在村里的名声不好。你们想想,整天周围有那么多结了婚和没结婚的后生围着,这名声怎么能好?她就不是一个规矩人!'"[2] 所有这一切,都说明赵树理在创作过程中对生活原型进行了巨大的加工。有些研究者甚至根据这一点,指责赵树理小说的现实主义品质,表示"虽然我们不能要求作家的创作都要严格地还原历史,成为历史事件的文学复刻,而且《小二黑结婚》作为一个小说文本自然也谈不上故意的隐瞒与欺骗,但是,小说以对带有政治权威的政策性史实的文学重述取代另一种鲜活而又发人深思的历史真相之再现,其中文学独立品格的遗失是不容置疑的。更为重要的是,赵树理的这种叙事经由'赵树理方向'的推广,开始了中国文学一段并不光彩的历史"[3]。

指责赵树理的小说遮蔽了"另一种鲜活而又发人深思的历史真

---

1 董均伦:《赵树理怎样处理〈小二黑结婚〉的材料》,《文艺报》1949年第10期。
2 吉建军:《"小二黑"没结婚》,《记者观察》2009年第12期。
3 李振:《"文""史"断裂的起点——论〈小二黑结婚〉的叙事策略》,《东岳论丛》2012年第9期。

相"，显然是将现实主义文学的基础锚定在复制现实生活之上，要求文学尽量尊重"历史真相"，对虚构与加工采取了排斥的态度。在笔者看来，这其实是一种对所谓"历史真相"的迷思，如果我们接受先民在《遮帕麻与遮米麻》中蕴藏的智慧，以更加开放的心态思考"真实"的含义，不把"摹仿"理解为复制现实，而是将其视为表达对理想生活的憧憬，就会对赵树理的写作持更加积极的态度。其实，赵树理不仅是在《小二黑结婚》中大幅度改写了岳冬至与智英祥的故事，而且拒绝在小说里运用现实主义文学常规的书写方式。他没有交代刘家峧村的地理环境和村规民俗，也没有尝试将男女主人公塑造成有着鲜明性格的典型人物，他甚至没有向读者透露小芹、小二黑内心深处的任何消息，以至于读完这部小说，人们完全无法感知巨大的社会压力在两个年轻人的情感世界所激起的惊涛骇浪。这也造成杰克·贝尔登这类对现实主义持固定看法的读者，会觉得赵树理"对于故事情节只是进行白描，人物常常是贴上姓名标签的苍白模型，不具特色，性格得不到充分的展开"[1]。不过换个角度来看，虽然赵树理没有写出男女主人公的内心世界，但却重点呈现了伴随着共产党政权对乡村社会结构的改造，刘家峧村中封建势力（三仙姑、二诸葛）和反动势力（金旺、兴旺兄弟）的败落，以及以小二黑、小芹为代表的新兴力量的崛起。赵树理这样的描写方式，无疑在表达着劳动人民改变自己地位、开启新生活的愿景。更重要的是，这种对理想生活的构想诞生在 20 世纪 40 年代，那个时代的中国正发生着翻天覆地的变化，无数中国农民像小二黑、小芹那样，意识到绵延千年的悲惨生活应该被改变，而且正在被改变。文学所描绘的理想生活与自身所处的时代发生共振，鼓舞着千万人投

---

[1]［美］杰克·贝尔登：《中国震撼世界》，邱应觉等译，北京：北京出版社，1980 年，第 117 页。

身到改变自身命运的洪流中去,这才是现实主义文学打动人心之处,才是"真实"的力量之所在。

四、刘巧珍的牙齿与全球视野

可见,现实主义文学尝试捕获的"真实",包含了两方面的含义:一是要表达出对理想生活状态的构想;二是这种生活远景要符合时代的要求。也就是说,现实主义在特定时刻将读者尚未用语言捕捉到的梦想、追求、憧憬以文学的方式表现出来,就已经达至了"真实",这与其是否严格地复制现实并没有太大关系。因此,现实主义并非一套特定的描写现实生活的方法,哪怕是面对同样的生活内容,也必须呈现出时代特征以及人在那个时代对生活的憧憬。关于这一点,或许简单比较一下《小二黑结婚》和路遥的《人生》(1982)就可以予以说明。赵树理是一个对男女爱情没有太大兴趣的作家,他在整篇小说中只用短短的一句话描写了小二黑和小芹的身体接触:"小芹一个人悄悄跑到前庄上去找小二黑,恰在路上碰到小二黑去找她,两个就悄悄拉着手到一个大窑里去商量对付三仙姑的法子。"[1]面对家庭与村庄的巨大压力,两个年轻人在甜蜜的时光也不得不去商量应对的办法。有趣的是,四十年过去了,高加林与刘巧珍的恋爱竟然还是遭遇了来自家庭与村庄的重重阻力,让人不由得感慨传统习俗的顽固。虽然两个人第一次表白爱情后就依偎在了一起,但高加林不得不嘱咐刘巧珍:"不要给你家里人说。记着,谁也不要让知道!"如果说两个时代的描写有什么不同,那就是高加林让巧珍严守秘密后,马上就郑重其事地说:"以

---

[1] 赵树理:《小二黑结婚》,《赵树理全集》第 2 卷,北京:大众文艺出版社,2006 年,第 224 页。

后，你要刷牙哩……"[1]考虑到两个人刚刚经历了幸福的初吻，高加林对刘巧珍牙齿的挑剔不仅不合时宜，而且显得有些残酷。好在刘巧珍不以为意，激动地说："你说什么我都听……"在《小二黑结婚》里，改变自己受压迫的地位，收获自主的婚姻，就是男女主人公对理想生活的全部憧憬，他们根本没有余暇将目光望向刘家峧之外。因此，赵树理仅用一句"过门之后，小两口都十分得意，邻居们都说是村里第一对好夫妻"[2]，就结束了小说的叙述。而高加林的一句"你要刷牙哩"却表明，20世纪80年代的中国乡村早已不是一个封闭的世界。所谓"文明"的生活方式以及它所象征的广阔天地，不断诱惑着农村青年，使得高家村显得狭小、闭塞，根本无处安置高加林的理想生活。可以说，刘巧珍的牙齿标记着两个人的生活方式、思想状态的巨大差异，在这对恋人中间刻下了深深裂痕，预示了日后悲剧的发生。正像路遥所写的，每当高加林感到激动的时候，"他的眼前马上飞动起无数彩色的画面；无数他最喜欢的音乐旋律也在耳边响起；而眼前真实的山、水、大地反倒变得虚幻了"[3]。显然，高加林早就获得思考宏大问题的全球视野，对他来说，身边的乡村生活其实并不真切，远方的世界才更具有现实感。

在这里将两个相隔甚远的作品放在一起进行讨论，一方面是为了说明现实主义文学必须将自己时代的生活理想充分表达出来；另一方面也是因为路遥创作的一大特点，就是利用自己广泛的阅读储备，在作品里不断征用各类文学资源，并注入对自己所身处的时代的理解。

---

[1] 路遥：《人生》，北京：十月文艺出版社，2013年，第38页。
[2] 赵树理：《小二黑结婚》，《赵树理全集》第2卷，北京：大众文艺出版社，2006年，第235页。
[3] 路遥：《人生》，北京：十月文艺出版社，2013年，第37—38页。

要真正理解路遥的写作，必须对这些地方予以挖掘。例如，路遥对高加林、刘巧珍在村子里公开自己恋情的描写：

> 他俩肩并肩从村中的小路上向川道里走去。两个人都感到新奇、激动，连一句话也不说；也不好意思相互看一眼。这是人生最富有的一刻。……他们要把自己的幸福向整个世界公开展示。他们现在更多的感受是一种庄严和骄傲。[1]

这段文字，很自然地让人想到冯沅君1923年的小说《旅行》中的一个著名段落：

> 我很想拉他的手，但是我不敢，我只敢在间或车上的电灯被震动而失去它的光的时候，因为我害怕那些搭客们的注意。可是我们又自己觉得很骄傲的，我们不客气的以全车中最尊贵的人自命。他们那些人不尽是举止粗野，毫不文雅，其中也有很阔气的，而他们所以仆仆风尘的目的是要完成名利的使命，我们的目的却要完成爱的使命。[2]

甜蜜、幸福的爱情让两个时代的年轻人都感到异常骄傲，如果说有什么不同，那就是在"五四"时期，爱构成了新青年们对生活的全部憧憬，除此之外，别无所求；而对于20世纪80年代的年轻人来说，爱在他们对生活的构想中只占有极为微小的部分，他们要不断算

---

1 路遥：《人生》，北京：十月文艺出版社，2013年，第74—75页。
2 冯沅君：《旅行》，《陆侃如冯沅君合集》第15卷，合肥：安徽教育出版社，2011年，第16页。

计、反复权衡，为自己攫取更多的现实利益。《人生》这样描写黄亚萍对爱情的考量："在同等条件下，把加林和克南放在她爱情的天平上称一下，克南的分量显然远远比不上加林了……"[1]在优秀的现实主义作家那里，有时仅仅寥寥数笔就写出了那个时代的典型特征。此处的"称"字，写尽了80年代青年对待爱情的态度。他们不再像"五四"时代的前辈那样，为了爱情勇敢、冲动、不计后果，而是精心计算爱情中的利弊得失。高加林、黄亚萍等人在天平上的反复称重，把爱情这种最难以用理性进行分析的情感问题转化成了便于精确计算的数学问题和经济问题。他们在小说中经历的悲欢离合，都与此有着直接关联。说得极端些，80年代的青年简直就是冯沅君笔下那些"仆仆风尘的目的是要完成名利的使命"的人。而这种精于算计的心理特征，也使得这些年轻人成了西美尔意义上的现代人[2]，为迎接即将到来的商品经济大潮提前进行了心理建设。

这类借用中国现当代文学的相关资源，传达出新的生活构想的写法，在路遥笔下还有很多。例如，作家描写高加林与黄亚萍聊天时的段落：

> 他们在一张椅子上坐下来，马上东拉西扯地又谈起了国际问题。这方面加林比较特长，从波兰"团结工会"说到霍梅尼和已在法国政治避难的伊朗前总统尼萨德尔；然后又谈到里根决定美国本土生产和存储中子弹在欧洲和苏联引起的反响。最后，还详细地给亚萍讲了一条并不为一般公众所关注的国际消息：关于美

---

[1] 路遥：《人生》，北京：十月文艺出版社，2013年，第116页。
[2] ［德］西美尔：《货币哲学》，陈戎女等译，北京：华夏出版社，2002年，第358—360页

国机场塔台工作人员罢工的情况,以及美国政府对这次罢工的强硬态度和欧洲、欧洲以外一些国家机场塔台工作人员支持美国同行的行动……亚萍听得津津有味,秀丽的脸庞对着加林的脸,热烈的目光一直爱慕和敬佩地盯着他。[1]

这个段落的描写也并非无源之水,它似乎是在直接戏仿丁玲的长篇小说《太阳照在桑干河上》(1948)的一段描写:

> 文采同志……不得不详细的分析目前的时局。他讲了国民党地区的民主运动和兵心厌战,又讲了美国人民和苏联的强大。他从高树勋讲到刘善本,从美国记者斯诺、史沫特莱,讲到马西努,又讲到闻一多、李公朴的被暗杀。最后才讲到四平街的保卫战,以及大同外围的战斗。说八路军已经把大同包围起来了,最多半个月就可以拿下来。这些讲话是有意义的,有些人听得很有趣。可惜的是讲得比较深,名词太多,听不懂,时间太长,精神支不住,到后来又有许多人睡着了。[2]

在《太阳照在桑干河上》里,文采同志是共产党干部的反面典型,他在工作中脱离实际,不善于回应人民群众的关切,总是试图用文件和书本解决现实中的问题,最终处处碰壁,造成土改工作无法顺利展开。这段引文值得我们关注的,是聆听文采同志演讲的农民的反应。文采同志对解放战争时期国际国内局势的分析和介绍,呈现了一幅具

---

1 路遥:《人生》,北京:十月文艺出版社,2013年,第120页。
2 丁玲:《太阳照在桑干河上》,《丁玲全集》第2卷,石家庄:河北人民出版社,2001年,第125—126页。

有宏阔视野的生活图景，这当然是重要的，也具有一定的意义。然而，无论是美国记者斯诺、史沫特莱，还是马西努、闻一多、李公朴，都根本不在暖水屯村民所憧憬的理想生活的范围内，听众也感受不到那些辽远的是是非非与其生活世界之间的关联，以至于最后"许多人睡着了"。在这里，丁玲作为一位优秀的现实主义作家，准确地意识到20世纪40年代的农民所憧憬的生活其实坐落在乡土故园，他们根本无暇去了解"美国人民和苏联"究竟如何强大，因此将那个无力描绘出一幅对农民来说具有吸引力的生活图景的干部塑造成了一个近乎小丑的可笑人物。

两相对照之下，我们会发现路遥的描写意味深长。男主人公高加林其实和丁玲笔下的文采同志一样，喜欢阅读报纸上的时事新闻，并乐于和别人分享自己对相关内容的分析。而高加林的幸运在于，黄亚萍没有像40年代的暖水屯村民那样，对这类时事新闻毫无兴趣，而是"听得津津有味"，用"热烈的目光"看着高谈阔论的高加林，佩服得五体投地。在这里，路遥借用丁玲描写过的场景，准确写出了80年代年轻人对生活的憧憬。高加林、黄亚萍从来没有觉得自己的生活会被禁锢在出生的那个地方，而是始终梦想着走向外面的广阔天地。团结工会、霍梅尼、尼萨德尔、里根以及美国机场所表征的世界，并没有外在于这些年轻人的梦想，恰恰相反，这些本来就是他们理想生活的一部分，自然会"听得津津有味"。高加林、黄亚萍们正在和那个时代的中国一起，义无反顾地走在拥抱全球化的大路上。在这个意义上，小说《人生》准确预测了中国社会未来的发展走向。经常听到有读者抱怨路遥的作品情节老套、写法陈旧，这么说并非全无道理，正如笔者在上文分析的，路遥笔下的很多段落会让人联想起前辈作家的描写，给人似曾相识的感觉。不过我们必须注意到,路遥创作的精彩之处,是哪怕他借用了前人作品中的桥段、描写,但只需寥寥数笔的改动,他就写出了一代乡村青年在80年代对理想生活的梦想与追求,让无数读者在高加林的身上认出了自己。这也就难怪《人生》《平凡的世界》这样的作品能够在读者的心灵世界激起巨大的情感波澜,成为人们发自内心去热爱的杰作了。

结语

英国批评家詹姆斯·伍德认为,"现实主义,虽然变换着形式,虽然往往挂了不同名字,从来都是小说的底色,自有这种形式起便是如此。……在所有小说中,那些令我们突然心头一震,突然感动的瞬间,必然和我们笨拙地称之为'真'或'实'的东西有关"[1]。的确,如果我们把现实主义理解为对生活的呈现和捕捉,那么几乎在文学这种事物诞生的那一刻,它就已经出现了,并在此后数千年的历史中演化为各种不同形态。正如奥尔巴赫在《摹仿论》中揭示的,从荷马史诗《奥德赛》、《圣经·旧约》到莎士比亚《哈姆雷特》,再到司汤达《红与黑》、伍尔芙《到灯塔去》,那些产生自不同时代的经典名作的书写方式各不相同,但都是对各自时代理想生活的理解和向往。如果真实并不来自某种复制现实的固定方式,那么詹姆斯·伍德所说的那种让读者感到"心头一震"的东西究竟是什么?在遮帕麻的梦境中,那是上古先民对充满生机、和平宁静生活的憧憬;在赵树理的笔下,那是中国农民对主宰自身命运的向往;而在《人生》里,那是中国青年走出乡

---

[1] [英]詹姆斯·伍德:《破格:论文学与信仰》,黄远帆译,郑州:河南大学出版社,2018年,第1页。

村、奔向世界的理想。正是这些对理想生活方式的构想，让读者在每一次阅读的过程中都能"听"到作品背后所凝聚的千万人的呼喊。这份共鸣及其蕴含的巨大能量，自然会让读者遭遇"突然感动的瞬间"，有时甚至会迸发出改写现实的力量。说到底，现实主义文学的"真"或"实"，其实是来自真实的梦想，而非对现实生活的严格复制。

（原载《小说评论》2020年第4期）

三体人的惶恐与"真"的辩证法

——关于现实主义的思考之五

字幕：我们仔细研究了你们的文献，发现理解困难的关键在于一堆同义词上。

伊文斯："同义词？"

字幕：你们的语言中有许多同义词和近义词，以我们最初收到的汉语而言，就有"寒"和"冷"、"重"和"轻"、"长"和"远"这一类，它们表达相同的含义。

伊文斯："那您刚才说的导致理解障碍的是哪一对同义词呢？"

字幕："想"和"说"，我们刚刚惊奇地发现，它们原来不是同义词。[1]

这段三体人与地球人的对话，来自刘慈欣的科幻小说《三体》第二部《黑暗森林》，集中展现了宇宙中两个不同文明的语言观念。对于三体人来说，语言与其要表征的世界别无二致，二者是一一对应的，不存在任何华丽的修辞、委婉的表达以及狡黠的欺骗，以至于"想"和"说"在三体人的语言里干脆就是同一个词。而地球人的语言则要

---

[1] 刘慈欣：《三体·黑暗森林》，重庆：重庆出版社，2012年，第8页。

复杂得多，各类夸张、隐喻、虚构、征引、修饰乃至欺骗都混杂其中，使得语言与真实之间存在着巨大的偏差。正是人类语言的这一特点，使得三体人感到异常惶恐，表示"我害怕你们"[1]，匆匆中断了与伊文斯的所有联系。在刘慈欣笔下，这两种不同的语言观念构成了整部作品最核心的情节设定，地球人用以对抗三体文明的有效武器——面壁计划，其基础就建立在三体人无法通过语言窥破人类的真实想法之上。而打入三体文明内部的云天明，更是将有可能拯救人类的科技情报用隐喻的方式深埋在一连串童话故事里，成功地骗过了三体人的审查。

刘慈欣的这段描写，让读者不由自主地想到了绵延千年的"诗与哲学之争"。在那场论争的开启处，柏拉图笔下的苏格拉底站在了哲学所代表的真实与逻各斯一方，认为"从荷马以来所有的诗人都只是美德或自己制造的其它东西的影像的模仿者，他们完全不知道真实"[2]，并因此将诗人放逐到理想国之外。也就是说，诗或者更广义的文学仅仅"以词语为手段"[3]是不可能对世界做出真实的描绘的，作家要么会因为什么也不懂而制造了假象，要么会由于不懂装懂而假装自己呈现了真相。苏格拉底的这一看法直接否定了诗或文学如实描绘生活的可能性，将以模仿为基本创作方法、视真实为最高价值的现实主义放在了极为尴尬的位置上。如果三体人也要在"诗与哲学之争"中做出选择的话，那么他们肯定会站在不懈求真的苏格拉底身边。然而，正如同在最后的审判中，面对因沉湎于词语而错失了真相的修辞学家的指责和构陷，苏格拉底无力让观众相信自己无罪，最终只能坦然接受命运的安排—

---

1 刘慈欣：《三体·黑暗森林》，重庆：重庆出版社，2012年，第11页。
2 ［古希腊］柏拉图：《理想国》，郭斌和、张竹明译，北京：商务印书馆，1986年，第396页。
3 ［古希腊］柏拉图：《理想国》，郭斌和、张竹明译，北京：商务印书馆，1986年，第396页。

样,总是"耿直"地说(想)出真相的三体人,在言不由衷、口吐莲花的地球人面前也会感到战栗、惶恐,不管他们设计出多么严密的规则对云天明与程心的对话进行审查,童话故事依靠隐喻/文学的力量,仍然能够将三体人的秘密裹挟到地球上去。苏格拉底的受戮和三体人的惶恐提醒我们,文学或许会因为耽于修辞,无法在作品中完美地复制现实生活,但却能够依靠花言巧语、喋喋不休而获得某种独特的增量。仅仅指出种种修辞是虚假的,其实并不能损害文学所具有的力量。而本文要继续追问的是,如果依靠词语注定无法在纸上创造生活的完美拟象,那么作为现实主义文学的最终目标——"真"——究竟意味着什么?

一

通过描写不同的语言观念标示出两种不同的文明形态,不仅见于刘慈欣的《三体》,这其实也是科幻小说惯常采用的情节模式。在特德·姜的小说《你一生的故事》中,这一模式以更为有趣的方式呈现出来。两个语言形态差异极大的文明在初次遭遇时会发生什么,是《你一生的故事》试图探索的问题。在小说里,语言学家露易丝·班克斯受命与外星人"七肢桶"接触,努力学习后者的语言,以便了解外星人降临地球的目的。在学习的过程中,班克斯逐渐发现不同的语言代表着对世界的不同理解。虽然地球人与外星人身处同一个宇宙,对部分物理学原理(如费尔马最少时间定律)也有着相同的认识,但两个文明理解现实的方式截然不同,这种差异就深刻地印记在语言之中。一般来说,人类运用因果律来理解现实生活,将万事万物按照先因后果的方式予以排列。如果某件事情的前因后果无法解释清楚,就会显得荒诞、怪异,只有将它重新安放在因果关系的链条里,才能缓解人们的不安情绪。这一思维特点，使得地球人的语言选择以线性的方式排列，在一个字接一个字的发音或书写过程中表达自己的思想。然而，"七肢桶"的文字则截然不同，它以图形的方式传递意义，无论多么复杂的思想，都是用一个图案瞬间予以呈现。对于运用这种文字的"七肢桶"来说，所谓前因后果这样的时间链条并不存在，过去、现在和未来在图案中是共时并存的。更为有趣的是，当班克斯运用"七肢桶"的语言越来越熟练后，她看待世界的眼光也发生了奇妙的变化：

> 前因与后果不再是各自独立的两个个体，而是交织在一起，互相影响互相作用，二者不可分割。观念与观念之间不存在天生的、必然的排列顺序，没有所谓"思维之链"，循着一条固定的路线前进。在我的思维过程中，所有组成部分的重要性都是一样的，没有哪一个念头具有优先权。[1]

由此可见，面对同一个宇宙，地球人与外星人不同的理解方式，造就了全然相反的语言，而学习一门新语言，也就是去获得一种全新的观看世界的角度。这就是特德·姜所说的，"当人类和七肢桶的远祖闪现出第一星自我意识的火花时，他们眼前是同一个物理世界，但他们对世界的感知理解却走上了不同的道路，最后导致了全然不同的世界观。人类发展出前后连贯的意识模式，而七肢桶却发展出同步并举式的意识模式。我们依照前后顺序来感知事件，将各个事件之间的关系理解为因与果。它们则同时感知所有事件"[2]。在这种情况下，我们其

---

[1] [美]特德·姜：《你一生的故事》，李克勤译，《你一生的故事》，李克勤等译，南京：译林出版社，2019年，第46页。
[2] [美]特德·姜：《你一生的故事》，李克勤译，《你一生的故事》，李克勤等译，南京：译林出版社，2019年，第54页。

实很难判断地球人和外星人对宇宙的描绘究竟哪一个是客观、真实的,那只是两种不同的感知方式而已。这种情况有些类似于李白的名句:"今人不见古时月,今月曾经照古人。古人今人若流水,共看明月皆如此。"[1]今人与古人只能在各自的时空背景下观看明月,今人无法看到古时的月亮,古人见到的明月也与今人眼中的不同,但我们不能因此就认为今人或古人其实没有看到月亮或只是看到了假月亮。从这个角度来看,苏格拉底断然判定诗或文学是虚假的,似乎对"真"的理解有些过于狭隘。

事实上,面对广阔无垠的现实生活,我们只能选择以有限的视角、特定的方式对其进行观察,根本不可能对万事万物予以全方位的描绘。在某些地方有所见,在其他地方就会有所疏忽。这就要求我们必须以更加开放的态度对待"真"这个概念,不能轻易将某一种视角所呈现的形象判定为"假",哪怕它与我们眼中的世界相差甚远。然而遗憾的是,人们在大多数情况下其实都是武断的,要么只愿意相信自己"看"到的东西,要么只承认"权威人士"眼中的事物为"真",否定了存在着其他观看世界的可能性。

关于这一点,一个较为突出的案例是土耳其作家帕慕克的长篇小说《我的名字叫红》。这部作品虽然采用侦探小说的基本叙事框架,但核心情节并不是寻找凶手,而是两种观看方式之间的冲突。主人公橄榄是一位从事细密画创作的奥斯曼画家。这种绘画形式以散点透视的方式描绘世界,通常将地平线放置在画幅的上半部分,模拟真主从天空向大地观看的视角;当下的社会生活从来不是它所表现的对象,而是永远从宗教、传说以及历史故事里选取题材;对人物的绘制也不采

---

[1] 李白:《把酒问月》,王琦注:《李太白全集》中册,北京:中华书局,1977年,第941页。

用近大远小的规则，而是按照画中人物的尊卑长幼来安排大小和位置。可见，伊斯兰世界的画家将其对宗教、政治、权力、历史以及伦理等问题的理解熔铸在观看世界的方式中，最终形成了独特的绘画风格。如果持有一种开放的态度，我们其实很难简单地用真或假来评判这样的艺术。然而，土耳其西化派的代表人物帕慕克却不这么认为，他执意要区分两种画风的优劣。在《我的名字叫红》里，欧洲传来的肖像画对细密画画师们构成了巨大的冲击，一旦他们见过了采用焦点透视法原理创作的作品，就再也无法抵挡这种风格的诱惑。哪怕是不惜以杀人的方式维护传统画风的橄榄，也会忍不住诱惑为自己画了一幅自画像，并最终不得不承认："就算顺从魔鬼的左右，坚持下去，弃绝过去所有的传统，企图追求个人的风格和法兰克的特色，一切仍是白费力气，我们终究会失败——正如我费尽毕生能力和知识，还是画不出一幅完美的自画像。"[1]甚至在身首异处后，他的头滚到了大街上，眼中却看到了让他着迷的景象——"马路微微往上倾斜延伸，画坊的墙壁、拱廊、屋顶、天空……一切就这样一一排列下去"[2]——一幅由透视法所构建出的画面。

由于细密画与传统中国画有着千丝万缕的联系，《我的名字叫红》所展示的两种绘画风格的差异，让我们很自然地想到了西方绘画与传统中国画。而那个模糊、笼统的西方绘画"写实"、中国画"写意"的区分，更是已经成为某种常识，印刻在国人的脑海里，似乎后者天然地并不求真，而只是一种对意境的追求。不过在笔者看来，我们同样不应该用真与假的标准判定两种绘画，二者的差异其实只是观看方式

---

[1][土耳其]帕慕克：《我的名字叫红》，沈志兴译，上海：上海人民出版社，2006年，第485页。
[2][土耳其]帕慕克：《我的名字叫红》，沈志兴译，上海：上海人民出版社，2006年，第491页。

不同。美国学者小塞缪尔·埃杰顿就指出，西方传统中的观看方式来自几何学原理，"古希腊人相信，当直射光线围住观测目标时，它看起来像是圆锥体（或棱锥）的底部，眼睛是它的顶点，'看见'的物理动作便发生了。在那种情况下，欧几里得在《几何原本》12书中运用于圆锥或棱锥的定理，同样决定着我们在现实世界中的观看方式"[1]。因此，采用透视法构图的绘画实际上是画在圆锥体的底部，只有将眼睛移动到圆锥体的顶点位置时，画面才会因错觉而显得栩栩如生，它本身其实是很不自然的。关于这一点，美术史上一个突出的例子，是荷兰画家霍尔拜因的木板油画《大使们》，其画面下方的前景部分是一大团模糊的色块，似乎是一幅画在圆形木板上的骷髅头，只是因为倾斜放置，所以看不清楚。画家在暗示观众，如果将眼睛移至那块圆形木板的顶点处，那个骷髅头就能清晰地呈现出来[2]。此外，画家在使用透视法进行创作时，也不仅仅是如实地呈现己之所见，而是受到一系列复杂因素的影响。埃杰顿在分析拉斐尔为教皇尤里乌斯绘制的湿壁画《圣典辩论》时发现，16世纪的神学观念、天文学知识乃至对赞助人的奉承（让教皇尤里乌斯"能够想象自己受到左边年轻人的召唤而应邀进入图画的虚构空间"[3]），都深刻地影响了画家的创作。因此，我们只能说透视法是一种感知现实的方式，而不能用真或假来判定它所呈现的画面。

类似的，通常被认为是"写意"的传统中国画也不能认为仅仅是传达了某种意趣，其构图法同样是一种观看世界的方式。宋代画家郭熙关于山水画的思考，或许值得我们关注。他提出的"三远"理论，

---

1 ［美］小塞缪尔·Y.埃杰顿：《乔托的几何学遗产：科学革命前夕的美术与科学》，杨贤宗、张茜译，北京：商务印书馆，2018年，第39页。
2 参见陈辉《从对象性到被给予性——马里翁论审美可见者：以绘画为例》，《文艺研究》2020年第7期。
3 ［美］小塞缪尔·Y.埃杰顿：《乔托的几何学遗产：科学革命前夕的美术与科学》，杨贤宗、张茜译，北京：商务印书馆，2018年，第196页。

对以何种方式进行观看做出了明确的规定:"自山下而仰山巅,谓之高远;自山前而窥山后,谓之深远;自近山而望远山,谓之平远。"[1] 也就是说,传统中国画家没有把自己的视点局限在某个圆锥体的顶点处,而是不断进行上下、远近、前后的移动,以此获得对风景的描绘。而这种观看方式最终所实现的效果,仍然是一种"真":

> 春山烟云连绵人欣欣,夏山嘉木繁阴人坦坦,秋山明净摇落人肃肃,冬山昏霾翳塞人寂寂。看此画令人生此意,如真在此山中,此画之景外意也。见青烟白道而思行,见平川落照而思望,见幽人山客而思居,见岩扃泉石而思游。看此画令人起此心,如将真即其处,此画之意外妙也。[2]

虽然绘画本身是静止的艺术,但由于传统中国画的构图方式促使欣赏者在画面的不同位置,在上下、远近、前后等方向上移动其目光,创造出了某种动态的"真"。于是,观画者通过目光的移动,获得了类似于旅行者般的真切感受,为四时变化、景物山川所感染,就好像当真身临其境一般。而有些艺术史研究者更是根据郭熙"大山堂堂,为众山之主,所以分布,以次冈阜林壑,为远近大小之宗主也。其象若大君赫然当阳,而百辟奔走朝会,无偃蹇背却之势也"[3] 的构图原则,认为这种观看方式背后是创作者"内心臣服君王的依附观念,以及对皇

---

[1]〔北宋〕郭熙:《林泉高致集·山水训》,于安澜编著,张自然校订:《画论丛刊》第一卷,郑州:河南大学出版社,2014年,第52页。

[2]〔北宋〕郭熙:《林泉高致集·山水训》,《画论丛刊》第一卷,郑州:河南大学出版社,2014年,第48页。

[3]〔北宋〕郭熙:《林泉高致集·山水训》,《画论丛刊》第一卷,郑州:河南大学出版社,2014年,第47页。

权社会等级纲常的内在体认"[1]。

因此，观察现实世界的方式受制于观看者所处时代的宗教、政治、伦理、社会发展程度以及经济结构等一系列复杂因素，我们很难简单地用真或假的标准予以判断。或者说，不同观看方式所呈现的，都是在各自视野、传统中的"真"。正如我们很难说"七肢桶"和地球人对宇宙的感知方式究竟哪一个更加正确。因此，《我的名字叫红》轻易地判定采用透视法原理创作的绘画更有吸引力，似乎并没有领悟到"真"的意义。有些研究者提出，"尽管不同地区、不同文明、不同历史时期对自然的解释可能完全对立，但折射的是文明各自的渊源和自洽的传统逻辑，其丰富性不言而喻，本质上并无截然优劣对错之分"[2]，可谓抓住了问题的核心。

二

不过，即使确认了两种不同的观看方式所呈现的形象并没有任何优劣对错可言，都可以称作"真"，我们还是很难撼动帕慕克在《我的名字叫红》中表达的看法。人们通常会不由自主地觉得运用透视法描绘的画面，要比细密画或传统中国画所表现的事物更加"真"。这种观点是如此根深蒂固地扎根在我们的头脑和意识里，哪怕是指出"真"本身的相对性，也还是不能阻止很多人觉得某一种"真"比其他"真"更"真"。

怎么来理解这种"真"与"真"之间的较量呢？三体人、"七肢桶"、地球人、透视法绘画以及细密画等分别以不同的感知方式理解世

---

[1] 杨小彦、郑梓煜：《观看的分野——从郭熙的"三远法"到阿尔贝蒂的"椎体横截面"》，《文艺研究》2020年第9期。
[2] 杨小彦、郑梓煜：《观看的分野——从郭熙的"三远法"到阿尔贝蒂的"椎体横截面"》，《文艺研究》2020年第9期。

界，非常类似德国哲学家莱布尼茨在《单子论》中对单子从不同视角观看宇宙的描述。他写道：

> 正如同一座城市从不同的角度去看便显现出完全不同的样子，可以说是因视角（perspectivement）不同而形成了许多城市，同样，由于单纯实体的数量无限多，也就好像有无限多不同的宇宙，不过，这些不同的宇宙只不过是唯一宇宙相应于每个单子的各个不同视角而产生的种种景观。[1]

也就是说，无限多的个体都从各自的视角出发，"看"到了一幅只属于自己的宇宙景观。这个宇宙景观是"唯一宇宙"的映像，但又与后者不完全一致。值得注意的是，每个单子并不会认为自己对"唯一宇宙"的呈现只是无限多的宇宙景观中的一个，而是笃信自己眼中的宇宙景观就是"唯一宇宙"的真实形象。对于这种自以为是的态度，莱布尼茨在《神正论》中进行了较为粗略的描述："赐给人理性的上帝使人具有了神的形象。上帝让人在一定程度上在自己的小的领域之内自行其是……因此，人在他自己的世界或者在他以自己的方式管理的微观世界里，就像一个小上帝：他有时在那里创造奇迹，他的艺术也常常在模仿自然。"[2] 显然，这里的"人"也可以看作是某个单子，他在自己的"微观世界"里如同神一样可以掌管一切，他那"模仿自然"的艺术也就顺理成章地被判定为"真"。毕竟，除了具备反思能力的哲学家，谁又会去追究使眼见为"实"得以成立的条件呢？

---

[1]［德］莱布尼茨：《单子论》，段德智编：《莱布尼茨后期形而上学文集》，段德智、陈修斋译，北京：商务印书馆，2019年，第297页。

[2]［德］莱布尼茨：《神正论》，段德智译，北京：商务印书馆，2016年，第326页。

因此，莱布尼茨所描绘的图景是非常悲观的，"微观世界"中的人自以为如同上帝般掌控着世间万物，但实际上宇宙却是按照自己的节奏和轨道运行的，根本不会理睬人的想法和意志。只有在一种特殊情况下，人才会发现自己的懵懂无知，领悟到"真"其实是复数形态的。那是三体人与伊文斯交谈的时候，是"七肢桶"与班克斯接触的刹那，是用透视法绘制的肖像画经威尼斯商人之手传入奥斯曼帝国宫廷画坊的瞬间，在那千钧一发的危急时刻，"真"与"真"相遇了，并分别恍然大悟——哦，原来"真"外有"真"！

不过，在相遇的初期，由于每个个体都是"微观世界"中的"小上帝"，因此，他们都会宣称只有自己眼中的世界是"真"的，其他观看之道都是歪理邪说。于是，就会引发"真"与"真"之间的冲突。正如刘慈欣在《三体》中描写的，除了叶文洁那样对人类文明已经感到深深失望的人，地球人都会暂时放下争执，团结起来捍卫自己的生活世界，与奉行弱肉强食之道的三体人展开战斗。只有当小小的"水滴"轻易击溃庞大的地球太空舰队时，地球人才放弃了自己对宇宙的理解，按照三体人的观看方式，将宇宙"看"作是极为残酷的黑暗森林。类似的故事，也发生在《我的名字叫红》里。威尼斯商人带来的透视法风格的肖像画，在奥斯曼帝国的宫廷画坊中掀起轩然大波。主人公橄榄第一次看到肖像画，就意识到这是对真主的观看之道的亵渎，因此，他不惜杀死自己的姨夫，也要捍卫传统的细密画风格。在小说的结尾，橄榄在临死前还试图离开不可救药地染上透视法风格的奥斯曼画坊，前往印度，去重新振兴细密画传统。然而在故事发生的年代，欧洲各国在政治、经济、科技以及军事等各个方面都已经超越了奥斯曼帝国，这使得细密画画师对自身的文化传统丧失了信心，也就很难再坚信细密画的构图方式能够再现"真"。因此，两个世界、两个文明的相遇并不能让人意识到"真"的相对性,反而在更多的时候,要么是一个文明固执地守护自己的"真",将他者眼中的世界指认为"假";要么是一个文明颓然地宣布自己其实从来没有见过"真",是他者的到来才让自己得以"启蒙",开眼看到了"真"。

对现实的观看方式背后、在抵达"真"的道路背后,是包括政治、经济、军事、文化以及伦理等在内的一整套社会建制和生活方式,这一切构成了人们理解世界、感知现实的基础。当两个文明相遇之时,双方都会宣称只有自己才"看"到了"真",进而在各个社会层面展开较量。最终,失败者将会发现,长久以来被认为是天经地义的那套社会制度,并不能捍卫自己的生活方式,不由自主地开始怀疑此前观看现实的视角。他们将或被迫、或主动地接纳胜利者对世界的理解,用他者的目光重新审视自己的生活,将传统的"真"指认为"假",并感叹自己终于"看"到了真正的"真"。有关这一情形最典型的描述,当属"五四"时期周作人重新理解人之为人的那段著名宣言:"无奈世人无知,偏不肯体人类的意志,走这正路,却迷入兽道鬼道里去,旁皇了多年,才得出来。正如人在白昼时候,闭着眼乱闯,末后睁开眼睛,才晓得世上有这样好阳光;其实太阳照临,早已如此,已有了许多年代了。"[1]对"五四"知识分子来说,传统的生活方式遮蔽了国人的双眼,只有在政治、经济、军事、文化、伦理等方面全盘向西方学习,才能"睁开眼睛",看到真实的世界。在这样的思想语境中,运用透视法原理所绘制的"真",自然要比传统中国画呈现的"真"要"真"得多。应该说,那一代知识分子的选择本身并没有错,正如鲁迅所言,他们的任务"是在有些警觉之后,喊出一种新声;又因为从旧垒中来,情

---

[1] 周作人:《人的文学》,《艺术与生活》,石家庄:河北教育出版社,2002年,第8—9页。

形看得较为分明，反戈一击，易制强敌的死命"[1]。因此，他们指出传统视角所呈现的世界的相对性，从西方引入新的感知方式，以避免亡国灭种的危机，这一战略选择有其充分的合理性。

然而，清末民初残酷的国际环境，对中国社会、思想的冲击是如此之大，以至于到了今天，我们仍然无法完全摆脱这种对"真"的理解，不由自主地觉得透视法所呈现的"真"更真。如果说在那个救亡图存的危急时刻，"五四"一代对西方视角的崇拜尚有情可原，那么今天的国人则必须思考这样的问题：如果当真完全采纳西方人理解世界的方式，那么中国人将不得不循着西方的脚步亦步亦趋，最多只能通过他者的视角看到所谓的"真"，对世界的描绘将永远丧失中国人自己的特色，更不用说站在自身的立场上来阐释这个世界了。关于这一点，连帕慕克笔下的细密画画师橄榄都看得非常清楚，虽然他在内心深处崇敬用透视法画出的肖像画，但他知道如果自己也采用那种方式描绘面前的世界，得到的一定是艺术上的失败。他不由得感慨，"法兰克人的娴熟技巧需要经过好几个世纪的磨炼。即使姨夫大人的书完成了，送到威尼斯画师手中，他们看了一定会轻蔑地冷笑，而威尼斯总督也将附和他们的奚落——别无其他。他们会嘲讽奥斯曼人放弃了身为奥斯曼人，并且从此不会再害怕我们"[2]。

三

从上文的论述可以看出，如果现实是一个确实存在的对象，那么作为价值的"真"则是对不同视角所描绘的一系列现实画面的判

---

[1] 鲁迅：《写在〈坟〉后面》，《鲁迅全集》第1卷，北京：人民文学出版社，2005年，第302页。
[2] ［土耳其］帕慕克：《我的名字叫红》，沈志兴译，上海：上海人民出版社，2006年，第485页。

断。每个视角都相信自己的判断是正确的，能够如实地描绘现实，直到视角与视角宿命般地相遇。"真"是个唯我独尊的判断，不允许其他的"真"与自己并存，这就使得视角与视角之间要论证/争夺自身的合法性，最终的失败者将放弃自己过去的观看方式，承认胜利者所信奉的"真"，直到有新的挑战者出现，成功让其他视角相信一种全新的"真"。因此，"真"从来不是可以一劳永逸地获取的，无穷多的视角彼此之间的矛盾、对抗、争夺，推动着"真"不断地变换着自己的形态，重复"正反合"的过程。我们或许可以将这一运动，称作"真"的辩证法。可以说，"真"所走过的历程，就是一部"城头变幻大王旗"[1]的历史。如果相信有一种永恒不变的"真"，就会成为只知道自己的"微观世界"的视角的坐井观天。而推动"真"的辩证法能够运转起来的最初动力，或许就是类似于三体人的惶恐这样的情感。三体人无法理解地球人的语言及其背后感知生活的方式，由此产生的惶恐，促使三体人欲除地球人而后快，开启了永不止歇的"真"的争夺战。正是这种遭遇不同视角时生发出的惶恐情绪，触碰了"真"的改旗易帜历程的第一块多米诺骨牌。不过需要澄清的是，指出"真"的相对性与不断变化的特质，并不是持一种相对主义的看法，认为"真"与"真"之间毫无差别，而是强调"真"只是在特定的历史背景下才得以成立。一旦发生了时空转变、社会历史条件的改变，就必须根据变化了的现实调整视角，再继续坚持过去那种感知世界的方式，无异于刻舟求剑。

事实上，"真"的辩证法不仅仅作用于不同文明、不同文化之间，在艺术史内部，同样也存在着对"真"的解释权的抢夺。勒内·韦勒克在解释19世纪的现实主义概念时，认为单纯指出现实主义是所谓"当

---

[1] 鲁迅：《为了忘却的记念》，《鲁迅全集》第4卷，北京：人民文学出版社，2005年，第501页。

代社会现实的客观再现"没有太大意义,并不能让人理解其确切含义,而如果讨论诸如"'客观性'的含义究竟是什么"或"'真实'究竟意味着何物"等形而上学的问题,永远不会有最终的答案。因此,韦勒克建议研究者要把现实主义放回到运用这一概念的历史背景中去,从在当时文艺界发挥的作用的角度去理解其内涵。他明确指出,当人们在19世纪谈论现实主义时,指的是一种"反对浪漫主义的论战武器"[1],包含着排斥和包容两种运作机制。所谓排斥机制,指的是现实主义"排斥虚无缥缈的幻想,排斥神话故事,排斥寓意与象征,排斥高度的风格化,排斥纯粹的抽象与雕饰,它意味着我们不需要神话,不需要童话,不要梦幻世界。它还包含对不可能的事物,对纯粹偶然与非凡事件的排斥,因为在当时,现实尽管仍具有地方和一切个人的差别,却明显地被看做一个19世纪科学的秩序井然的世界,一个由因果关系统治的世界,一个没有奇迹、没有先验存在的世界,哪怕个人仍可以保持个人的宗教信念"[2]。而所谓包容机制,则意味着此前在政治权威、伦理意识、道德观念、文学传统等因素的综合作用下,不能进入文学书写范围的事物,如丑陋的形象、低贱的人民、怪诞的事件、道德的禁忌以及性爱的具体描写等内容,被现实主义文学予以包容,成为合法的文学书写对象。在笔者看来,韦勒克所说的现实主义文学的排斥和包容机制,就是与浪漫主义文学争夺"真"的解释权的手段,是"真"的辩证法的具体表现形式。那些从浪漫主义文学的视角看上去是"真"的事物,被现实主义文学判定为"假",成了拙劣作品的标志,而曾经被浪漫主义文学所遗漏的东西,则成了现实主义最重要的

---

[1] [美]勒内·韦勒克:《文学研究中的现实主义概念》,《批评的诸种概念》,罗钢、王馨钵、杨德友译,上海:上海人民出版社,2015年,第227页。
[2] [美]勒内·韦勒克:《文学研究中的现实主义概念》,《批评的诸种概念》,罗钢、王馨钵、杨德友译,上海:上海人民出版社,2015年,第227页。

书写对象。显然，对"真"的理解方式，在19世纪悄然发生了变化。

不过，韦勒克将现实主义文学局限在19世纪，认为它只是"反对浪漫主义的论战武器"，似乎显得视野有些不够开阔。因为类似从浪漫主义到现实主义的书写社会生活方式的更替，并不仅仅发生在19世纪。如果考虑到表征现实几乎是文学自诞生之日起就具有的功能，那么"真"的辩证法几乎从头到尾贯穿了整个文学史，是一条把握文学发展脉络的重要线索。虽然韦勒克觉得奥尔巴赫有关现实主义的研究含混其词，抱怨"很难明白他（奥尔巴赫——引者注）所谓的现实主义究竟意味着什么"[1]，但那位博学的德国语文学家从文体的角度对文学如何书写现实所做的历时描述，仍然会对我们理解"真"的辩证法有很大的启发。莎士比亚的历史剧《亨利四世》有这样一段对白：

亨利亲王：当着上帝的面起誓，我真是疲乏极了。

波因斯：会有那样的事吗？我还以为疲乏是不敢侵犯像您这样一位血统高贵的人的。

亨利亲王：真的，它侵犯到我的身上了，虽然承认这一件事会损害我的尊严的。要是我现在想喝一点儿淡啤酒，算不算有失身份？

波因斯：一个王子不应该这样自习下流，想起这种淡而无味的贱物。[2]

根据奥尔巴赫的分析，这段对白生动地体现出莎士比亚作品的文

---

[1] [美]勒内·韦勒克：《文学研究中的现实主义概念》，《批评的诸种概念》，罗钢、王馨钵、杨德友译，上海：上海人民出版社，2015年，第222页。
[2] [英]莎士比亚：《亨利四世》下篇，朱生豪译，《莎士比亚全集》第6卷，北京：人民文学出版社，2010年，第313页。

体混用的特色，显影出16、17世纪英国人对现实世界的理解方式发生了变化。在古典时代，描写不同身份的人物，有着极为严格的文体规定。帝王将相这样的贵族，只能出现在悲剧当中，用高等文体予以表现；而普通民众则只能放置在喜剧里，用低等文体进行描绘。因此，贵族在古典作品中往往如神一般，不会被任何凡俗琐事所打扰，更不会产生疲惫这种"低劣"的身体感觉。如果贵族要开始喝酒了，那么从来也都是选择享用"高贵"的葡萄酒，下等人经常喝的"淡啤酒"根本不可能入得了他们的法眼。在这一背景下，莎士比亚让未来的英国国王亨利王子感到身体上的疲惫，甚至还想要喝"淡啤酒"，简直称得上离经叛道，表明剧作家及其同时代人对现实世界有了全新的理解。也就是说，在古典时代的文学作品中，人物如蝴蝶标本一般被牢牢地钉在阶级身份所给定的位置上，丝毫动弹不得，即使作家非常清楚贵族同样也会感到疲惫，但文学只有对这类俗事视而不见，才称得上"真"；而在莎士比亚那里，人及其生活的社会都正在发生着巨大的变革，古典时代那个人们按照阶级划分各司其职、各就其位的宁静世界一去不复返了，这样的动态现实终于开始被文学所包容。这或许可以解释为何莎士比亚从来不会让自己的作品拘泥于三一律的死板规定，而是让戏剧舞台上总是不停地更换场景。毕竟，在一个变动不居的世界里，死守着某一个地方才是不真实的。

莎士比亚的这个例子也清晰地表明，"真"的辩证法的运作过程、对"真"的解释权的争夺战并非一劳永逸，而是有着不少曲折和反复。在莎士比亚之后，英国戏剧迅速衰落，莎士比亚的崇高地位等待着人们的再次发掘。哪怕在一百多年后的法国启蒙主义时期，深受古典传统熏陶的启蒙作家们，也大多无法认同莎士比亚观看世界的方式。翻译了很多莎士比亚戏剧的伏尔泰，就始终觉得剧作家"具有充沛的活力和自然而卓绝的天才,但毫无高尚的趣味,也丝毫不懂戏剧艺术的规律"[1]。他甚至认为莎士比亚的作品"几乎全是野蛮的,缺乏节度,缺乏条理,缺乏逼真……文笔太铺张,太欠自然,过度抄袭了希伯来作家们亚洲式的夸大"[2]。那些在很多评论家看来极具现实感的剧作,于伏尔泰的眼中却"缺乏逼真""太欠自然",这让人不由得感慨对"真"的理解竟能够有如此巨大的差异。可见,有关"真"的争夺是一场持久战,时代背景、社会结构、阶级立场、民族性格、文化传统以及思想观念等一系列事物构建的不同观看方式,各自有着异常牢固的基石和传统,尽管有一些天才作家横空出世,凭一己之力创造出观察现实的全新视角,也要经过不断的对抗、磨合、此消彼长的反复拉锯,在经过漫长的岁月后才会达至视界融合,最终完成"正反合"的辩证过程。

四

虽然所有现实主义文学,或者被认为具有现实主义精神的作品都标榜自己以"真"为最高准则,但能否意识到"真"的辩证法,究竟是将"真"理解为动态过程中的一个环节,还是亘古不变的"真理",决定了作品呈现现实的基本方式。与现实主义有关的无数理论争吵,也大多与此相关。

以匈牙利美学家卢卡奇为例,这位审美趣味纯正的马克思主义者

---

[1] [法]伏尔泰:《〈哲学通信〉第十八封信(1734)》(选),上海外国语学院教学科学研究室译,杨周翰编选:《莎士比亚评论汇编》(上),北京:中国社会科学出版社,1979年,第347页。

[2] [法]伏尔泰:《〈哲学通信〉第十八封信(1734)》(选),上海外国语学院教学科学研究室译,杨周翰编选:《莎士比亚评论汇编》(上),北京:中国社会科学出版社,1979年,第350页。

对包括自然主义在内的一切现代文学流派都嗤之以鼻，他颇为尖刻地讽刺道：

> 在帝国主义时期，从自然主义到超现实主义的走马灯式的现代文学流派，其共同之点是：这些流派把握现实，正如现实向作家及其作品中的人物所直接展现的那样。……在思想上和感情上，这些作家（现代主义作家——引者注）仍然停留在他们的直觉上，而不去发掘本质，也就是说，不去发掘他们的经历同社会现实生活之间的真正联系，发掘被掩盖了的引起这些经历的客观原因，以及把这些经历同社会客观现实联系起来的媒介。相反，他们却正是从这种直觉出发（或多或少是自觉的），自发地确立了自己的艺术风格。……在我们指出不同的现代流派停留在直觉水平上的时候，我们并不想以此来否定从自然主义到超现实主义的严肃的作家们在艺术上的劳动。他们从自己的经历中，也确实创造了一种风格，一种前后一贯的、常常是富有艺术魅力的有趣的表达方式。然而，如果人们看一下他们这方面的全部劳动同社会现实的关系的话，那么就会发现无论在世界观方面还是在艺术方面，它都没有超出直觉的水平。[1]

在卢卡奇的词语库里，"直觉"显然是个贬义词，意味着缺乏对生活进行反思的能力，只能片面地描写现实的某些片段，无法穿透生活的表象呈现出现实的全貌、本质和前进方向。因此，20世纪西欧文学界不断涌现出的各种新潮流派，在卢卡奇眼中都是不入流的蹩脚创作，

---

[1] ［匈］卢卡契：《现实主义辩》（1938年），卢永华译，叶廷芳校，《卢卡契文学论文集》（二），北京：中国社会科学出版社，1981年，第10—12页。

只有19世纪的现实主义文学和苏联、东欧国家的社会主义现实主义作品，才是真正伟大的文学创作。

应该说，卢卡奇这样的文学观念，在社会主义阵营的文艺理论家那里并不罕见。20世纪出现的各类现代主义流派在描绘社会现实时，一旦没有采用传统的观察生活的视角，就会被他们判定为对现实的歪曲、变形，成了走向没落的小资产阶级知识分子在腐朽的帝国主义时代感到绝望的表征。而这种对某一特定的文学风格、文学书写传统的执念，似乎将一种观察生活的视角看成了绝对真理，忽视"真"的辩证法，忘记了正如生活在不断变化一样，没有哪一种感知世界的方式是永恒的。法国马克思主义者罗杰·加洛蒂在60年代就将苏联文艺理论家对特定的现实主义风格的坚持称作教条主义，极力为毕加索、圣-琼·佩斯以及卡夫卡等20世纪出现的新潮艺术家辩护，扩大现实主义艺术的边界。他在谈到毕加索时指出，画家笔下那些看上去歪曲现实的画作，实际上是在强调现实本身的不稳定性和相对性，呼唤着更加美好的未来："毕加索在绘画里，在一切艺术里开辟了这种闻所未闻的前景，它是以对人的肯定，以对超出自然、甚至在自然之外的人对创造另一现实权利的肯定，以另外的创造规律和另一种美，以另外的判断标准作为开始的。"[1]而卡夫卡创造的那些人变甲虫的古怪传说、藏身地洞的受迫害幻想，以及围绕城堡进退失据的荒诞故事，在加洛蒂看来都是"用一个永远结束不了的世界、永远使我们处于悬念中的事件的不可克服的间断性，来对抗一种机械生活的异化。他既不想模仿世界，也不想解释世界，而是力求以足够的丰富性来重新创造它，以摧毁它的缺陷、激起我们为寻找一个失去的故乡而走出这个世界的、

---

1 [法] 罗杰·加洛蒂：《论无边的现实主义》，吴岳添译，天津：百花文艺出版社，2008年，第29页。

难以抑制的要求"[1]。

显然,加洛蒂在谈到20世纪的现代主义艺术时,强调的是它们在以不同方式展望着一个尚未出现的世界,传达了人们对自己身处的那个世界的不满,构成了对当下生活的批判和讽刺。加洛蒂还特别强调:

> 艺术家不限于刻画对象,他根据取自外在现实中的材料构思对象,并且根据与自己时代的社会发展水平相适应的方法、技术、规律,通过这个对象(它可能相像或不相像已存在的现实),体现自己时代的人们的力量和愿望,唤醒他们,使他们意识到自己巨大的创造力,使他们不再忍受异化的一切形态,这些形态产生一种概念,即世界的形成是一劳永逸的,已经最后完成,不再发展了。艺术的极其伟大的教育作用就在这里;并不是在于图解最新的指令,而在于唤起人们身上的责任感和意识到他们能够改造世界和建设未来的思想。[2]

也就是说,加洛蒂认为,我们不应该将自己看到的现实生活理解成唯一的"真",而是要充分意识到那只是"真"的辩证法运作过程中的一环,随着历史的发展、时间的流逝,曾经用以理解世界的观看方式会在多重因素的作用下发生改变,从而呈现出不同的"真"。现实主义艺术作为一种捕捉现实的手段,也不能将描写对象当作永恒不变的事物,而是要发掘其相对性,揭示现实不断变化的特质,并努力引导

---

1 [法]罗杰·加洛蒂:《论无边的现实主义》,吴岳添译,天津:百花文艺出版社,2008年,第167页。
2 [法]加罗第:《论现实主义及其边界》,滕立言译,《现代文艺理论译丛》1965年第5期。

"真"朝着更符合人的本性的方向发展。这等于是要求艺术家像莎士比亚那样带着其对现实的不满和理想的憧憬,凭一己之力开辟出一种全新的视角,帮助人们重新感知自己所身处的世界。

这样的观点,后来招致苏联文艺界的猛烈批判。如果说加洛蒂在谈到现实主义时,强调的是如何以另类的视角观看生活,创造出一个超越现实的艺术世界,那么苏联文艺理论家则认为现实主义要通过对生活的描写更好地认识现实。苏契科夫就指出,他与加洛蒂的分歧在于,后者"对现实主义及其可能性表示怀疑,把它的范围扩大到无边无涯(这样就会弄不清楚,艺术中究竟还有什么东西不包括在'现实主义'的定义之中),不承认它是认识世界的手段"[1]。现实主义最重要的作用并不是去创造什么新世界,而是更好地认识已有的生活。苏契科夫甚至认为,"当艺术思维是正确的,它能够解释生活的规律性,接近于了解这些规律性,同样地还了解人的关系,从而也认识生活、认识现实的时候,艺术家的幻想就不会远离现实,不至于模糊并歪曲现实,……当幻想由于艺术思维的不正确性以及艺术思维脱离生活的时候,便会开始了生活面貌的变形"[2]。

今天,从"真"的辩证法的角度,我们或许可以更好地理解加洛蒂与以苏契科夫为代表的苏联文艺理论家之间的分歧。加洛蒂对毕加索、卡夫卡等现代主义艺术家的推崇,表明他更愿意强调视角的相对性,通过揭示出"真"并非永恒,鼓励读者去创造出另类的"真";而苏契科夫则更推崇现实主义艺术的认识价值,主张帮助读者更好地认识现实,把握生活的本质和规律,似乎"真"是一个被埋藏在深山中

---

[1] [苏]苏契科夫:《关于现实主义的争论》,胡越译,《现代文艺理论译丛》1965年第5期。

[2] [苏]苏契科夫:《关于现实主义的争论》,胡越译,《现代文艺理论译丛》1965年第5期。

的永恒宝藏，等待着作家与读者将其挖掘出来。在笔者看来，在这场"马克思主义者之间的交谈，对艺术上的新的和迫切的问题的同志式的讨论"[1]中，之所以会出现对"真"的不同理解，或许与讨论者身处的位置相关。作为法国的马克思主义者，加洛蒂每天都要面对充满异化的资本主义社会，自然会强调"真"的相对性，期盼着另类现实的到来；而苏契科夫等人作为勃列日涅夫时代的苏联文艺理论家，在如何表现现实、能否批评现实等问题上始终犹豫不决，自然会对"真"的相对性避而不谈，更强调文学的认识价值。这再次表明，观看生活的视角、理解现实的方式，受制于一整套社会建制。不过，如果经历了20世纪最后十年的动荡，苏契科夫们或许会对"真"的相对性有更加深刻的认识。

结语

因此，对于每个个体来说，"真"的辩证法是不可阻挡的，在大多数情况下，人们只能通过历史和传统给定的视角观看现实生活，判断何为"真"、何为"假"。我们固然可以选择将视角当作某种宿命予以接受，但更为积极的态度，则是用反思的姿态考察理解现实的方式，将自身的视角予以历史化，充分意识到每一种对现实的呈现都有其洞见与不见。为了更好地理解这一点，我们或许可以借用《西游记》中的一段小插曲予以说明，并结束本文的论述。在西天取经的路上，唐僧派遣孙悟空外出化缘，让白骨精有了可乘之机。她化身为"冰肌藏

---

1 《〈外国文学〉编辑部的话》，滕立言译，《现代文艺理论译丛》1965年第5期。

玉骨、衫领露酥胸"[1]的妙龄女子，带着斋饭去见唐僧、八戒与沙僧。有趣的是，遇到了美丽动人的白骨精，不仅八戒忍不住高叫"女菩萨"，连唐僧似乎也有些心动，训斥女郎道："怎么自家在山行走？又没个侍儿随从，这个是不遵妇道了。"[2]听上去是在指责别人，实际上却更像是在提醒自己清规戒律的存在，难怪李卓吾要微言大义地评上一句："老和尚管闲事。"[3]在危急时刻，火眼金睛的孙悟空及时归来，一眼认出了妖精的原形，二话不说，举起金箍棒就打，后者只好留下一个"假尸首"，逃之夭夭。唐僧对伤害女郎的行为甚是恚怒，孙悟空连忙为自己辩解，让他看看白骨精带来的斋饭。唐僧发现，"那里是甚香米饭，却是一罐子拖尾巴的长蛆；也不是面筋，却是几个青蛙、癞虾蟆，满地乱跳"。事情本来已经水落石出，可八戒却对唐僧说："（孙悟空）怕你念甚么《紧箍儿咒》，故意的使个障眼法儿，变做这等样东西，演幌你眼，使不念咒哩。"[4]这一下子惹恼了唐僧，毫不留情地念起了紧箍咒。这个故事的主题，其实就是"真"的相对性。唐僧和八戒都是对"真"有着先入为主的执念的人，从见到白骨精的第一眼起，那妖冶的女郎就刻在了他们的心中，久久不能磨灭。正是因为执着于那个虚假的"真"，没有用辩证法来理解"真"的相对性，使得他们在检查斋饭时，不愿意相信那是"假"（香米饭、面筋）显出了"真"（长蛆、青

---

[1] 吴承恩：《西游记（李卓吾评本）》上，陈先行、包于飞校点，上海：上海古籍出版社，1994年，第351页。

[2] 吴承恩：《西游记（李卓吾评本）》上，陈先行、包于飞校点，上海：上海古籍出版社，1994年，第351—352页。

[3] 吴承恩：《西游记（李卓吾评本）》上，陈先行、包于飞校点，上海：上海古籍出版社，1994年，第352页。

[4] 吴承恩：《西游记（李卓吾评本）》上，陈先行、包于飞校点，上海：上海古籍出版社，1994年，第353页。

蛙、癞蛤蟆），而是指责孙悟空用障眼法将"真"变成了"假"。最终，唐僧将落入魔窟、饱受惊吓，为自己拒不承认"真"的辩证法而付出惨痛的代价。这无疑是在提醒我们，既然不能像孙悟空那样拥有一双永远明察秋毫的火眼金睛，那么就应该吸取唐僧、八戒的教训，充分理解我们观看现实的视角是一种历史性的存在，它所呈现的"真"也只是辩证法运作过程中的短暂一环。这或许就是现实主义之"真"的内涵。

（原载《小说评论》2020年第5期）

走向粗糙或非虚构?

——关于现实主义的思考之六

凯瑟琳与伊莎贝拉之间的友谊,一开始就很热烈,因而进展得也很迅速。两人一步步地越来越亲密,没过多久,无论她们的朋友还是她们自己,再也见不到还有什么进一步发展的余地了。她们互相以教名相称,同行时总是挽着臂,跳舞时相互帮着别好长裙,就是在舞列里也不肯分离,非要挨在一起不可。如果逢上早晨下雨,不能享受别的乐趣,那她们也非要不顾雨水与泥泞,坚决聚在一起,关在屋里看小说。[1]

爱玛马上露出彬彬有礼的样子,微笑着关心地说:"你刚接到菲尔费克斯小姐的信吗?我太高兴了。我想她身体很好吧?"

"谢谢。你真好!"这位姨妈信以为真,高兴极了,一面急急忙忙找信,一面回答说,"啊!在这儿。我肯定就在手边;可是我把针线盒放在信上。你知道,我没留意,这就完全看不到了。可是刚才还在我手里,所以我几乎能肯定,一定在桌上。刚才我念

---

[1] [英]简·奥斯丁:《诺桑觉寺》,孙致礼译,北京:人民文学出版社,2016年,第26—27页。

给柯尔太太听,她走了以后,我再念一遍给妈妈听,因为她听了觉得很高兴——简写来的信她总是听了再听,听不够。所以我知道这信就在手边,哪,就在我的针线盒下面——承蒙你关心,要听听她说些什么;可是,首先,为了对简公正起见,我真得为她道歉,她写了那么一封短信——只有两页,你瞧——几乎连两页都不到,她一般是写满了一整张纸,再交叉着写半张。"[1]

上面的两段引文,分别来自简·奥斯丁的长篇小说《诺桑觉寺》和《爱玛》,从中可以看出,阅读在18、19世纪已经成为英国中产阶级社会最重要的社交活动之一。于是我们看到,《诺桑觉寺》中的凯瑟琳和伊莎贝拉狂热地阅读各类哥特小说和感伤小说,将谈论人物的情感经历和命运走向视为足不出户时最佳的娱乐方式;《爱玛》里的贝茨小姐则不厌其烦地为每一位来访者朗诵侄女寄来的信件,而菲尔费克斯小姐显然非常清楚朗诵信件是姨妈最热衷的娱乐活动,因此尽量将信写得长一些,不仅信纸的正面写完了接着在反面写,甚至横着写完了,还要竖着让字与字交叉再写上半页!这一情形当然与那个时代的英国邮资昂贵,用两张信纸写信是极其奢侈的行为有关[2],但也从一个侧面说明阅读在社会生活中的重要地位。在这样的背景下,我们才能够理解,为何《傲慢与偏见》中的伊丽莎白与姐姐吉英要连篇累牍地通过书信交流各自在情感上的困惑;而在寒冷的冬夜,一家人围坐在温暖的壁炉前,由大女儿朗诵狄更斯的作品,消解了全家人的疲劳与隔阂,更

---

1 [英]简·奥斯丁:《爱玛》,祝庆英、祝文光译,上海:上海译文出版社,1997年,第175页。
2 当时寄信的价格取决于两地之间的距离以及信纸的张数,因此,大多数人在写信时要提前规划信的长度和字体大小,以便只用一张信纸来容纳所要写的全部内容。1840年英国邮政总局统一邮费并不再限制信纸张数后,人们才开始肆无忌惮地写长信。

是19世纪现实主义小说在不断书写贫困与苦难的过程中,偶然流露出的令人难忘的温馨时刻。

那个时代浓厚的阅读氛围,使得小说中的人物可以带领着中产阶级读者,通过朗诵书信和小说,品评其中人物的性格和行为,剖析人类的内心世界、揣摩行为的心理动机、阐释不同社会阶层之间的复杂关系,探索维系生活运转的隐秘逻辑。在这个意义上,小说通过印刷媒介深刻地形塑了那个时代人们对于内心世界和社会现实的理解方式。所谓现实主义文学与社会生活之间的紧密联系,在很大程度上由此而建立。不过,伴随着广播、电影、电视以及网络的相继出现,新的媒介形式深刻地改变了人类社会的信息传播途径、艺术创造形式、行为交往模式乃至社会组织方式。仅从各国统计的年人均阅读数量就可以看出,阅读已经逐渐成为某种小众的行为方式。尽管偶尔会出现"哈利·波特"系列小说这样的现象级全球畅销书,让年轻一代再次获得打开书本的动力,但这也只能延缓阅读逐渐退场的速度,并不能真正逆转其最终消亡的命运。毕竟,在观看网络视频或电视剧都要揿下"倍速"按键的当下,阅读即便没有显得过于落伍,至少也早已不再是主流的信息获取方式。在这样的背景下,经典现实主义文学所塑造的那种理解人与社会的方式,那种表现真实的艺术手段,是否也会因为媒介的变革而逐渐失效?如果说现实主义文学必须呼应不同时代人们各不相同的梦想[1],其对"真"的理解也必须是一种复数形态[2],那么它呈现现实生活的方式是否也会随着时代的发展而不断演进?

---

1 参见李松睿《遮帕麻的梦——关于现实主义的思考之四》,《小说评论》2020年第4期。
2 参见李松睿《三体人的惶恐与"真"的辩证法——关于现实主义的思考之五》,《小说评论》2020年第5期。

一、安德森的矛盾

对中国学界来说,或许最知名的凸显文学的媒介作用的研究之一,就是本尼迪克特·安德森的《想象的共同体》一书。在该书中,作者引用了菲律宾民族主义之父何塞·黎刹(Jose Rizal)的小说《社会之癌》的开头,唐·圣迪亚戈·得·洛·山多斯举办晚宴的消息瞬间传遍了整个马尼拉的描写,用以说明"数以百计未被指名、互不相识的人,在马尼拉的不同地区,在某特定年代的特定月份,正在讨论一场晚宴。这个(对菲律宾文学而言全新的)意象立即在我们心中召唤出一个想象的共同体"。[1]安德森还认为,也可以把报纸理解为某种大规模印刷的"单日畅销书",因此,"报纸的读者们在看到和他自己那份一模一样的报纸也同样在地铁、理发厅,或者邻居处被消费时,更是持续地确信那个想象的世界就植根于日常生活中,清晰可见。就和《社会之癌》的情形一样,虚构静静而持续地渗透到现实之中,创造出人们对一个匿名的共同体不寻常的信心,而这就是现代民族的正字商标"[2]。这一思考,有两个关联在一起的话题值得我们特别注意。第一,小说、报纸或者说阅读,扩展了人们的视野,使他们得以获知那些来自远方的消息、知识,并由此"想象"出与素昧平生的人彼此间的深刻联结。第二,阅读这一行为,使"虚构静静而持续地渗透到现实之中",再造了人们对于社会生活、人与人之间关系的理解,在20世纪伴随着一波又一波的民族主义思潮瓦解了帝国主义的殖民体系,彻底改写了整个世界的版图。《想象的共同体》由于在这两个命题中凸显了文学这一媒介

---

1 [美]本尼迪克特·安德森:《想象的共同体:民族主义的起源与散布》,吴叡人译,上海:上海人民出版社,2003年,第28页。
2 [美]本尼迪克特·安德森:《想象的共同体:民族主义的起源与散布》,吴叡人译,上海:上海人民出版社,2003年,第35页。

对于民族国家建构的巨大作用,曾让中国的现当代文学研究者倍感兴奋,并引起广泛而持久的讨论。不过严格说来,这两个命题对媒介的理解其实存在着矛盾之处,恰好可以为我们进一步从媒介角度思考文学的意义提供切入口。

《想象的共同体》提出的第一个命题,是小说、报纸等印刷资本主义生产出的文化商品,以及由此而来的阅读行为,可以帮助人们了解远方的生活和知识,最终将一个个如同散沙般的个体缔结为"血脉相连"的民族共同体。这一理解印刷媒介的方式,让人不由得想起加拿大传播学家麦克卢汉。麦克卢汉在解释其著名命题"媒介即是讯息"时指出:"所谓媒介即是讯息只不过是说:任何媒介(即人的任何延伸)对个人和社会的任何影响,都是由于新的尺度产生的;我们的任何一种延伸(或曰任何一种新的技术),都要在我们的事务中引进一种新的尺度。"[1]在这里,所有媒介都是以人为中心,为扩展人的各种感官而服务的。媒介的作用,不过是让人的眼睛看得更远、耳朵听得更真、声音传得更广、思想能够得到记录与传播……在麦克卢汉看来,各种新的技术、新的媒介,是通过修订人的各类感官的尺度来改变人类的交往方式和社会组织形态的。从这个角度看,本尼迪克特·安德森认为小说、报纸等印刷媒介通过让读者了解辽远的消息(拓展了人的眼睛和耳朵的感知范围),进而改变了他们对社会的理解方式,是一种典型的麦克卢汉式的人类中心主义媒介观。

而在以基特勒(Friedrich Kittler)为代表的新一代媒介研究者那

---

[1] [加]马歇尔·麦克卢汉:《理解媒介:论人的延伸》,何道宽译,北京:商务印书馆,2000年,第33页。

里[1]，理解媒介的人类中心主义被瓦解了。在他们看来，媒介其实并非人的延伸，不是通过媒介帮助人的各类感官去扩展功能，而是新的媒介技术的诞生重新定义了人感知世界的方式和范围。为了更好地论证这一观点，基特勒在《光学媒介》（*Optical Media*）一书中举了一个非常有趣的例子。他发现，1900年之后，新闻报道和心理学研究中，经常会提及溺水者和登山者从高处坠落却最终获救后的体验。这些大难不死之人在回忆和讲述自己的濒死体验时，常常会不约而同地提到在他们自以为必死无疑的时刻，种种往事会像"过电影"一样快速地在自己的脑海中闪过。[2] 到了今天，类似的场景早已经成了文学、电影以及日常生活中叙述濒死体验时的陈词滥调。但在1895年12月28日卢米埃尔兄弟首次向社会公映自己拍摄的实验短片，开创电影这门艺术之前，这类"过电影"式的濒死体验从未有过记载。也就是说，电影这一媒介的出现，并不是延伸了人类的视听范围，而是彻底改写了人理解自己生命经验的方式，以至于那些令人难忘的往事必须在脑海中被"冲洗"成电影胶片，才能够在生死攸关的时刻予以讲述。19世纪60年代，当托尔斯泰开始描写《战争与和平》中安德烈公爵在奥斯特里茨战役挥舞旗帜勇敢冲锋，不幸受伤倒在战场上的心理状态时，其写法显得简洁、从容，充满对人生的彻悟和宗教的崇高感：

"怎么啦？我倒了？我的腿发软。"他这样想着仰面朝天倒下

---

[1] 这里对媒介和基特勒理论的思考，受到车致新已出版的博士学位论文《媒介技术话语的谱系——基特勒思想研究》（北京大学出版社，2019年版）的启发，特此说明。

[2] Friedrich Kittler, *Optical Media*, trans. Anthony Enns, Cambridge, UK: Polity Press, 2010, p. 35.

去。……在他的上面除了天空什么也没有，——高高的天空，虽然不明朗，却仍然是无限高远，天空中静静地飘浮着灰色的云。"多么安静、肃穆，多么庄严，完全不像我那样奔跑，"安德烈公爵想，"不像我们那样奔跑、呐喊、搏斗。完全不像法国兵和炮兵那样满脸带着愤怒和惊恐互相争夺探帚，也完全不像那朵云彩在无限的高空中那样飘浮。为什么我以前没有见过这么高远的天空？我终于看见它了，我是多么幸福。是啊！除了这无限的天空，一切都是空虚，一切都是欺骗。除了它之外什么都没有，什么都没有。甚至连天空也没有，除了安静、肃静，什么也没有。谢谢上帝！……"[1]

我们或许可以大胆假设，如果托尔斯泰有幸（或者说不幸）生于20世纪，看过了几场电影，那么他在描写这一悲壮的场景时，没准会丢失原有的高雅格调，像意识流小说家那样用上诸如"闪回"这类奇技淫巧，让不幸的安德烈公爵想起了生命中的重要时刻，就如同1972年BBC版电视剧《战争与和平》在表现这个著名段落时所采用的方式。

由此我们会发现，本尼迪克特·安德森的第一个命题，其实延续了麦克卢汉的媒介观，即以人为中心强调媒介对人的感官的延伸作用；而他的第二个命题（阅读媒介能够影响人对于自我与社会的感知方式），则与基特勒对媒介的理解暗合，从反人类中心主义的角度凸显了媒介对人的改写。

---

[1] ［俄］列夫·托尔斯泰：《战争与和平》（一），刘辽逸译，《列夫·托尔斯泰文集》第5卷，北京：人民文学出版社，2000年，第371页。

二、虚构：抵达真实的坦途

正是因为本尼迪克特·安德森没有注意到自己处理媒介问题时的矛盾之处，他才会在指出阅读媒介可以帮助人们了解远方的人与物后，就匆匆忙忙地以此论证小说能够改变人对于社会关系的看法，而忘记了详细说明小说影响人类认知模式的具体途径。在这里，笔者希望借助小说研究中对相关问题的讨论，以及由此生发出的对"真实"的思考，分析阅读这一媒介是如何使"虚构静静而持续地渗透到现实之中"，并进而改变人对自我与社会的理解方式的。

在欧洲文学史上，早期小说通常会以一种略显笨拙的方式，如说明故事内容来自拾来的书信、日记或真实人物的叙述，来标榜小说内容的真实可信。例如，在曾对浪漫主义文学运动产生过深远影响的著名小说《曼侬·雷斯戈》（*Manon Lescaut*, 1731）中，作者普莱沃神甫（Lábbé Prévost）在小说开头就明确强调，书中所讲述的故事全部是自己偶遇主人公格里欧骑士时听来的："我得在这儿告诉读者，我几乎是在听他说完他的往事之后就立即把它写下来的，因此诸位可以完全相信，没有什么会比这个叙述更确切更忠实的了。我说忠实，就是说即使这位年轻的冒险家用世间最动人的言辞所表达的思想感情，我的叙述都是分厘不差的。以下便是他的故事，从始到终，除他本人的话以外，我丝毫也没有掺进去一点自己的意思。"[1]

不过，这样一种讲述故事的"套路"在盛极一时后逐渐被淘汰，到了18世纪末，大部分小说作者都不再"谎称"故事出自拾来的日记或书信。即便偶尔有作品继续采用这一形式，那也是出于风格化的考虑，而非用"套路"去证明故事的真实性。新一代的小说作者意识到，

---

[1] ［法］普莱沃：《曼侬·雷斯戈》，傅辛译，南昌：江西人民出版社，1979年，第12页。

当小说在描述当代社会生活的时候，由于人物与读者面对同样的情感困境，有着类似的阶级身份，分享相同的价值观念和生活方式，读者会强烈感受到自己与人物的命运紧密相连，生活在同一个世界中，并进而因这种相关性确认故事的真实可信。正如本文开头引用的简·奥斯丁小说的两段引文，其中描述了虚构的小说人物朗诵小说和书信的情形，而这也是那个时代英国读者生活状态的真实写照。有历史学家在考察奥斯丁所生活的社会环境时就指出，当时"人们可以大声朗读书籍或是报纸，这已经成为人们共享的传统娱乐方式。在冬天昏暗的夜晚，如果每个人都各自读书，成本则过于昂贵，因为每个人都需要一根蜡烛照明"，而"大声朗读书信也是朋友与家庭中的一种娱乐方式"[1]。这种小说与生活之间的紧密联系，让小说读者有了一种明确的意识，即虽然他们非常清楚小说所讲述的故事和人物纯属虚构，但由于那些人、事与自己息息相关，还是能够给他们带来强烈的真实感。这似乎印证了亚里士多德在《诗学》中提出的观点：诗比历史更真实[2]。而这种真实感，可以用一个带有悖论性质的概念"虚构真实"来理解[3]。也就是说，现实主义文学对时代风尚、社会关系、人物内心世界的描绘与剖析，使广大读者觉得小说所呈现的世界与己相关，让他们感到心有戚戚，并进而将虚构理解为真实，即所谓"虚构真实"。这种影响是如此深刻，以至于读者往往不是先有了一套关于社会生活、人际关系的观念，再在小说中寻找到印证，而是先通过阅读小说获得了对生活的某种想象，进而以此去思考社会结构，将虚构视为真实。这种观念如果

---

1 ［英］罗伊·阿德金斯、莱斯利·阿德金斯：《简·奥斯汀的英格兰》，陆瑶译，上海：上海文艺出版社，2019年，第334—335页。
2 参见［古希腊］亚里士多德《诗学》，陈中梅译注，北京：商务印书馆，1996年，第81页。
3 有关"虚构真实"概念更详尽的介绍和分析，参见金雯《书写"真实内心"的悖论——重释西方现代小说的兴起》，《文艺研究》2020年第12期。

发展到极致，人们会觉得，既然现实与虚构存在差异，那么就要按照后者的样子去改造前者。

三、现实主义与人的感知方式

事实上，文学这种媒介具有通过虚构改变读者对真实的理解的力量，并非本尼迪克特·安德森的独特发现。早在19世纪现实主义文学最为兴盛的时代，人们就已经意识到印刷媒介的这一功能。马修·阿诺德就认为，伴随着社会革命和工业革命给英国社会带来的一系列猛烈冲击，宗教的社会影响力日益衰落，需要以文学代替宗教保证传统的伦理道德、心理情绪、礼仪习俗、价值观念、人际关系、生活方式以及社会结构不至于崩坏坍塌，以维系王权和社会的稳定。由于小说能够通过虚构影响受众对于真实的理解，因此，必须通过文学批评等手段对其表现生活的内容和形式加以规训，使其发挥社会水泥的功效，凝聚各个阶层，维护统治阶级的利益。一旦狄更斯这样的现实主义小说家在《雾都孤儿》中描绘了让统治者感到难堪的贫民生活，人们要么否认这类悲惨的景象可以成为小说的描写对象，要么就直接指责小说歪曲了现实。这似乎意味着，如果英国统治者没有办法在现实生活中帮助贫民摆脱悲惨的境地，那么就要把他们从小说中驱除出去。似乎只要在虚构的疆域内没有了肮脏与卑劣，借助小说这一媒介去理解真实的读者就会看到一个阳光明媚、路不拾遗、干净整洁、生活富足的英格兰。

在19世纪，英国、法国以及俄国的现实主义文学取得了极为辉煌的成就，小说这一文体趋于成熟，在当时和后世都产生了深远的影响。巴尔扎克、狄更斯、托尔斯泰、陀思妥耶夫斯基等一系列耳熟能详的名字，已经构成人们基本的文化素养的一部分。有些当代人或许没有读过他们的作品，但却能够通过广播、电影、电视剧、戏剧等多种艺术形式的改编，熟稔其中的人物与情节。而作为专业的文学研究者，当打开《米德尔马契》这样的著名作品时，你甚至不好意思对同行说自己正在读这部小说，而只能装作不经意地强调"我正在重读《米德尔马契》"。19世纪现实主义文学这一媒介所迸发出的巨大影响，至少在小说形式和人的感知模式上留下了深深的印痕。在小说形式层面上，现实主义文学刻画人物的技法，发展情节的手段，设置多线叙事结构的方式，对日用器物、风土人情的精细刻画……都向我们展示了杰作所能达至的成就和境界。今天，很多读者在想象一部好小说应该是什么样子时，他们脑海中浮现出的，往往就是诞生在19世纪的那些现实主义小说。而这些作品也就构成了某种不言自明的小说评价标准，一部新的小说，特别是现实主义风格的小说问世后，都将不得不在这一标准下检验其成败得失。因此，对那些有抱负的小说家来说，19世纪现实主义文学是一位威严的父亲，他们不得不在其阴影下开创自己的文学事业。现实主义文学描绘生活的方式，其用文字呈现生活质感的尝试，也就一直延续到了今天。只是那些更倾向于现代主义风格的作家会觉得，当代小说家如果继续采用现实主义的方式去创作，艺术成就将永远无法达到那些伟大的前辈作家的高度，充其量也只能写出一些带有浓重情节剧色彩的三流作品。不过，如果仔细检视自然主义对生活丑陋面貌的捕捉、意识流小说对人的心理世界和无意识的探索、表现主义对生活的种种形变……人们会发现，这些创新都是在某个层面补充或改写了现实主义描绘生活的方法，现实主义文学始终是他们对话的对象。在这个意义上，也可以把现实主义看作是衡量文学形式创新的标尺，可以根据一部小说的形式与现实主义之间的差距来判断其创新的程度。说到底，20世纪不断涌现出的小说创作新流派，其实都是现实主义文学叛逆的孩子。

现实主义小说在塑造人的感知模式这一层面上也取得了巨大的成就。或许没有任何一种印刷媒介可以在这一点上与小说相媲美。这就是本尼迪克特·安德森会选择以现实主义小说为起点,分析印刷资本主义如何形塑民族共同体的原因所在。正像上文所分析的,现实主义文学对人的心理活动、情感世界的描绘,对人际关系的分析,对不同阶级在社会中的位置的展现,对社会发展规律的探索,都用虚构在纸上的、呈现出极具真实感的生活图景创造出了让读者感同身受的"虚构真实"。小说这一媒介对人的感知模式的影响是如此深刻,以至于19世纪出现了一种特殊的观念,即小说之外的任何叙述形式要想准确理解纷繁复杂的现实生活都是极为艰难的,而虚构的小说却能够轻易地呈现生活的真实样貌。恩格斯对巴尔扎克的经典评价,"他(巴尔扎克——引者注)汇集了法国社会的全部历史,我从这里,甚至在经济细节方面(诸如革命以后动产和不动产的重新分配)所学到的东西,也要比从当时所有职业的史学家、经济学家和统计学家那里学到的全部东西还要多"[1],就非常典型地体现了这一观念。也就是说,"职业的史学家、经济学家和统计学家"皓首穷经也未能彻底参悟的生活的本质,在小说的虚构叙述中却得到了最完整的呈现。

这一感知生活的独特方式伴随着19世纪现实主义小说的巨大影响,一直延续到20世纪。其极端形态是,现实生活中实际出现的种种现象、事物并不被指认为"真实",只有那些在现实主义小说的虚构叙事中予以呈现的生活样态,才能通过"真实性"的检验。匈牙利马克思主义美学家卢卡奇就秉持这样一种感知现实的方式。在他看来,即便先锋

---

[1] [德]恩格斯:《致玛·哈克奈斯》,《马克思恩格斯选集》第4卷,北京:人民出版社,1997年,第684页。

派作家宣称自己的写作有生活原型，或者事件干脆就来自现实生活，也不能认为这些小说家笔下的事物是"真实"的，那些零散、片段的描写顶多算是对生活的直觉记录，根本没有捕捉到生活的真相。只有巴尔扎克、托尔斯泰这样的经典现实主义作家，才能在作品中"恰当地强调本质的东西"[1]，写出读者心中的真实。在比较现实主义小说与先锋派作品时，卢卡奇认为前者能够"通过其丰富的描述给予读者自己提出来的问题以回答——给了生活本身提出来的问题以回答"，而后者则充满了"关于现实的主观主义的、被歪曲了的余音，人民绝对无法把它重新翻译成自己生活经验的语言"[2]。正是在这里，卢卡奇于无意中印证了本文的基本观点：现实主义小说塑造了一种人们认识自我与社会的感知模式。读者正是通过阅读现实主义文学获得了一种感知自我与社会、处理生活经验的方式，这使得他们再次遇到这类作品时，会感到小说对生活的描绘与他们心中的世界若合符契，因而能够认同前者对生活的解释。而20世纪出现的各类现代主义文学则提供了一套完全不同的生活图景，构成了对读者原有的感知模式的冲击，使他们无法将其"重新翻译成自己生活经验的语言"，在这种情况下，如果缺乏足够的反思，自然会径直判定这类小说歪曲了现实。由此可见，生活本身其实并不能为"真实"背书，人们需要某种特定模式的虚构才能抵达"真实"。

---

1 ［匈］卢卡契：《叙述与描写——为讨论自然主义和形式主义而作（1936年）》，刘半九译，《卢卡契文学论文集》（一），北京：中国社会科学出版社，1980年，第55页。
2 ［匈］卢卡契：《现实主义辩（1938年）》，卢永华译、叶廷芳校，《卢卡契文学论文集》（二），北京：中国社会科学出版社，1981年，第32页。

四、粗糙的美学

在时间面前，没有什么东西是永恒的。卢卡奇眼中的19世纪现实主义小说是无可争辩的文学巅峰。但无论多么热爱那些伟大的作品，我们也无法否认，现实主义文学用虚构呈现"真实"的方式，在今天受到了强烈的冲击。充满战争与革命的20世纪，摧毁了19世纪建立起来的对人性与理性的信心；而"二战"期间在欧洲以工业流水线的方式高效运转的焚尸炉，更使得人们开始思考，传统的艺术（或者说虚构）究竟是在呈现真实，还是在粉饰现实。在这一语境下，德国法兰克福学派的理论家阿多诺提出了那个著名的命题：奥斯威辛之后，写诗是不可能的。这句话的意思当然不是文学、艺术在"二战"之后没有存在的必要和价值，而是指经历了异常残酷的大屠杀，传统的艺术表现手法，特别是其背后对于人与社会的感知方式，都暴露出了虚假性。毕竟，当党卫军军官刚刚放下手中的《浮士德》，就听着莫扎特《第二小提琴协奏曲》的伴奏，开始冷酷无情地操作杀人机器，我们又怎能相信这类文艺作品对人的描绘？因此，对阿多诺来说，文学、艺术要想直面生活的真相，就必须放弃乃至破坏传统的艺术手段（其中当然包括通过虚构感知真实的认知模式），创造出全新的理解人与社会的方式。

于是我们看到，近几十年的艺术发展史上，存在着一个明显的"粗鄙化"或"粗糙化"的过程，似乎各种艺术门类的传统表现手法都因为其精致而遭到了鄙弃。在当代音乐中，曾经打动人心的动听旋律消失了，代之以种种轰炸耳膜的噪音，或让听众难以忍受的沉默；甜美的旋律甚至成了三流作品的商标，让那些雄心勃勃的音乐家避之唯恐不及。在当代美术界，传统的具象和经典的构图方式成了学徒阶段不得不完成的作业，一旦"出师"就必须将其舍弃，才有可能在艺术品市场上卖出一个好的身价。而对于装置艺术家来说,根本不需要严格的艺术训练和精湛的技法,只要有好的创意就能够搭建出"精彩"的作品。在极端情况下,甚至也无须好的创意,装置完成后自然会有评论家借助高深的理论工具进行阐释,将其安放在艺术史的"恰当"位置上。

这一鄙弃精致、拥抱粗糙的趋势,在"有图有真相"的影视艺术中表现得尤为突出。由于电影不断用各种手段"欺骗"观众的眼睛,创造出具有真实感的影像,其近些年的风格演变恰好可以帮助研究者更好地理解人们感知真实的方式所发生的变化。随着电脑合成技术的发展,布景、美工以及服装等工种在电影拍摄中的地位越来越低。尤其是在一些大制作影片中,演员往往穿着深色紧身衣,肌肉和关节处缀满大量传感器,在绿幕中进行表演。导演拍摄(或者更准确地说是信号捕捉)完成后,再通过电脑技术添加服装、场景等细节。这就会造成一个悖论:电影所营造的奇观越具有真实感,越是对观众构成巨大的冲击,观众反而越清楚地知道这一切都是虚假的。曾几何时,卢米埃尔兄弟放映的短片《火车进站》曾吓得观众从椅子上跳起来,但今天的电影早已丧失了通过虚构抵达真实的能力。在这一语境下,部分导演开始使用一些新的电影拍摄技巧,以便为电影重新营造出真实感。而他们所选择的途径,正是上文提到的"粗糙化"的艺术方式。于是我们看到,以《女巫布莱尔》(*The Blair Witch Project*, 1999)、《科洛弗档案》(*Cloverfield*, 2008)、《蜻蜓之眼》(2017)、《网络迷踪》(*Searching*, 2018)以及《解除好友:暗网》(*Unfriended: Dark Web*, 2018)为代表的伪纪录片风格的既得影像电影(found footage film)和桌面电影(desktop film)越来越流行。在这类以塑造真实感为目的的影片中,本应放置在平滑移动的轨道上的摄影机,改为由人手持拍摄,以达到镜头晃动的效果；明明可以使用高清摄像机，却执意换上画质粗糙的普通家用DV拍摄；摄影机本来应该横放，却一反常规地把画面竖过来，模仿手机拍摄的画幅放置方式；有时甚至用闭路电视或笔记本电脑的摄像头进行拍摄；放弃所有的配乐和画外音，全部使用自然音源……所有这一切技术手段，固然与制作经费不足有一定关系，但更多的是风格化的追求。因为当代观众对真实的感知方式已经发生了变化，电影艺术在一百多年的发展历程中努力实现的各类技术进步，如逐渐清晰的画面、不断丰富的色彩和声音、平滑流畅的叙事、越来越逼真的奇观等，都不再能够让观众将电影描绘的世界感知为真实，而那些粗糙的艺术手段却反而让人体验到强烈的真实感。也就是说，艺术（或者说虚构）早已无法抵达真实，只有粗糙才能呈现真实的质感。那些不断晃动的镜头、充满颗粒感的低劣画质，尽管会使提前准备了晕车药的观众在走出影院后，还是感到头晕眼花，但他们仍然觉得这样的电影更真实。

借助粗糙抵达真实的艺术发展趋势，当然如上文所言，与20世纪的战争与革命有关，人们开始怀疑19世纪成熟、精致的艺术表达方式能否如实地展现异常残酷的现实生活。同时，新媒介的发展也加速了这一趋势的到来。我们生活的时代充斥了各式各样的"黑镜子"，在手机、平板电脑、闭路电视以及各类摄像头的包围下，人类的生活方式和社会交往模式都被深刻地改写。在后疫情时代，丢失手机不光在心理层面上让人感到被全面"友尽"，异常孤独，惶惶不可终日，就好像被砍掉了手一样；在社会层面也由于无法展示二维码，让人寸步难行。当有人受伤倒地的时候，路人的反应往往不是第一时间伸出援手，而是掏出手机记录"真相"。甚至连外出旅行时，拍照后利用社交软件进行展示的重要性，也要远远高于了解远方的人与事。再加上抖音、快手等短视频软件的流行，今天的人已经更愿意通过狭小的屏幕、粗糙的画质来感知现实、理解自我与社会，阅读乃至电影等艺术早已无法提供令人信服的真实感。我们或许可以把这种艺术创作方式，命名为"粗糙的美学"。

五、素材与作品

摒弃传统的艺术表现方式，通过粗糙抵达真实的艺术发展趋势，自然也会影响到当代现实主义文学的命运。我们经常会看到有研究者简单地根据现实主义小说与其生活原型之间的巨大差异，将文学的虚构径直等同于虚假，并进而质疑现实主义文学的真实性和小说家的道德操守。然而他们恰恰忽略了，支撑其做出这一"宣判"的背后，是这个时代感知真实的方式发生了变化。在19世纪，人们坚信现实主义小说通过虚构所呈现的世界，要比现实更加真实、更能把握生活的本质。不过，我们也不应该过分苛责读者不能理解现实主义小说中虚构与真实的关系，20世纪极端残酷的历史让人们不再相信传统的艺术表现手法可以描绘现实，媒介变革彻底改写了人类感知真实的方式，这二者的叠加才是造成这一现象的根本原因。我们当然要为现实主义文学辩护，但更要去思考这样的问题：如果读者理解真实的方式已经发生了改变，当下的现实主义写作是否也应该回应时代的变化，采用全新的书写方式，创造出令当代人感到真实可信的作品？

在当代中国文坛，真正让读者在阅读文学时触摸到真实的质感的作品，其实并不是小说，而是渐成潮流的非虚构写作。在笔者看来，这一文体暗合"粗糙化"的艺术发展趋势，以让当代读者信服的方式，成功地用文字营造出了真实感。这似乎再次证明，用虚构抵达真实的艺术表现方式在这个时代已然失效。需要强调的是，"粗糙化"与"粗糙"截然不同，给非虚构写作贴上"粗糙化"的标签，绝不是指责写作者创作态度敷衍潦草或写作水平有限，而是指出相对于此前流行的艺术表现手法，非虚构写作有意识地追求"粗糙化"的风格。这是对其艺术风格的客观描述，而非价值判断。"粗糙化"的优劣要根据具体作品的水准来评判，而不能仅仅根据这一风格妄下结论。这里仍以电影艺术为例，既得影像电影的确制作成本低廉，但其粗糙的影像风格其实是主创人员精心制作的效果，是一种主动追求的风格。相较于好莱坞成熟的电影流水线生产出来的大制作，既得影像电影尽管画质低劣，但"粗糙化"的表达方式却可以使其成为艺术水准极高的杰作，而好莱坞大片却有可能只是一部粗糙的"烂片"，哪怕它在画质上达到了电影工业的最高水平。关于非虚构写作的"粗糙化"特征，或许可以通过简单比较梁鸿的非虚构作品和徐光耀的日记予以说明。

梁鸿近些年有关故乡梁庄的非虚构写作，如《中国在梁庄》《出梁庄记》等，在中国社会引起了广泛的反响。在这些作品中，作家有意识地放弃学者身份带来的观察角度，选择以普通归乡者的眼光，"重回生命之初，重新感受大地，感受那片土地上亲人们的精神与心灵"[1]。这位归乡者细致观察村庄经历的种种变化，采访了亲人、朋友以及邻居，倾听他们对自己生命经历的讲述，同时记录自己在倾听过程中的心理活动。于是，一段段观察、一个个故事以及无数的回忆与联想彼此交叠，呈现出梁庄自然环境的日益恶化、乡土社会人际关系的错综复杂、村庄伦理秩序的崩解破坏，以及种种悲欢离合背后的无数鲜活人物。特别是梁鸿在叙述中插入了大量村民的自我讲述，使我们"听"到了

---

[1] 梁鸿：《中国在梁庄》，北京：台海出版社，2016年，第4页。

当代农民自己的声音，让读者憧憬乡村过去的宁静美好，感慨其今日的凋零破败，并为人的脆弱与坚韧而扼腕叹息。当代中国人几乎都知道不断加速的现代化进程带给乡村社会的巨大冲击，而梁鸿以一种独特的写作方式在纸上呈现出了一个极具真实感的中国乡村，让读者几乎能够通过阅读触碰到那个不断凋敝的乡村社会的战栗与痛苦。

有关近年来的乡村凋敝叙事为何能屡屡激起城市读者的热烈讨论，笔者曾在《老母鸡的威胁不解除，玉米粒的焦虑难安顿》[1]一文中做了初步的分析。这里仅通过比较徐光耀日记与梁鸿的非虚构写作，说明"粗糙的美学"背后，是人们在以一种全新的方式理解真实，以至于创作素材与作品竟然发生了颠倒。徐光耀以创作了长篇小说《平原烈火》（1950）和中篇小说《小兵张嘎》（1958）知名，是一位深受现实主义创作理念影响的老作家。20世纪50年代初，徐光耀因写出第一部反映八路军抗战的长篇小说《平原烈火》，成了当时的知名作家。但他此后却陷入创作困境，勉强写出的新作往往让读者觉得空疏、不够真实。他自认为《平原烈火》的成功得益于多年在冀中平原打游击的经历，因此，从1953年7月到1954年底，他回到故乡参加农业合作化运动，试图通过扎根乡村从生活中汲取养分，重新获得创作活力。2015年，他出版了自己1944—1982年所写的日记，为读者提供了从个人化的视角观察和思考那个特殊年代的珍贵文献，也引起了研究者的关注和讨论[2]。有趣的是，这批日记中有关50年代初下乡生活的记录，在创作姿

---

[1] 李松睿：《老母鸡的威胁不解除，玉米粒的焦虑难安顿》，《北京青年报》2016年5月10日，第B4版。
[2] 参见程凯《"深入生活"的难题——以〈徐光耀日记〉为中心的考察》，《中国现代文学研究丛刊》2020年第2期；石俊燕、董劭伟《从〈徐光耀日记〉看战时中国共产党军队思想政治工作》，《社会科学动态》2020年第5期。

态和笔法上与梁鸿的非虚构作品有很多相似之处，可以帮助我们思考不同时代的文学处理真实问题的不同方式。

首先，两位作家都是带着某种不甚清晰的写作意图返回故乡的。当梁鸿选择回到河南省穰县梁庄时，她一定并不清楚自己最终将完成什么样的作品，只是准备了录音机去倾听、记录乡亲们的讲述。而徐光耀则是作为领导农村合作化运动的干部，回到了故乡河北省雄县昝岗村，需要参与具体而琐碎的乡村工作。虽然他没有明确的写作任务，但还是希望深厚的生活积累能够给自己带来生动的情节和人物，最终写出优秀的现实主义小说。有趣的是，徐光耀在日记中常常把生活比喻为"资本"，似乎下乡的行动是一种投资，而最终发表的作品则是投资赚取的"利润"。

其次，回到阔别已久的故乡，梁鸿与徐光耀都不断感慨环境发生的巨大变化。对于梁鸿来说，现代化进程已经将美丽的乡村侵蚀得不成样子，她发出这样的感慨："那连成一片、曾经有鸭子飞过水面、在一个少年心中留下最初的美的痕迹的坑塘，现在只剩下一个污水坑和潮湿的、滋生着苍蝇和虫蚁的浅浅的泥地。那曾经的深度，也变为地基，上面矗立着房屋。那传说中的坑塘的泉眼呢？自动消失了，还是被地面上的房屋给牢牢地封住了？这就是我的村庄。我故乡的人们就在这样的环境中生活，他们挣了一点钱，盖起了楼房，过起了幸福生活，然而，又是在怎样的黑色淤流之上建立所谓的幸福生活呢？"[1]而徐光耀在返回家乡后，同样也在寻找着当年的美丽风景，他写道："黄昏，独自遛上大清河左岸大堤，去寻找我参军第三天上船南下的地方。我总是记不清了，究竟是什么年月走的。不过，当时的喜悦交加的情

---

[1] 梁鸿：《中国在梁庄》，北京：台海出版社，2016年，第51页。

绪，至今仍是逼真的。而15年来的变化，又是多么的大呀！啊！如今我又回到故乡来了！我亲爱的美丽的家乡啊！"[1]

第三，两位作家在返乡前，一位已经成长为部队干部，另一个则在大学任教多年，他们在故乡都深刻地感受到自己与乡亲之间的距离。听到在西安打工的二哥、二嫂讲述打群架的故事时，梁鸿坦言："对他们来说，这是他们生活的一部分，但对我来说，却是完全新鲜而震惊的经验。"[2]而对于徐光耀来说，几乎在重新踏入家门的刹那，就已经发现亲人与自己之间竖起了厚厚的障壁。父亲怎么也无法理解为何儿子在北京当了官竟然又回到乡下，这让徐光耀有些沉痛地写道："父亲首先惊异我怎么会调到县里来，沉默了老半天，用异样的眼光打量我。……我真不知会有这样的一场不愉快哩！也没有人知道我这一时期的苦恼。"[3]

第四，两位作家在观察各自的故乡时，都特别留心写人，并通过对人的描绘，带出其社会关系、行为动机，从中把握乡村社会隐秘的运行逻辑。例如，梁鸿在写老支书梁清道时，就首先描写其年纪、相貌、性格特征以及行为方式，接下来如实记录其对自己"执政"方式的讲述，最后则详细分析家族势力并不强大的梁清道为何能够担任村支书、他如何善待前任支书、怎样平衡村中各宗族的利益等。正是这样的写法，精彩地呈现了乡村社会平静的表象背后，错综复杂的利益和权力纠葛[4]。而徐光耀的写法限于日记的体例，对人的描写往往分散

---

[1] 徐光耀：《徐光耀日记》第6卷，石家庄：河北教育出版社，2015年，第216页。
[2] 梁鸿：《出梁庄记》，北京：台海出版社，2016年，第52页。
[3] 徐光耀：《徐光耀日记》第6卷，石家庄：河北教育出版社，2015年，第212—213页。
[4] 梁鸿：《中国在梁庄》，北京：台海出版社，2016年，第187—195页。

在每天的记录里，但也注重分析人物行动背后的利益纠葛和政治逻辑。例如，在描写韩振远时，就通过他认为救济款分配方案对自己所在的合作社不公平，大闹干部会议，带出国家对当地的援助情况、当地干部在制定分配方案时各自的小算盘、他们彼此之间的种种纠葛，以及如何修改方案以便平衡各方利益等[1]。

梁鸿与徐光耀写法上的相似之处还有很多，如都加入大量自我反思的文字等，而最大的不同，或许是前者可以用较大的篇幅插入受访者的自我陈述，后者在日记里则只能简要地概括村民的意见，且记录了太多诸如买了什么东西、花了多少钱之类的琐碎内容。不过令人感到遗憾的是，虽然徐光耀在日记中采用了类似于非虚构写作的方式，极为真实地呈现了20世纪50年代初河北雄县农村的生活，但他却始终没有实现自己的理想，即通过深入生活，写出优秀的、以农业合作化为主题的现实主义小说。这就使得丁玲在徐光耀下乡前对后者的告诫颇具预言性："有时候，头一本书很厉害。开头的总是气力很足，热情很高。以后人们要求你继续下去，你就难以为继了。一直撂下去，到老再写不出来，勉强写又写不好。写出来也没有力量，不能动人。"[2] 最终，徐光耀只能放弃当代农村题材小说的写作，转而将笔触伸向自己更加熟悉的战争岁月，才写出了《小兵张嘎》这样的名作。

由此需要思考的问题是，为什么徐光耀在20世纪50年代觉得日记里的内容只是为创作现实主义小说准备的素材，并不是一部可以公开的作品？而梁鸿采用类似笔法写成的非虚构作品，却受到今天读者的广泛欢迎？这背后的变化，正反映了人们感知真实的方式已经发生

---

1 徐光耀：《徐光耀日记》第7卷，石家庄：河北教育出版社，2015年，第93—98页。
2 徐光耀：《徐光耀日记》第6卷，石家庄：河北教育出版社，2015年，第130页。

了改变。在50年代,"真实"必须把握生活的主流和本质。作家只能在琐碎的日常生活的基础上,经过虚构这一环节,将素材转化为更加艺术化、更加精致的小说,才能抵达"真实"。而梁鸿则生活在"粗糙化"已经成为艺术创作潮流的时代。那些被传统的现实主义小说家仅仅看作是素材的东西,在今天却可以直接成为优秀的艺术作品。在某些极端的情况下,虚构甚至成了粉饰现实的代名词,丧失了再现"真实"的能力。作品只有精心营造出素材般的粗糙质感,才能让读者感到真实可信。

结语

在本文开头那段关于小说爱好者凯瑟琳和伊莎贝拉的引文后,简·奥斯丁为小说的意义做了著名的辩护,她认为只有在小说中,"智慧的伟力得到了最充分的施展,因而,对人性的最透彻的理解,对其千姿百态的恰如其分的描述,四处洋溢的机智幽默,所有这一切都用最精湛的语言展现出来"。而当时《旁观者》(*The Spectator*)杂志上那些非虚构类的文章,在简·奥斯丁看来不过是"描写一些不可能发生的事件,矫揉造作的人物,以及与活人无关的话题;而且语言常常如此粗劣,使人对于能够容忍这种语言的时代产生了不良的印象"[1]。在一个虚构已经沦落为粉饰的时代,简·奥斯丁所表现出的对小说的自信,让人读来感慨万千。这份自信,来自现实主义文学在成熟初期焕发出的勃勃生气。在那个时代,虚构是通往真实的坦途,无数男男女女正是通过阅读小说,获得了对自我与社会的理解;如果生活与这一理解不

---

1 [英]简·奥斯丁:《诺桑觉寺》,孙致礼译,北京:人民文学出版社,2016年,第27—28页。

同，那么就带着热情与自信，投身到改造生活的队伍中去。然而，20世纪的风风雨雨以及新的媒介的不断涌现，彻底改变了人类体认真实的感知方式。经由虚构抵达真实的道路已经被阻断，甚至用艺术化的方式去呈现生活也终将是一场徒劳，似乎那些让简·奥斯丁感到深恶痛绝的粗糙，成了把握真实质感的唯一途径。不过，我们也不必为现实主义文学命运过于担心。虽然历史语境的变化和媒介的变革，已经让传统的现实主义文学书写方式走到了尽头，但只要现实主义的内在精神还是对真实的追求，那么不管后者的内涵如何改变，艺术的形式怎样更迭，我们总能在不停变换的面具背后，重新发现现实主义的灵魂。

（原载《小说评论》2020年第6期）

第三辑

思想出场的空间与可能

——读刘继明的长篇小说《人境》

文学与思想的关系似乎是一个难以回答的问题。一方面,诸多文学史著作总是倾向于使用古典主义、现实主义、现代主义以及存在主义这类源于哲学研究的术语来指认不同时期的文学创作,暗示着文学是思想与理论表达的另类形式。然而另一方面,作家在文学作品中容纳思想的种种努力,却常常遭到人们的质疑。美国哲学家博厄斯(George Boas)就曾表示:"诗歌中的思想往往是陈腐的、虚假的,没有一个十六岁以上的人会仅仅为了诗歌所讲的意思去读诗。"[1]而韦勒克和沃伦甚至认为:"如果我们对许多以哲理著称的诗歌做点分析,就常常会发现,其内容不外是讲人的道德或者是命运无常之类的老生常谈。"[2]显然,这些研究者认为作家在文学中试图传达的思想无足轻重,无法成为评价作品艺术水准高低的尺度,真正重要的是那些使文学成为文学的东西。尽管如此,很多作家还是无法忍受思想的诱惑,不由自主地尝试在作品中向读者进行"说教",宣讲自己对生活的理解。最为典型的例子,当属俄国作家列夫·托尔斯泰。在长篇小说《安娜·卡列尼娜》中,托尔斯泰不愿意顺从大多数读者的意愿,集中精力描写

---

[1] George Boas, *Philosophy and Poetry*, Wheaton College Press, 1932, p. 9.
[2] [美]韦勒克、沃伦:《文学理论》,刘象愚等译,南京:江苏教育出版社,2005年,第123页。

安娜与沃伦斯基之间的爱情，而是经常在小说叙事中"现身"，借列文之口表达自己对生活的种种思考，"倾倒"出一系列关于伦理道德、农村土地改革、政治经济学以及哲学、宗教等具体问题的意见，介入19世纪70年代俄国知识界的思想论争中。以至于对托尔斯泰推崇备至的纳博科夫会无法忍受列文那长篇累牍的说教，幻想着"踢开他（托尔斯泰——引者注）穿着拖鞋的脚下那张荣显的演讲台，然后把他锁在一个荒岛上的石屋里，给他大桶大桶的墨水和一堆一堆的纸——让他远离伦理与说教的东西，这些东西分散他的注意力，令他无法专心观察安娜白皙的脖颈根上盘曲的黑发"[1]。

而对于时下的中国当代文学来说，思考生活的意义、畅谈对社会的理解则多少显得有些"落伍"。当中国作家厌倦了20世纪50至70年代的社会主义现实主义小说以文学为社会发展史的宏大叙事做注脚的写作方式之后，真正值得关注的就只剩下了"白皙的脖颈根上盘曲的黑发"。于是，作家们纷纷将笔触伸向人性的幽微曲折之处，醉心于文学形式上的种种创新，再也不愿意承担思考社会、人生的重大责任，而文学也因此丧失了使思想得以生长的空间与可能。

在这样的背景下，刘继明出版于2016年的长篇新作《人境》就显得颇为特殊。有趣的是，这部作品也多次提到《安娜·卡列尼娜》，主人公马垃更是对那个令纳博科夫深恶痛绝的列文情有独钟。正如小说中所描写的，"列文那种拙朴的实践家的性格，他对莫斯科贵族生活的厌倦，他在农场实施的一系列改革，以及他躺在干草堆上思考的那些关于人为什么活着，什么样的生活才有意义之类迂阔、玄奥的思考，都对马垃产生了一种从未有过的吸引力。他深深喜欢上了这个托尔斯

---

[1]［美］纳博科夫：《俄罗斯文学讲稿》，丁骏、王建开译，上海：上海三联书店，2015年，第143页。

泰描写的有点儿古里古怪不合群的人物"[1]。如果说托尔斯泰是通过列文这个人物表达自己对19世纪70年代俄国社会面临的困境的思考，那么刘继明在作品中反复提及列文并表达对这个人物的喜爱，则表现出一种将思考社会问题、探索人生道路的传统重新植入中国当代文学的努力。于是，长篇小说《人境》也就成了一个极佳的案例，帮助我们考察当文学试图涵容思想时，会给作品带来哪些新的特质。

一

长篇小说《人境》在结构上分为上下两部，分别以马垃和慕容秋为中心人物讲述故事。在上部中，主人公马垃是自幼生活在湖北农村神皇洲的一位普通的农民。很小就失去双亲的马垃似乎永远都在寻找能够指引人生道路的精神导师。他先是将自己的兄长马坷视为精神之父，为后者在"文化大革命"期间无私忘我地建设人民公社的精神所感动。然而，马坷在1976年因为在一次火灾中抢救公社的种子而不幸罹难，使得马垃失去了生活的重心和依靠。不过很快，马垃就在求学于当地师范学校时遇到了逯永嘉老师。这个放荡不羁、充满智慧的男人成为马垃新的精神导师，他甚至愿意辞去公职，追随逯老师下海经商。不过，正当他们合伙经营的鲲鹏公司做得风生水起的时候，先是逯永嘉突患难言之病去世，后是鲲鹏公司因涉嫌特大走私案陷入困局，马垃也锒铛入狱。服刑八年之后，马垃于21世纪初回到故乡神皇洲"隐居"，一边读书，一边思考今后的人生道路。当他发现村里人纷纷到大城市打工，农村日渐凋敝后，决定组建同心合作社，带领留在故乡的村民共同创业。不过遗憾的是，尽管马垃非常努力，并取得初步

---

[1] 刘继明：《人境》，北京：作家出版社，2016年，第49页。

成效，但却无法抵御跨国公司和政府部门联手对农村土地的觊觎，他领导的同心农业合作社也变得岌岌可危。

在小说的下部，叙事的核心人物换成了W大学社会学系主任慕容秋。她在"文化大革命"期间曾在神皇洲"插队"，和马垃一样为马坷无私忘我的精神所感动，并深深地爱上了那个年轻的生产队长。伴随着马坷的牺牲、"文化大革命"的终结，慕容秋也离开了神皇洲，并逐渐淡忘了当年信奉的建设人民公社的理想，不敢跳出社会主流价值观来思考社会和人生，成了"一个随波逐流者"[1]，在象牙塔中钻研与实际生活没有太大关联的社会学理论问题。不过，当年与马坷的相识、相恋似乎让她无法彻底忘却曾经的青春与理想，因而无法完全认同社会的主流价值观。在一次学术会议上，慕容秋遇到实地研究农村问题的学者何为，并见证了后者在主流学术界受到的排挤，突然意识到原来从事的研究的局限性，开始自我反思。到了小说的结尾处，慕容秋决定离开"散发着腐朽气息的'学术圈'"，"带研究生去沿河，去神皇洲，回到那座她曾经生活和劳动过的村庄，做一次真正意义上的田野调查"[2]。

而联系这上下两部的，则是一本来自"火热年代"的红色经典《青春之歌》。当年，慕容秋到神皇洲"插队"时带了一大批文艺书，使那个偏僻的乡村成了当地知识传播的中心。由于对慕容秋很有好感，马坷常常托弟弟马垃找慕容秋借书。一借一还之间，马坷与慕容秋越走越近，成了一对恋人。然而那场突如其来的大火和"知青返城"，使得马垃没能把一本翻得破旧的《青春之歌》还给慕容秋。出狱后，马

---

[1] 刘继明：《人境》，北京：作家出版社，2016年，第434页。
[2] 刘继明：《人境》，北京：作家出版社，2016年，第488页。

垃回到故乡神皇洲才在偶然间找到那本《青春之歌》，重启了关于哥哥马坷的回忆。甚至可以说，马垃最终选择建立同心合作社，与村民走集体生产的道路，重建乡村共同体，都和小说《青春之歌》所开启的那些关于牺牲、奉献、青春、集体与革命的记忆息息相关。而当马垃到武汉把书还给慕容秋后，那本破破烂烂的旧书同样给后者以极大的刺激，促使她重新回到神皇洲寻找马坷的墓碑，并感慨"自己生命中最宝贵的那段时光已经永远跟随马坷，留在了这片土地上"[1]。而与马垃的再次相遇，也使慕容秋发现当年那个借书少年"看问题是那么透彻，以至超过了许多专门研究'三农'的学者"，而且他"关心的远不止是'三农'问题，包括当代中国的一切矛盾、困境和希望，都不乏真知灼见"，让慕容秋"不由得想起俄罗斯十九世纪后期那批'民粹派'知识分子"[2]。

从刘继明对长篇小说《人境》的结构设计来看，这显然是一部关于认识与记忆的作品。所谓认识，是指无论是马垃还是慕容秋，他们都始终在努力认识异常复杂的中国社会，尤其是中国的农村。特别是马垃，他先是在"文化大革命"期间服膺于无私忘我的集体主义精神，而后又在"新时期"下海经商，似乎正是用其自身的命运起伏印证着20世纪50到70年代对平等理念的强调和"改革开放"后以经济建设为中心之间的变化。出狱后，身处21世纪的马垃更是带着这两方面的经验、教训来重新认识中国社会面临的种种困境，并思考中国农民应该走什么样的道路。同样，慕容秋选择走出象牙塔，到农村做真正的田野调查，也正是为了摆脱空疏的理论去真正认识中国社会。而所谓

---

[1] 刘继明：《人境》，北京：作家出版社，2016年，第473页。
[2] 刘继明：《人境》，北京：作家出版社，2016年，第488页。

的记忆则是指,最终促使马垃和慕容秋做出这种选择的,是由那本破旧的《青春之歌》所携带的那些关于马坷,关于奉献、牺牲、集体主义以及革命等来自逝去年代的记忆。

二

仅从刘继明对小说的结构安排,我们就可以看出这部作品具有很强的思想性。作家试图在一个较为宽阔的历史纵深中,从农民和知识分子两个维度出发,呈现中国社会面临的困境与问题,思考如何正确认识中国社会的历史与现实,并探索中国农民在经济全球化格局的冲击下应该走什么样的道路。这一追求思想性的努力,使得主人公马垃和慕容秋最大的特点就是好学深思,不是在勤奋地阅读、写作,就是持续地进行思考,这也使小说中充满了种种关于农业生产技术、土地制度改革、国家食品与粮食安全等问题的讨论。对于那些热衷于关注"白皙的脖颈根上盘曲的黑发"的读者来说,这些内容显然属于枯燥乏味的"说教",根本不应该成为文学的书写对象。然而从另一个角度来说,这些思想性内容的加入,其实正是拓展了文学的表现空间,挑战着20世纪80年代以来中国人文学界对文学过于狭窄的理解与想象。

事实上,强调文学的思想性,在作品中思考社会问题、探索人生道路,一直是20世纪中国文学的优秀传统。茅盾的《子夜》、赵树理的《小二黑结婚》以及柳青的《创业史》就是这一传统中涌现出的杰出作品。茅盾明确表示自己的《子夜》"当然提出了许多问题,但我所要回答的,只是一个问题,即是回答了托派:中国并没有走向资本主义发展的道路,中国在帝国主义的压迫下,是更加殖民地化了"[1]。赵树理则坦言:"我写的小说,都是我下乡工作时在工作中所碰到的问题,

---

[1] 茅盾:《〈子夜〉是怎样写成的》,《新疆日报》1939年6月1日,第3版。

感到那个问题不解决会妨碍我们工作的进展,应该把它提出来。"[1]而柳青在阐述《创业史》的意义时也指出,他的写作"要向读者回答的是:中国农村为什么会发生社会主义革命和这次革命是怎样进行的。回答要通过一个村庄的各阶级人物在合作化运动中的行动、思想和心理的变化过程表现出来。这个主题思想和这个题材范围的统一,构成了这部小说的具体内容"[2]。显然,思考当时中国社会面临的困境与挑战,解决现实生活中存在的具体难题,探索中国人应该选择怎样的社会发展模式,是促使这些作家进行写作的根本动力。而《子夜》《小二黑结婚》与《创业史》这样的小说,也正是因为与中国在20世纪的历史命运相呼应,成了伟大的文学经典。

刘继明的《人境》无疑处在上述传统的延长线上。为了向读者暗示自己的作品与这一传统之间的继承关系,作家甚至在人物设置、情节结构等方面模仿上述作品,特别是模仿柳青的《创业史》。例如,《人境》中马垃在神皇洲与"种粮大户"赵广富各自组建合作社进行农业生产比赛,就让读者联想到梁生宝领导的灯塔社与郭振山的互助组之间在蛤蟆滩的明争暗斗;而马垃远赴长沙购买袁隆平最新培育出的高产杂交水稻稻种"南优2611",更是直接对应着梁生宝到郭县买稻种的著名情节。虽然这样的写法多少容易让读者产生似曾相识之感,乃至产生陈旧、缺乏原创性等质疑,但我们可以从中看到刘继明在今天重新激活20世纪中国文学思考社会问题、探索人生道路的传统的努力。

不过细究起来,与《创业史》相比,《人境》所面对的中国社会已经发生了天翻地覆的变化,这就使得它在思考我们这个时代所面临的困境与难题时采用了完全不同的处理方式。在柳青的笔下,中国共产

---

1 赵树理:《当前创作中的几个问题》,《火花》1959年6月号。
2 柳青:《提出几个问题来讨论》,《延河》1963年第8期。

党所领导的农业合作化道路是无可置疑的"绝对真理"。正像作家明确指出的,"小说选择的是以毛泽东思想为指导思想的一次成功的革命,而不是以任何错误思想指导的一次失败的革命"[1]。因此,柳青在写作之初就已经保证了主人公梁生宝无论遇到什么样的困难,最终都能在中国共产党的领导和毛泽东思想的指引下取得合作化运动的胜利。无论是富农姚士杰暗中破坏贫农之间的团结,还是老党员郭振山阳奉阴违地谋求单干致富,抑或是中农梁大老汉对灯塔社的种种猜忌,都不足以对梁生宝和他的合作化事业构成真正的威胁。即使梁生宝遇到了难以解决的矛盾和困难,他也总能在支部书记卢明昌或县委副书记杨国华那里获得指导和帮助。这就使得《创业史》的叙事语调充满了自信、乐观、向上的精神,却缺乏不同思想之间真正的交锋与对立。

刘继明的《人境》则完全不同。无论是马垃还是慕容秋,他们在异常复杂的中国社会和不同的人生道路面前,总是感到深深的苦恼与困惑。面对青壮年劳动力丧失殆尽的农村,马垃根本无力实现重建乡村共同体的"乌托邦",只能在跨国资本与权力的联手绞杀下节节败退。而对慕容秋来说,虽然她在社会学界不可谓不成功,有着同行专家的尊重和认可、前辈学者的不断提携以及W大学社会学系系主任的行政职位,但所有这一切并没有让她能够充满自信地对中国的社会问题发言。当慕容秋看到掌握学术权力的前辈排挤、倾轧敢于正视中国农村严重问题的学者时,更是感到极为困惑,并对自己的治学道路产生了怀疑。此外,小说叙事中涉及的诸如农村劳动力大量流失、跨国种子公司的扩张给中国粮食安全带来的巨大隐患、国际市场价格波动对中国农民的影响,以及农村的环境污染等问题,更是远远没有找到解决的途径。所有这些,都使得这部小说无法像《子夜》或《创业史》

---

[1] 柳青:《提出几个问题来讨论》,《延河》1963年第8期。

那样，给现实生活中涌现出的问题提供清晰明确、不容置疑的答案，而只能罗列出一系列困扰中国社会的难题供读者进行思考。于是，《人境》的叙事语调也就少了几分自信与乐观，多了几分犹疑与焦虑。

三

因此，柳青的《创业史》与刘继明的《人境》是两类完全不同的作品，或许德国浪漫主义文学家席勒的《论质朴的和多情的文学》和匈牙利哲学家卢卡奇的《小说理论》可以帮助我们更好地理解二者的区别。在席勒看来，文学的本质就是自然，要么是描绘自然，要么是表达对自然的渴望。在古希腊时期，人们的生活环境相对狭小，尚未与自然完全脱离，这时的文学能够以自然的方式去描绘自然，因而属于"质朴的文学"。随着时代的发展，人类的生活环境逐渐扩大，理性渐渐统治了整个社会，使得人类与自然永远地分开了。作家在写作过程中只能理性地反思自身，表达对自然的渴望，却再也无法真正地描绘自然，文学也就相应地成了"多情的文学"。[1]

席勒这一理解文学的方式，后来在卢卡奇的《小说理论》中得到了进一步发展，只是"自然"这个核心概念被替换成了"总体性"。在卢卡奇看来，古希腊人的生活世界相对狭小，使得他们能够充分地理解自己的世界，自由而熟悉地生活在里面，不会感到与其发生冲突。于是，在这一时期的文学创作中，生活的总体性能够被古希腊人所把握并加以描绘，其中最典型的文体就是史诗。而在现代社会，人类的生活世界已经得到大幅度的拓展，这就使人类再也无法完全理解自己

---

1 参见［德］席勒《论质朴的和多情的文学》，范大灿译注，《席勒经典美学文论：注释本》，范大灿等译，北京：生活·读书·新知三联书店，2015年，第411—510页。

身处的环境,而世界也向人类展示出自己陌生、神秘、恐怖的一面。在这种情况下,生活的总体性无可挽回地失落了,作家只能对生活进行反思,却永远无法真正理解生活本身。卢卡奇进一步指出,小说就是现代生活的史诗,虽然它不能把握生活的总体性,但却在表达作家对于总体性的渴望[1]。

参考席勒和卢卡奇的论述,那么,由于柳青能够充分理解其笔下的蛤蟆滩的世界,而刘继明却对今天的中国社会感到困惑,使得《创业史》的风格特质更接近于所谓"质朴的文学"或"史诗",《人境》则更类似于"多情的文学"或"小说"。而后者表现出的犹疑、焦虑的气质,也让这部作品为思想在文学中真正出场提供了空间与可能。在柳青写作《创业史》的年代,中国共产党的领导、社会主义的发展道路、合作化运动的开展、共产党人的威望,都得到了广大人民群众的拥护和肯定。坚定信奉共产主义理念的柳青从来不必在作品中为自己的信仰进行辩护,也就不需要展开不同立场、思想观点之间的辩论与交锋。于是在《创业史》中,作品所呈现的生活内容与作家所秉持的思想理念密切配合,很少龃龉。人物命运的起伏、情节发展的走向,与中国共产党的方针政策、社会主义的发展模式乃至历史前进的"必然方向",都高度吻合。蛤蟆滩的社会生活当然也存在着矛盾、动摇、冲突甚至逆流,但这一切都不足以构成对柳青的思想挑战。姚士杰、郭振山、白占魁、梁大老汉等反面人物的行为方式全部符合富农、兵痞二流子以及富裕中农等阶级身份,对他们进行批评、教育、团结、改造也就有了相应的方法和套路。虽然由于"文化大革命"的干扰,柳青并没有完全实现自己的创作计划,《创业史》第二部永远地停止在

---

[1] 参见[匈]卢卡奇《小说理论》,燕宏远、李怀涛译,北京:商务印书馆,2012年。

郭振山领导的互助联组与梁生宝的灯塔社准备展开生产竞赛的时刻，但读者其实永远不会为梁生宝的命运感到担心。小说乐观、自信的叙事语调已经足以让读者相信，梁生宝一定会夺取最后的胜利，合作化的道路必然取得成功。这种作家笔下的生活世界与其秉持的思想观念高度整一的状态，既使前者未能溢出后者的理论预设，也让后者无法在生活全部的复杂性面前得到砥砺并获得新的发展，这就使得富有创造性的新思想难以获得生长的空间。

需要指出的是，无论是席勒还是卢卡奇，当他们将文学分为"质朴的文学"与"多情的文学"、史诗与小说时，并不是在判断二者艺术水准的高低，而只是在讨论人与其身处的世界的关系如何决定了文学的特质。虽然在"多情的文学"或"小说"中，人类因为脱离了自然或不再能理解身处的世界，具有反思能力的主体得以出现，但这并不意味着这两类作品的艺术价值要高于"质朴的文学"或"史诗"。"质朴的文学"中同样可以产生伟大的文学作品。因此，以这样的方式来讨论红色经典《创业史》，并不是要指责这部作品只是图解中国共产党的方针政策，也不是要批评柳青缺乏产生新思想的能力，而是指出在那个思想观念与社会生活高度整一的年代，根本没有独立发展新思想的现实需要。

小说《人境》所面对的中国社会，则要比 20 世纪 50、60 年代复杂得多。刘继明笔下的神皇洲早已不再是充满希望的田野，而是一片萧索凋敝的乡村。村子里真正有能力、有干劲的年轻人都纷纷外出打工，只有老弱病残才不得已留在农村，过着毫无希望的生活。而伴随着长期实行的家庭联产承包责任制，50 年代到 70 年代耗费大量人力、物力兴建的农村公共设施得不到维护，再也无法发挥功效。中国共产党的基层组织在农村的涣散，更是使得农民成了一盘散沙，在市场竞争中处于弱势地位。正像《人境》中所描写的，郭东生原本在武汉打工，只因为是党员，就被镇领导硬拉回来担任神皇洲村支部书记。可是郭东生回乡后并不在神皇洲居住，也不参与农业生产，只是在上级党组织有任务派下来时才回到村里催缴税费。在中国加入世界贸易组织后，国内的农产品生产成为国际贸易体系中的一环，受到国际价格波动的剧烈影响。此外，转基因农作物、环境污染等问题也与中国农业生产的各个环节深深地扭结在一起。而思想界的情况，在《人境》中也和农村的问题一样复杂焦灼。主流知识界掌握着学术资源与学术权力，却热衷于玩弄种种源于西方的舶来理论，无法真正站在中国立场上阐述中国问题。然而，当有些学者立足于实地调研，认真思考中国的社会现实时，却引发了主流知识界对他们的攻击。这些困扰中国农村和知识界的问题，被刘继明一股脑地纳入自己的思考范围，使得《人境》所涉及的中国现实显得异常芜杂、广阔。读者在阅读这部作品时，可以明显地感到作家秉持的思想观念远远不能处理小说所呈现的生活内容，因而充满了焦虑、紧张的情绪。社会生活中已经累积了那么多难以解决的问题，对作家的知识储备、思维能力以及对现实生活的洞察力等都提出了更高的要求和严峻的挑战。

如果说生活内容与思想观念的高度整一，使得思想因缺乏生活的砥砺而丧失了进一步发展的可能，那么芜杂繁复的社会生活对思想所构成的挑战，为真正具有创造性的思想提供了生长的空间。这在刘继明的笔下，首先表现为多种思想、不同观念的并置呈现。正如上文所分析的，主人公马垃永远都在寻找能够指引人生道路的精神导师。他的第一个追随对象就是自己的哥哥马坷，后者所代表的强调平等与集体的社会主义精神让马垃无比感动。然而，马坷的牺牲与"文化大革命"结束几乎发生在同一时间，就是以隐喻的方式暗示了这一思想脉络的终结。在此之后,马垃又在20世纪80年代接受逯永嘉的"启蒙",被这个自由主义者身上洒脱、不羁的魅力深深吸引。在两人合伙开办鲲鹏公司后,马垃更是为逯永嘉身上那种敢想敢干、百折不挠的气魄所折服。不过,小说却安排逯永嘉罹患难言之隐而死,鲲鹏公司也因触犯法律而破产,暗示了逯永嘉所代表的启蒙主义、自由主义思想在中国语境中的失效。在马垃出狱后,刘继明又安排他带着上述两方面的经验,重新审视21世纪的中国社会,让他遭遇沿河县县长丁友鹏所代表的政府公司化运营之后的领导干部、辜朝阳所代表的跨国公司的职业经理人、李海军这样的国际资本巨头在中国的买办、赵广富所代表的寻求规模化经营的种粮大户、郭东生这样的脱离农村的党的基层干部等。在小说中,马垃甚至有些像新闻记者,一一走访上述这些人物,记录下他们的种种言论,并充分展示其思想状态。而小说中另一位主人公慕容秋的功能也与此类似,用于呈现何为所代表的立足中国现实、思考中国问题的学者,庄定贤这类注重西方理论和数据模型的学术权威,热衷于批判中国政府和社会问题的年轻知识分子代表旷西北等。

  除了并置呈现中国社会芜杂多样的思想观念,刘继明在《人境》中还着力表现这些思想之间的辩难与交锋,使作品带有某种思想论战的气质,在某些方面甚至还直接介入当下中国思想界内部的论争。例如,作品中有一个非常有意味的情节,出狱后的马垃回到故乡为哥哥马坷上坟,脑子里忽然看到逯永嘉与马坷"唇枪舌剑地争执起来"[1]。逯永嘉指责马坷为了在大火中抢救公社的种子白白牺牲自己的生命,实在太不值得。而马坷则认为这种想法是"彻头彻尾的利己主义哲学和

---

1 刘继明:《人境》,北京:作家出版社,2016年,第58页。

资产阶级人生观"[1]，强调人应该像保尔·柯察金那样，当回首往事时不因碌碌无为而悔恨。除此之外，丁友鹏、李海军、赵广富等人在遇到马垃时，也都会表示出对马坷之死的惋惜与不解。而在《人境》第二部中，慕容秋更是在学术会议上直接遭遇到知识界两种不同观点的尖锐交锋。胡安民、刘国焘这类有着海外留学背景的学者，在谈及"三农"问题时，要么热衷于从宏观层面探讨政策性的话题，要么倾向于罗列大量数据和建构理论模型。他们发言之后，都能收获学术界同人的热烈掌声。然而，当关注中国底层农民的情感与生存状态的学者何为，在批评中国的新自由主义者和主流学术界"差不多成了市场经济理论和主流意识形态的诠释工具乃至附庸，完全放弃了批判立场和对人的关怀，而一种缺乏人道主义情怀和现代民主精神的社会学研究，除了谄媚一般向国家意识形态提交一份份冷漠琐碎、充斥着各种数据的评估报告，其内在的贫乏和残缺，已经根本无法支撑这一学科应具有的道义力量"[2]时，却遭到了主流学术界的漠视与抵制。虽然我们可以从小说《人境》的叙述与立意中看出刘继明在思想上具有鲜明的关注底层的左翼倾向，不过在呈现这些具体的思想交锋时，其叙述笔调基本上做到了客观中立，没有将逯永嘉这样的自由主义者予以漫画化的处理，使读者可以充分理解两种对立的思想观念的内在理路，并作出自己的思考。

值得注意的是，这种思想的辩难与交锋不仅体现在《人境》的内容层面上，也渗透在小说的形式层面中。这一点无疑构成了这部作品在艺术领域的独特贡献。刘继明是一位勤于思考、酷爱读书的作家，读者经常看到很多经典文学作品的片段出现在他的笔下。例如，在此

---

1 刘继明：《人境》，北京：作家出版社，2016年，第58页。
2 刘继明：《人境》，北京：作家出版社，2016年，第327页。

前的长篇小说《江河湖》（2010）中，作家就经常将契诃夫的短篇小说《万卡》这类名作摘录一部分放入自己的作品。而在《人境》里，刘继明延续了这一做法，诸如《安娜·卡列尼娜》《钢铁是怎样炼成的》以及《青春之歌》等作品的选段也常常出现在其中，成为刻画人物内心世界、暗示情节走向的重要手段。特别是《青春之歌》这部作品，更是成为连接《人境》上下两部的关键。小说中尤为特殊的是与那本破旧的《青春之歌》一同被发现的马坷牺牲前的日记。刘继明并没有以转述的方式告诉读者日记的大致内容，而是用引文的形式，以十几页的篇幅抄录了马坷的日记。在今天看来，这些日记充斥着"文化大革命"时期流行的政治语言，多少显得有些陈旧，与《人境》整体上流畅、简洁的叙述语言有明显的区别。在某些人看来，这类语言甚至面目可憎。但日记中对挖塘泥、割稻谷、摘棉花、选生产队长以及劳动中培育出的爱情等场景的描写，却复活了一个已经逝去的火热年代，让读者感受到其中浸润着的对生活的热情。那里有劳动者全身心地投入到土地之后，土地反哺给他们的尊严和对未来生活的坚定信心。对比在大城市打工的神皇洲农民谷雨"跟一只蚂蚁和一条狗差不多了，就是死了也不会有人瞭一眼"，感慨"做人的尊严，也只有在这块生养他的土地上才可能获得"[1]，那些大段摘录的马坷日记似乎正代表着逝去的岁月对我们今天的时代提出严正的抗议。因此，小说《人境》恰恰是用两种不同的文体，将两个不同的时代、两种不同的思想观念和发展模式拼贴起来，让它们对抗、交锋，完成对当下社会的批判。

结语

当我们宣称刘继明的小说《人境》具有很强的思想性时，或许有

---

[1] 刘继明：《人境》，北京：作家出版社，2016 年，第 159 页。

不少人会提出异议，因为这部作品虽然涉及很多中国社会存在的问题，但并没有提出真正的解决方案。不过换一个角度来说，冷战终结之后，伴随着胜利者得意扬扬的"历史终结"论调，金钱逻辑、发展主义式的行为准则、新自由主义似乎成了一统天下的普遍真理。窥破它们的荒谬与虚妄也就成了逆历史潮流而动的行为，必将迎来被压抑、被否定的命运。正像我们在小说《人境》中看到的，以庄定贤为代表的主流知识分子视来自西方的舶来理论为神圣之物，任何对这些理论的质疑与挑战都必将受到他们的敌视和压制。而当一个时代只有一种声音、一种思想时，也就封闭了充分认识现实生活的复杂性和促进新思想发展的前景。在这样的语境下，《人境》这样的作品就显示出其重要价值。它有意识地在文本内部呈现了丰富复杂的社会问题，并为不同思想观念的表达创造机会，而且还以各种手段让这些思想观念彼此辩难。那些曾经被污名化的思想也获得了重新发声的可能，并对今天的主流知识界提出了自己的质疑。因此，这部小说一方面深刻触及了中国社会面临的复杂问题，另一方面则努力打破主流与权势者对思想的垄断，为异质性的思想赢得了一小片天空。虽然现实的铁律不会因为一部小说而发生颤动，但在想象的世界中构想另类的可能，却或许能为最终的改变做些准备。如果说思想之刃必须经过复杂的现实生活和不同思想的锻炼与淬火才能成形，那么刘继明的《人境》正是以这样的方式为新思想的出场提供了空间与可能。

（原载《文艺理论与批评》2017年第1期）

瞬间的意义

——张承志艺术风格论

德国剧作家莱辛在名著《拉奥孔》中提出了一个影响深远的观点，即诗（或者说广义的文学）是时间的艺术[1]。的确，在欣赏文学作品的过程中，读者总是要首先依次阅读一行行排列整齐的字符，然后才能伴随着时光的流逝，在头脑中浮现出精妙的韵脚、鲜活的人物、细腻的风景以及曲折的情节。在这个意义上，作为一种以文字为媒介的艺术，文学其实是天然地和时间联系在一起的。不过，正如所有的规则在其诞生的那一刻就呼唤着的挑战与改写一样，对于真正的艺术家来说，艺术史上的这类"法则"从来不是必须遵循的客观规律，而是应该破坏和无视的牢笼。一代又一代的新锐艺术家正是通过对规则的僭越，发展出缤纷多彩的风格、流派，并敷演出蔚为壮观的艺术史。在中国当代文坛上，以思想尖锐、风格独特著称的张承志就是这样的艺术家。虽然他无法真正打破文字只能依次阅读的"铁律"，但其笔下却总是会浮现出一幅油画、一纸素描、一帧影像、一张照片……于是，由文字所"绘制"的画面，打断了故事、情节的发展线索，将叙事节奏放慢至最低限度，使空间暂时性地"压倒"了时间。在张承志的部分小说、

---

[1] 参见［德］莱辛《拉奥孔》，朱光潜译，北京：人民文学出版社，1979年，第18—45页。

散文中，叙事的脉络完全由画面所结构，甚至其本身就只是为了烘托画面才有了存在的意义。因此，在张承志那里，文学叙述所天然携带的时间性，与用文字构筑空间性的画面的努力之间，形成了巨大的张力，并成为其作品风格的最重要特征之一。本文试图回答的问题是：这样一种艺术风格具有哪些表现形态？作家为何会选择这样一种独特的艺术风格？它最终形成的艺术效果又是什么？

一

应该说，张承志早年的文学道路是颇为顺遂的。他的早期作品《骑手为什么歌唱母亲》（1978）、《阿勒克足球》（1980）、《大坂》（1982）、《黑骏马》（1982）、《北方的河》（1984）等，接连获得全国优秀短篇小说奖、全国少数民族优秀文学创作奖、全国优秀中篇小说奖等重要奖项，使得彼时的年轻作家成为文坛上的耀眼明星。在某种意义上，张承志在中国当代文学史上的经典地位，正是由他的这批早期小说奠定的，其20世纪80年代后期以来的大量作品由于争议不断，反而并不为社会公众所熟悉。不过，作家本人在这一时期各类有关创作的文字中，并没有表现出一位成功作家的自信，反而总是显露出对自身写作能力的怀疑。例如，在为短篇小说集《老桥》所写的"后记"中，他在明确表示自己"偏爱过抒情散文式的小说叙述方法"后，就坦言了自己在形式问题上的纠结和困惑：

> 但我毕竟生活在八十年代，并可能活到二十一世纪初叶。即便是对老桥时代的描写吧，我也开始有了复杂些的感受和冷静些的眼光。它们在倔犟地迫使我改变和寻找。……只是这一切都得来得太费劲、太笨重了！我总是时而痛感我的语言不能准确地传

达感受，时而伤心我的认识总是那么肤浅和呆板。你最终能达到怎么样的一步呢？我常问自己。我开始体会到了文学劳动的沉重，体会到了认识的不易和形式的难以捕捉。我总被一种无益的忧郁袭击，我感到举步艰难。[1]

张承志在这里透露了一个重要的信息，即虽然那些关于草原和北方的故事感动了无数读者，但它们并没有真正将作家的所思所感完美地表达出来。这个执着的写作者还在苦苦地寻找自己理想中的形式和语言。

正是在这种追寻的过程中，张承志与作为空间艺术的绘画不期而遇。在一篇有关凡·高的散文中，他通过对画家作品的分析和思考，认识到"一个真正爱到疯魔的艺术家，一个真正悟至朴素的艺术家，在某个瞬间一定会赶到神助般的关坎上，获得自己利剑般的语言"[2]。而凡·高笔下的《星空》《橄榄园》以及《自画像》等饱含着激情与痛苦的画作，更是让张承志感到那位传奇画家是"一个内容和本质战胜了形式和语言的辉煌例子"，自己根本不可能"用灌在钢笔里的墨水在格子纸上写出那些激动人心的色彩和画面"[3]。显然，在张承志有关创作的思考中，"内容和本质"等待着妥帖、恰当的形式来表达，只是文学与绘画相比，前者在试图表现那些"激动人心"的情绪和感觉时，显得苍白、单薄，根本无力为其在纸上赋形。

由此，我们也就可以理解，为何张承志要在作品中反复插入对图

---

[1] 张承志：《后记》，《老桥·奔驰的美神》，上海：上海文艺出版社，2015年，第262—263页。
[2] 张承志：《禁锢的火焰色》，《绿风土·错开的花》，上海：上海文艺出版社，2015年，第67页。
[3] 张承志：《禁锢的火焰色》，《绿风土·错开的花》，上海：上海文艺出版社，2015年，第61、53页。

像的描绘。对张承志这样的作家来说，编织生动、曲折的情节，从来都不是什么重要的事，只要想想他笔下的故事大多取材自其生活经历，且相似的情节会不厌其烦地出现在他的小说、散文中，就能够明白这一点。那些隐藏在文字背后的情感与思考，才是作家真正试图去呈现的东西。在一篇创作谈中，他明确表示："句子和段落构成了多层多角的空间，在支架上和空白间潜隐着作者的感受和认识，勇敢和回避，呐喊和难言，旗帜般的象征，心血斑斑的披沥。它精致、宏大、机警的安排和失控的倾诉堆于一纸，在深刻和真情的支柱下跳动着一个活着的魂。"[1]也就是说，字句、段落以及篇章的斟酌和安排，不过是为作家提供了一个抒发情感的框架，作品中真正重要的东西，其实是那些语言并未直接说出，而又已然蕴含其间的情感与灵魂。

正是因为带着这种对文学的特殊理解，张承志每当要将难言的感动和激越的情感转化为文字时，都会暂时中断故事的讲述，转而用语言去刻画一幅幅饱含深意的图像。在《黑骏马》中，出现了一张"寄自美国的、大幅柯达相纸印的彩色照片"[2]；在《北方的河》里，年轻的女记者在湟水岸边，"在千钧一发之瞬把一切色彩、心绪、气息、画面、花儿与少年都收在她那张柯达公司的彩色幻灯片上"[3]，而这张照片在小说中也成了心灵伤痕和一个逝去时代的象征；在散文《面纱随笔》中，三张照片勾勒了作家与一户普通维吾尔农家由相识到相知的整个过程，并让他感慨"能够体验这样一个始终，能够让照片编成这样的奇遇，

---

[1] 张承志：《美文的沙漠》，《绿风土·错开的花》，上海：上海文艺出版社，2015年，第96页。

[2] 张承志：《黑骏马》，《老桥·奔驰的美神》，上海：上海文艺出版社，2015年，第105页。

[3] 张承志：《北方的河》，《北方的河·西省暗杀考》，上海：上海文艺出版社，2015年，第32页。

是我个人履历上的一件大事"[1]；而散文《投石的诉说》则首先描绘了巴勒斯坦少年用单薄瘦弱的臂膀，向以色列坦克掷去石块的瞬间，那"红色的火焰映照着他舞着投索的弱小身影，如一个新鲜的塑像"[2]，这一形象承载着张承志对公平、正义的国际政治经济秩序的吁求。

在短篇小说《婀依努尔，我的月光》这类较为特殊的作品中，主人公已经不再是马背上驰骋的草原少年，也不是辗转于戈壁、沙漠的考古队员，而是直接化身为一个"美术学院油画系的讲师"[3]。他当年曾经被下放到喀什，病中得到过一位名叫婀依努尔的少女的照顾。二十年后，他提着画箱再次回到喀什，试图向婀依努尔表示感谢。只是物是人非，当年的少女已无法找到，而不变的是新疆的宁静、优美和淳朴的人情。面对今日喀什城中的美丽少女，这位画家并没有拿起画笔调色作画，但却感慨："没有画么？不，我分明在心上画了一幅最成功的作品，一幅婀依努尔的肖像。虽然没有用画笔和油彩，但她却栩栩如生。她就在这儿，在我心底最深的地方凝望着我，好像在用眼睛悄悄地和我说话……"[4] 很少有研究者注意到这篇小说，更不用说这个显得有些过于老套、抒情的细节。但在笔者看来，其中却隐藏着张承志艺术风格的秘密。因为在隐喻的意义上，几乎张承志的全部创作，都是用文字去"涂抹"一幅幅刻印在"心上"的画作。作家和那位"美术学院油画系的讲师"一样，什么也没有画，但那无形的画作却蕴含着

---

1 张承志：《面纱随笔》，《以笔为旗》，北京：中国社会科学出版社，1999年，第69页。
2 张承志：《投石的诉说》，《鱼游小巷》，北京：中信出版社，2015年，第157页。
3 张承志：《婀依努尔，我的月光》，《老桥·奔驰的美神》，上海：上海文艺出版社，2015年，第331页。
4 张承志：《婀依努尔，我的月光》，《老桥·奔驰的美神》，上海：上海文艺出版社，2015年，第341页。

作家的爱恋与憎恶、欢喜与痛苦、激越与感伤、憧憬与回忆，以及对美、公平、正义、永恒的追求。

二

这种在"心上"用文字作画的创作尝试，在张承志出版于1987年的长篇小说《金牧场》那里获得了极致的表达。20世纪80年代中期开始，张承志受到当时文坛流行的形式创新的影响，开始试图改变自己早期浪漫抒情的写作模式，寻求所谓更加现代的小说形式。他在《音乐履历》中这样披露了自己当时的创作心态：

> 忆起八十年代的文学环境，可能不少人多少都会有惜春感觉。时值百废待兴，现代艺术如强劲的风，使我们都陶醉在它的沐浴之中。穿着磨破的靴子、冻疤尚未褪尽的我，那时对自己教养中的欠缺有一种很强的补足愿望。回到都市我觉得力气单薄，我希望捕捉住"现代"，以求获得新的坐骑。那时对形式、对手法和语言特别关心；虽然我一边弄着也一直爱琢磨，这些技术和概念的玩艺究竟是不是真有意味的现代主义。[1]

也就是说，虽然张承志对现代主义所谓的文学创新有些心存疑虑，但还是追随那个时代的创作潮流，努力更新自己的写作形式，重点学

---

[1] 张承志：《音乐履历》，《以笔为旗》，北京：中国社会科学出版社，1999年，第231页。

习诸如意识流、结构主义等现代派文学的创作方法[1]。

张承志这种学习现代派的努力，最终就体现在了《金牧场》的文本形式上。这部带有浓重自传色彩的小说在结构上分成两大部分，分别被命名为"J"和"M"。前者的内容是主人公于20世纪80年代在日本进行为期一年的访学，主业是与平田英男合作翻译古代蒙古文献《黄金牧地》，业余时间则陷入对日本歌手小林一雄的疯狂迷恋；后者则主要讲述主人公70年代初期在内蒙古草原插队的经历，主线是克服种种困难向有着金色牧草的阿勒坦·努特格草原进发。而"J"和"M"两部分中，又分别穿插着一个支线，在书中从形式上用仿宋字体予以区别。在"J"中，支线内容是主人公在日本回忆自己在北中国从事考古工作和遭遇西海固哲合忍耶教派的经历；在"M"里，支线内容则是主人公在插队期间回想"文化大革命"初期与同伴重走长征路的往事。而支线与主线之间，主要依靠意识流的方式予以连接。例如，在"J"部分中，主线部分刚刚描写主人公在日本因孤独、苦闷终日饮酒之后，马上插入支线中主人公对在新疆翻越大坂后与维吾尔族牧民饮酒的甜蜜回忆，靠饮酒这一动作构成回忆的线索，用苦闷与甜蜜的情绪形成结构上的对应关系[2]。整部小说的主线和支线部分，就是这样靠词语、动作、场景乃至心境的某种关系连接在一起的。从这个角度看，《金牧场》的确符合某些意识流小说的特征。

或许是由于《金牧场》以极为触目的方式将作家在形式创新方面

---

[1] 在20世纪80年代中国人的理解中，"现代派"这一称谓的功能类似于一个箩筐，所有19世纪末以来出现的，在风格上与古典主义、现实主义迥异的创作流派，都可以纳入现代派的范畴。这一理解方式的代表，当属袁可嘉等选编的四卷本《外国现代派作品选》（上海文艺出版社1980—1985年版），这套书将包括后期象征主义、意识流直至黑色幽默、后现代主义在内的十余种不同创作风格，统统放置在"现代派"这一称谓下。
[2] 参见张承志《金牧场》，沈阳：春风文艺出版社，2005年，第48—51页。

的努力暴露出来，使得这部作品的结构和意识流式的表现手法，成为研究者历来关注的重心。1987年，当时的著名批评家吴方在《金牧场》正式出版之前四个月，就撰写了长文《〈金牧场〉评说——兼及对小说文体的简单思考》，讨论这部作品的文体问题[1]。在文章中，吴方将《金牧场》与普鲁斯特的意识流小说进行对比，认为这部小说以"意识流动为线索，不断插入闪回"的方式，串联起"两个主要叙事单元所包含的四个主要情景、时态，形成交叉的分流"。而最终形成的叙事效果，是"往事在梦里，成串成片或散碎地涌来。……《金牧场》里象意识一样崛起的句子、语词拥挤着宣叙着。这是张承志自己的世界。他为此倾注了太多的爱、留恋以及表露，也为此，小说加入了一切足以延长或加深梦境的成分，排除了一切足以阻碍或打断梦境的成分"[2]。吴方在这里揭示的《金牧场》的三个主要特征（自传性写作、四个部分相互穿插构成的叙事结构、由意识流的手法所营造的梦境），成了此后研究者讨论这部作品时始终无法绕开的视角，并引申出如何寻找生命的意义[3]、如何对待历史与记忆[4]、怎样对比往事与当下[5]等话题。

不过，需要注意的是，尽管《金牧场》在形式创新上用力极深，张承志在这方面的努力也得到了评论界的广泛关注和讨论，但作家本

---

[1] 这篇文章发表在1987年12月出版的《文艺评论》杂志当年第6期上，但写作时间标明为1987年6月，而《金牧场》出版于这一年的10月。这个时间差表明，吴方这篇论文的写作应该是张承志或作家出版社为了宣传主动"运作"的产物，在发表前作家本人很可能读过，因而值得研究者特别留意。

[2] 吴方：《〈金牧场〉评说——兼及对小说文体的简单思考》，《文艺评论》1987年第6期。

[3] 参见朱向前《生命的沉入与升腾——重读〈金牧场〉及其评价》，《当代作家评论》1995年第1期。

[4] 参见陈墨《寓言的世界与世界的寓言——〈金牧场〉主题阐释》，《文学评论》1987年第6期。

[5] 参见蔡翔《永远的错误——关于〈金牧场〉》，《读书》1988年第7期。

人后来却对《金牧场》所运用的种种"摩登"[1]技法并不满意,表示"没准,我会重写一遍《金牧场》。那是一本被我写坏了的作品。写它时我的能力不够,环境躁乱,对世界看得太浅,一想起这本书我就又羞又怒"[2]。在《金牧场》出版七年后,这位小说家还当真将这部作品予以大幅度的删削改写,出版了《金草地》,以便"放弃包括受结构主义影响的框架在内的小说形式,以求保护我久久不弃的心路历程。……放弃三十万字造作的辽阔牧场,为自己保留一小片心灵的草地——哪怕它稚嫩脆弱"[3]。显然,上文提到的那种作品表现形式与作家试图表达的内容之间的差距,使张承志对《金牧场》颇为不满,以至于在小说出版二十年之后,还发出了要"十遍重写《金牧场》"的感慨[4]。因此,研究者或许不应该过于关注《金牧场》中的意识流、结构主义的表现形式,而是要探究张承志试图去表达的真实意图。

在一篇谈论著作封面设计的散文中,张承志不经意间透露了促使自己创作《金牧场》的内在动力。作家出版社在1987年出版《金牧场》时,希望将其收入有着统一封面设计的"当代小说文库",但张承志却"渴望这本书有那么一幅旗帜般的燃烧的封面画"[5],执意要使用凡·高的名作《在夕阳下撒种》的局部图作为封面,甚至提出如果不按照自己的心愿设计封面,就放弃出版。他最终说服了作家出版社的编

---

[1] 张承志:《十遍重写〈金牧场〉》,《聋子的耳朵》,上海:上海文艺出版社,2015年,第89页。
[2] 张承志:《作者自白》,《荒芜英雄路》,北京:知识出版社,1994年,序言第4页。
[3] 张承志:《注释的前言:思想"重复"的含义》,《金草地》,海口:海南出版社,1994年,序言第4页。
[4] 参见张承志《十遍重写〈金牧场〉》,《聋子的耳朵》,上海:上海文艺出版社,2015年,第88—93页。
[5] 张承志:《未诞生的封面》,《绿风土·错开的花》,上海:上海文艺出版社,2015年,第114页。

辑。我们由此可以看出绘画对于张承志的重要意义。如果再联系起作家在出版《金牧场》前,曾认为"小说应当是一首音乐,小说应当是一幅画,小说应当是一首诗"[1],还表示自己"一直有意无意地企图建立自己的一种特殊学习方法。具体地说,就是尽量把音乐、美术、摄影等艺术姊妹领域里的领悟和感受,变成自己文学的滋养"[2],那么是绘画,而非形式创新,才是理解《金牧场》最为关键的要素。

《金牧场》在形式上有个特点,即不时在四个部分中以黑体字插入一段与情节并无瓜葛的感慨,且突然改变小说整体上的第三人称叙事,改由第一人称进行叙述。似乎故事本身已经无法容纳作家满溢的激情,以至于要突然从第三人称叙述的位置中跳出来,直接抒发自己内心的情感。在小说中的一段黑体字中,作家为我们讲述了他观看凡·高的名作《向日葵》的感想:

> 四个巨大的火球,四团熊熊燃烧的烈火,四个挣扎着热情和痛苦之瓣的向日葵花盘,在一片梦一般的鲜红、蔚蓝、铅黑的战栗的火苗中光彩夺目地燃烧着。粗野而失控的笔触如吼如哭。细部重硬且不耐烦。有些涂抹上去的浓厚色道漫不经心又饱含真挚。油彩划伤画布,像几道割破的流血的伤口。离远些,那四团火焰在不顾一切地朝你呼唤;靠近些,那纠缠挣扭的花瓣使你不忍目睹。
>
> ……
>
> 但那火焰永生。我常常久久凝视着这幅画。我觉得在那时自

---

[1] 张承志:《美文的沙漠》,《绿风土·错开的花》,上海:上海文艺出版社,2015年,第97页。
[2] 李江树、张承志:《瞬间的跋涉》,《文学自由谈》1987年第3期。

己得到了力量、净化和再生。[1]

在凡·高那里，笔触粗粝、色彩明艳的向日葵，象征着对理想的追求、昂扬的激情以及生命中的痛苦。这一切，恰恰是日后"以笔为旗"、坚守理想主义的张承志的一贯追求，由此也能理解为何作家要如此推崇凡·高。他甚至在谈到那幅《在夕阳下播种》时表示，"《金牧场》几乎是在这一幅油画的支撑下才写下来"的，"只有这幅画才能说明这本书、保卫这本书、并向世界传达我最关键的思想"[2]。这样的说法初读会让人觉得有些夸张、矫情，但却足以说明凡·高画作与《金牧场》之间的深刻关联。

如果我们对张承志笔下那"四个挣扎着热情和痛苦之瓣的向日葵花盘"做一点儿引申的话，那么《金牧场》的形式或许并非结构对称、主次分明的四个部分，小说包含的其实是四个平行的故事。就如同凡·高笔下的四个向日葵花盘虽然形态各异，却共同表征着激情与苦难一样，《金牧场》包含的四个故事在时间、地点、人物、情节等方面虽然反复更迭，但全部都是关于主人公在"热情和痛苦"中不断追寻理想的旅程。因此，"文化大革命"初期重走长征路、在内蒙古草原放牧、在新疆进行历史地理学考察、与哲合忍耶教派的接触、日本学生在20世纪60年代的左翼运动、在日本从事研究工作、与小林一雄的歌曲相遇等具体的情节本身其实并不十分重要，关键是它们能够触发或引起张承志的思考，标识了某种对作家来说意味深长的心情和思想价值。有些批评家曾专门就这一写作特色提出批评，认为由于接受了凡·高的影响，张承志的小说"在表现色彩时，却时常显得有些失控。往往人

---

[1] 张承志：《金牧场》，沈阳：春风文艺出版社，2005年，第208—209页。
[2] 张承志：《未诞生的封面》，《绿风土·错开的花》，上海：上海文艺出版社，2015年，第114页。

物所处的环境用色彩强烈地表现出来了，可是人物本身却毫无亮色"[1]。不过在笔者看来，正是由于《金牧场》的人物、情节并不重要的特点，使得张承志在对小说形式感到不满意后，能够在后来的《金草地》中大刀阔斧地删掉大量情节，甚至将有关日本的部分全部抹去，只保留小林一雄的歌曲，以表达其独特的心情和思考。因为相比于情节和形式，作家真正追求的其实是"保护思想的结晶"[2]，作品中任何阻碍实现这一点的事物，都可以毫不留情予以剔除。这也就是他在解释自己删改旧作的行为时所说的："放弃不真实的情节，以求坚持真实的精神追求。"[3]

三

考虑到《金牧场》用四个平行的叙述段落来描绘某种心情或思想的特点，那么将这部长篇小说理解为意识流作品或许是一个误会，因为意识流是一种关于时间或者说时间的变形的文学流派，它所营造的艺术效果，其实是通过捕捉梦境与潜意识，颠覆理性和线性时间观念的主导地位，最终呈现出绵延、流动的生命感觉。《金牧场》的描写方式虽然的确带有一定的意识流特征，但它平行叙述四个追求理想的故事，实际上更多地达成了某种断裂效果，而非意识流所强调的绵延感。这是作为空间艺术的绘画对于时间绵延进程的阻断，并由此形成张承志创作中反复出现的对瞬间和凝固意象的捕捉。

---

[1] 李咏吟：《生命体验：张承志与凡高的艺术关系》，《当代作家评论》1993年第1期。
[2] 张承志：《注释的前言：思想"重复"的含义》，《金草地》，海口：海南出版社，1994年，序言第4页。
[3] 张承志：《注释的前言：思想"重复"的含义》，《金草地》，海口：海南出版社，1994年，序言第4页。

上文曾提到，这部小说的形式特点，是在"J"和"M"两部分中插入一段段回忆，并用不同的字体标识出来，使得作品形式会让读者产生破碎感。因为每个段落在刚刚描述完一段情节、一个动作或一些感想之后，叙事马上就会中断，切入另一个时间、另一个空间。尤其值得注意的是，具体进入每一段的描写时，诸如"瞬间""一瞬""突然间""一下子""掠过""愣住""一跃""猛然""刹那间"等类似的词语就会出现，成为各个段落描写的关键词。例如，在描写阿勒坦·努特格大队两千匹骏马合群的壮观景象后，作家这样描写骏马奔腾对主人公内心世界的冲击："我凝视着它，突然间失去了语言的能力。好久一阵我哑了，我的心痉挛着，胸膛里疼痛难忍。我理解不了也控制不住正在我心田里诞生的疯狂和激动，我一点也没有想到这就是日后支撑我活着的我的生命。我万万没有想到，草原母亲原来就是以这样的方式，猝然在我二十岁的身心里埋进了一个幽灵。我知道：我变成了一个牧人。"[1]我们知道，身份的转换总要经历一段漫长的岁月。人必须接受生活的考验，在亲身经历友谊、爱情、苦难、劳作以及生离死别的种种磨炼之后，才能收获时间赐予的礼物——成熟。这是每个人都无法逃避的宿命，区别只在于因机缘巧合，那份礼物来得或迟或速、或丰饶或贫瘠。将这样的经历转化为文学形式，通常情况下需要一定的篇幅来完成。不过，反复使用"突然间""一下子"这类词语却等于在告诉读者，总是热情满溢、情绪激动的张承志并没有在较长的篇幅中塑造人物的"耐心"，而是更愿意把漫长的旅程、无数的往事挤压在一个瞬间，用某个特定的时刻容纳本应在时间中展开的情绪和思考，我们可以想象经过压缩的情感会激越到何种程度。阅读张承志的作品总是让会心的读者心潮澎湃，久久不能平复，其根源或许就在于此。

---

[1] 张承志：《金牧场》，沈阳：春风文艺出版社，2005年，第34页。

一一分析《金牧场》中这类对瞬间的描写，是本文的篇幅所不能允许的。因为小说中的每段描写，几乎都使用了类似的表现方式，以至于那些表示瞬间的词汇出现次数过多，让读者觉得作家的描写方式有些单调。在这个意义上，我们甚至可以把这部小说的基本结构看成是一系列引发张承志思考和感触的瞬间的连缀。或者说，每个瞬间都是一个粗硬、饱满的笔触，它们共同绘制了那"四个挣扎着热情和痛苦之瓣的向日葵花盘"。

对瞬间的捕捉，意味着从流动的时间长河中截取一个片段，让人们能够有足够的余裕去咀嚼、回味某个刹那所蕴藉的丰富含义。不过，这样的截取也会使完整的动作、情节凝固在一个特定的时刻，结晶为与具体的情境分开的意象，在保持固定的同时，暗示着运动和情绪。因此，张承志在《金牧场》中对无数瞬间的描绘，最终落实为一系列交织着动感与凝固的意象，如西南山区背负沉重木炭的农民的身形、小遐在草原上翩翩起舞的倩影、在飞驰的骏马上感到失重的瞬间、夏目真弓展示花道的动作……每一个这样的凝固瞬间，都暗示着一连串的行动，并勾连着作家对于贫穷、青春、草原、理想的种种感悟。或许最为典型的例子，是《金牧场》中对西海固独特地貌的描绘：

> 黄土的波涛一直漫到天边。……黄色的浪涛缓缓涌着，倾听着他（指主人公——引者注）的心音。好一片焦渴的严酷的海呵，好一片男人的海。那黄色的波涛层次无尽，深浅浓淡清晰可数的种种黄色围着这块土崖在沉重地涌。[1]

黄土高原上一望无际的塬峁山梁，本来是厚重、凝固的荒凉景象，

---

[1] 张承志：《金牧场》，沈阳：春风文艺出版社，2005年，第153—154页。

但在张承志笔下,却成了一片不断翻滚、涌动的旱海。而那表面平静却内蕴无穷力量的海的意象,更是隐喻着哲合忍耶教派在近乎绝境的自然条件下坚守信仰的不屈与执着。或许是因为这个意象将凝固与动感、具体的形象与丰饶的意义有机地结合在一起,最能符合作家不断描绘瞬间的用意,张承志不仅在《金牧场》中反复使用旱海的意象,还在日后的一系列散文作品中写下类似于"它是黄土的海。焦干枯裂的黄色山头滚滚如浪"[1]这样的语句。由于类似的意象在《金牧场》里比比皆是,读者在阅读这部小说时总觉得张承志并没有试图去讲述曲折动人的故事,而是在描绘一幅幅让人心潮澎湃的油画。有趣的是,《金牧场》的主人公在某个瞬间,真的"一下子回忆起了无数张静静移动的画"[2]。或许可以说,作家在其全部创作中着力捕捉的一系列将瞬间凝固下来的意象,在某种意义上,其实也就是"无数张静静移动的画",张承志本人早已在小说中为其写作方式留下了注解。这也能够说明绘画与作家创作之间的深刻关联。

四

张承志执意要在时间性的文学书写中熔铸进空间性的绘画艺术,显然与其早年接受过系统的美术训练有关。根据作家本人的回忆,他从幼儿园时就开始表现出对绘画的强烈爱好;小学三年级时,著名儿童教育家孙敬修就在图画课上注意到他的绘画才能。此后,张承志又入选了北京市朝阳区少年之家美术组,开始接受长达数年的专业美术

---

1 张承志:《回民的黄土高原》,《荒芜英雄路》,北京:知识出版社,1994年,第291页。
2 张承志:《金牧场》,沈阳:春风文艺出版社,2005年,第270页。

训练，并将绘画当作自己"整个少年时代的理想"[1]。也就是说，早在"文化大革命"开始之前，他就已经具备了较为扎实的绘画功底。后来在命运的推动之下，张承志来到内蒙古、新疆，走了北中国的大部分土地，并最终选择了文学创作的道路。不过，他一直未曾忘怀对绘画的喜爱。从《涂画的旅程》一书所收录的创作于不同时期的草图、速写以及油画作品看，无论是在内蒙古"插队"劳动的闲暇时光，还是在新疆考古的间歇，抑或是在北非、拉丁美洲等第三世界国家考察的旅途上，张承志始终没有放下手中的画笔，不断将那些让他印象深刻的瞬间绘制为一幅幅画作。

这种长期养成的绘画习惯，使张承志获得了一种独特的艺术眼光，让他能够在生活中提炼出富有意味的一系列瞬间，并最终将它们转化为文学形式。只是由于他的创作与其生命体验的关系过于紧密，其笔下的意象总是围绕着内蒙古草原、新疆以及西海固（也被张承志称为他的三块大陆）展开。正如一位研究者在谈到《金牧场》时所说的，"《金牧场》是一个最为关键的文本，这个文本几乎包含了张承志后来文学所有的心灵密码：关于20世纪80年代的日本体验，对四年牧民生活的回忆，早年红卫兵情结和重走长征，西海固贫瘠、坚韧的生存，甚至自己早年的记忆和母族书写。1990年的《心灵史》以及2012年改订本里的所有意义系统，几乎都可以在《金牧场》中找到某种草蛇灰线式的伏笔"[2]。也就是说，《金牧场》中呈现的那无数瞬间，在张承志的心中留下了太过深刻的印痕，使得他在多年之后还要时时反顾，继续去思考那些凝固的意象所蕴含的深意。有趣的是，恰恰是在完成《金牧场》之后，张承志突然开始从事油画创作。这种艺术冲动是如此

---

[1] 张承志：《序：如画的理想》，《涂画的旅程》，西宁：青海人民出版社，2011年，序言第6页。

[2] 沈杏培：《张承志与冈林信康的文学关系考论》，《文艺研究》2019年第9期。

强烈,以至于他能够在一天之内就以自己"小说中曾有过的画面"[1]完成两幅作品。不过,虽然他画得如此之快,但总体上的创作数量并不多,因为与不断绘制新画相比,他似乎更愿意反复涂抹、修改自己的旧作。这也再次说明张承志笔下的那些瞬间(无论是以文字的形态还是以图像的形式)与其内心体验之间的深刻联结。

生命与艺术的这种纠缠,最终造就了独特的张承志文学。在那里,一连串意味深长的瞬间,不断地阻塞了绵延的时间之流,使空间性的图像膨胀到极致,在作品中彻底压垮了时间性的叙事,让小说几乎成了"无数张静静移动的画"。这样的文学创作方式,首先是造就了张承志作品热情洋溢、激越跳动的美学风格。我们知道,文学当然可以去表现激情,浪漫主义文学利用离奇的情节、鲜明的性格等艺术手段,使那些或激昂或感伤的巨量情绪在文字中沸腾,创造了无数打动人心的经典作品。不过,用故事、情节以及人物性格来勾勒强烈的情绪,不得不诉诸具有一定长度的文字,在时间的流逝中呈现情感的起伏,然而感情的强度却很难在长时间的叙述中维持在最高点上,这是作家必须直面的挑战和难题。而图像却完全不同,在幕布揭开的刹那,形象、动作、线条、笔触、色彩、明暗、光影能够携带着激昂、澎湃的情感能量,瞬间奔涌至人们的目前,在会心的观众那里触发内心世界的海啸。张承志注重捕捉极具画面感的瞬间的艺术表现手法,的确与其主观、抒情的文学追求相得益彰,使读者只要打开他的作品,总能感受到作家那激动、热烈的灵魂。

其次,张承志对生命中的重要情景的时时反顾,使得那一系列不断出现的瞬间,成了可以容纳无限丰富意义的容器。因为对张承志来

---

[1] 张承志:《未诞生的封面》,《绿风土·错开的花》,上海:上海文艺出版社,2015年,第115页。

说，每一次对某个瞬间的描绘，都不仅仅是单纯的重复，而是携带着不同时期的体验、思考的"再解读"。正是在反复回味那些凝固意象的过程中，它们的意义被改写或深化，逐渐呈现出更加丰富的层次。例如，《金牧场》的主人公穿上缀满羊皮补丁的皮袍子后，引得蒙古额吉发出了这样的感慨，"过去的穷人也比你穿得好些"[1]，这让他明白了一个朴素的道理："活在底层的人是多么艰难。"[2]而在1988年的散文《潮颂》中，张承志再次描写了那个瞬间，回忆起当年"知青"所穿的"烂光了缎面只剩皮板的褴褛袍子"，让"一个牧民老太婆叹道：'简直和过去的穷人一样啊。'"[3]只是在此时，牧民的感叹与波马的黄昏、金积堡的冬野一起，让作家在"实际而平庸的生活中"，发现"电击般的战栗是千金一刻的体验"[4]，并由此顿悟了命运对自己的指引。到了1995年，张承志不厌其烦地在《袍子经》中又一次描绘了那个场景，让"一个老大娘"发出"嗨，过去的穷牧民，就和你们一样"的感慨。这一次，作家觉得老大娘的感叹"揭破了那时大部分乌珠穆沁牧民的生存真实和本质"，使穷人的世界"一瞬间赤裸无遗，让我们瞥见了它的底层深处"[5]。如果说那个瞬间第一次让张承志意识到穷人的艰辛，第二次让他领悟了命运的推动，那么第三次则使他发现自己与底层人民之间的深刻联结。于是，在日后的岁月里，每当对历史事件、国际形势进行思考和评述时，张承志都会站在底层人民的立场上，为那些被侮辱与被

---

1 张承志：《金牧场》，沈阳：春风文艺出版社，2005年，第169页。
2 张承志：《金牧场》，沈阳：春风文艺出版社，2005年，第181页。
3 张承志：《潮颂》，《绿风土·错开的花》，上海：上海文艺出版社，2015年，第175页。
4 张承志：《潮颂》，《绿风土·错开的花》，上海：上海文艺出版社，2015年，第179页。
5 张承志：《袍子经》，《牧人笔记·鞍与笔》，上海：上海文艺出版社，2015年，第165页。

损害的弱者发出愤怒的呐喊，哪怕这样的选择是以卵击石，注定会被由强者书写的"历史"指认为偏激和异端。从这个例子可以看出，瞬间在反复"涂抹"的过程中，容纳了越来越丰富的意涵，并最终成为贮藏作家在不同历史时期的思考和感悟的载体，具备了多层次的美学意义。

张承志笔下那星罗棋布的无数瞬间，由于作家数十年如一日地时时反顾，成为其作品最重要的"签名"和标志之一。那些瞬间蕴蓄着无穷的热情，惹人激动、陶醉，负载着不断深化、丰富的思考和意义，使人沉静、深思。读者仅仅从这一系列瞬间，就可以直接辨识出张承志极为独特的美学风格。不过，当瞬间在作品中被反复书写、强调，以至于空间压垮了时间性的叙事时，作家也不得不面对某种危险。虽然现代语言学不断向我们灌输所言与所思之间的巨大鸿沟，但叙事毕竟可以在绵延的时间中不断进行表达，使得幸运的读者总能够从中找到指向意义的路标。然而，面对时间性的叙事艺术的滔滔不绝、千言万语，图像却总是沉默不言。后者的光影、线条、色彩、凝固的姿态……从来不会主动地言说自身，而是等待着人们的欣赏、阐释与感动。只有在遇到心有灵犀的欣赏者时，被图像捕获的瞬间才会敞开自身，将其中积淀的热情、思考与人分享。而面对那些缺乏默契的观众，瞬间则会狠狠地关上大门，拒绝给出理解的可能。

不断"涂抹"瞬间的张承志，其实也分享着相同的命运。在 20 世纪 80 年代初，他所描绘的那些关于草原、爱情、理想、遗憾的瞬间，与彼时刚刚经历过一段伤痛岁月的中国读者的情感发生了深刻的共振，成为那个时代的文学经典。然而在 20 世纪 80 年代中期以后，作家对宗教的投入、对底层人民的亲近、对资本主义的抵制、对第三世界人民的关注等，都与同时代中国知识界的主流倾向渐行渐远。于是，其后期作品的社会影响力日益降低，渐渐淡出了人们的视野，只能在会心的读者那里得到热情的拥抱。当然，张承志并不会真的在意社会的普遍认可，因为在那些令他魂牵梦绕的瞬间中，他早已收获了艺术与思想的完满。

（原载《南方文坛》2020 年第 2 期）

历史、互文与细节描写

——评孙甘露《千里江山图》

距离上一部长篇小说《呼吸》出版足有二十五年之久，孙甘露的长篇新作《千里江山图》终于在 2022 年问世，并迅速成为该年度中国文坛的现象级作品。这部酝酿多年的小说甫一问世，即受到广泛关注，不仅在读者那里获得好评，更让众多评论家在各类书评中予以高度肯定。有趣的是，由于此前孙甘露先锋文学作家的身份给中国文坛留下了太过深刻的印象，当人们发现他竟然以 20 世纪 30 年代的上海为背景，创作了一部革命历史题材的谍战小说时，纷纷表示惊讶不已。评论家王春林就发出了这样的感慨，"从一位特别注重以实验性的方式经营小说叙事艺术的先锋小说家，到《千里江山图》这样一部关注表现当年中共地下工作的带有一定主题写作特征的间谍小说，其间思想艺术转换的跨度之大，足以令人咋舌"[1]。毛尖也以她特有的评论风格写道："乍一看到，我有点蒙。《千里江山图》，不是应该关乎青绿巫山，春风十里吗？用孙甘露自己的修辞，不应该是，用比缓慢更缓慢的流水，给嗷嗷待哺的读者一种款款而至的慰安吗？怎么突然变成 1933 年

---

[1] 王春林：《去传奇化的间谍叙事——关于孙甘露长篇小说〈千里江山图〉》，《上海文化》2022 年第 7 期。

中共地下组织的千里江山图行动了呢？"[1]从评论者"咋舌"或"蒙"的反应可以看出，以先锋文学为代表的纯文学写作、主旋律题材创作以及间谍小说这样的类型文学，已经在文学的疆域内清晰地划分了各自的"地盘"。虽然三者的地位孰高孰低在不同读者那里有着各自的判断，但它们彼此之间泾渭分明，任何跨越边界的尝试都可以被裁定为对文学等级制度的僭越，都足以让人们惊叹于作者的胆大妄为。那么，孙甘露究竟靠什么调配三种截然不同的文学创作资源，游刃有余地穿梭在文学等级制度所制造的障壁之间的呢？

一、三种文学创作资源

小说《千里江山图》的基本背景，来源于中国共产党党史上真实的历史事件，即伴随着1931年顾顺章、向忠发等人的被捕叛变，中国共产党在上海的秘密机关遭到国民党当局的严重破坏，在白区开展工作变得愈发困难。最终，博古、张闻天、陈云等中共临时中央政治局主要成员在1932年底被迫离开上海，于1933年1月7日成功抵达中央革命根据地瑞金。而小说中代号为"千里江山图"的行动计划，就是党的地下工作者突破国民党特务机关设置的重重阻碍，"安全地把中央有关领导从上海撤离，转移到瑞金，转移到更广阔的天地里去"[2]。从小说《千里江山图》尝试处理的主题看，这显然是一部非常典型的革命历史题材作品，小说在正式出版前也曾先后入选中宣部全国重点主题出版物、"十四五"国家重点出版物出版专项规划、中国作协重点作

---

[1] 毛尖：《一部小说的发生学——谈孙甘露长篇〈千里江山图〉》，《收获·长篇小说》2022年夏卷。
[2] 孙甘露：《千里江山图》，上海：上海文艺出版社，2022年，第150页。

品扶持项目、庆祝建党百年主题创作重点项目、中共上海市委宣传部"五年百部"优秀文艺作品原创工程等多项重要的选题计划。

不过，正如毛尖所言，"千里江山图"计划在孙甘露笔下只是一个推动情节发展的"麦格芬"（MacGuffin），"一直到小说最后，整个计划都语焉不详"[1]。作家并没有讲述中共临时中央政治局秘密转移的整个过程，代号为"浩瀚同志"的中央领导在这部小说中也是神龙见首不见尾，仅仅在小说的结尾处露了面，而大多数情况下只是出现在人物对话里。小说真正重点呈现的内容，是在"千里江山图"计划因党内混入敌人间谍而遭到破坏的危急时刻，主人公陈千里临时从青岛赶到上海，用一个多月的时间找出奸细，推动转移行动继续进行的过程。这就为小说家展开艺术虚构提供了更加广阔、自由的发挥空间。正像我们在《千里江山图》中看到的，忠诚与背叛、伪装与谎言、阴谋与爱情、跟踪与摆脱、追逐与搏斗、潜伏与行动、监听与杀戮、酷刑与审判，这一系列谍战类型的文艺创作里的"规定动作"，在小说中悉数出现。再加上精心设计的种种悬疑和诡计，使得这部作品不再像孙甘露过去的作品那样总是把读者"晾"在一边，不管不顾地描绘自己的梦境，而是开始依靠曲折的故事情节"取悦"读者。如果有人希望找一本精彩、好看的间谍小说，那么《千里江山图》一定不会让他失望。

需要指出的是，20世纪80年代中期纯文学观念兴起后，精彩曲折的故事情节、鲜活生动的人物形象，就不再是让小说家感到欣喜的赞扬了，甚至在某些特定的语境下，它们成了二、三流作品的标签。对于很多先锋文学作家来说，与其在编织引人入胜的故事情节上劳神费

---

[1] 毛尖：《一部小说的发生学——谈孙甘露长篇〈千里江山图〉》，《收获·长篇小说》2022年夏卷。

力，不如花更多的精力去思考小说的形式和语言问题。作为典型的先锋文学作家，孙甘露显然不仅仅满足于在《千里江山图》里叙述一个复杂、有吸引力的故事，读者仍然能够感受到这部作品在艺术形式上的创新，甚至还可以发现作家给读者设下的阅读"陷阱"，并且在一系列猜谜与解密的过程中，作家把对小说的阅读变成了某种有趣的智力游戏。

例如，《千里江山图》的第一个场景，是十一名来自不同战线的中共党员汇聚在上海四马路菜场的一个秘密房间，准备开启"千里江山图"计划。然而，会议还没有正式开始，早已经在菜场周围埋伏好的国民党军警就冲进了会场。虽然由于一位不知名的地下党员拼死发出警报，使一部分参会人员最终趁乱逃脱，但还是有六名参会者被当场逮捕，押解至上海龙华警备司令部接受审讯。这一段落的叙述节奏紧张、悬疑色彩浓厚，多条缠绕的叙事线索被孙甘露处理得干净、明晰，杂而不乱，展现出深厚的叙事功力。但熟悉谍战题材创作的读者最初看到此处，或许多少都会感到有些失望。因为最近十余年来，"天黑请闭眼""狼人杀"这样的推理类桌面游戏在都市青年群体中极其流行，成为青年亚文化的重要组成部分，并开始对各类文艺创作产生重要影响。很多谍战题材的文艺作品，如麦家的长篇小说《风声》（也包括陈富国、高群书据此执导的同名电影）、小白的中篇小说《封锁》等，都模仿"狼人杀"的基本结构，让主要人物一出场就被集体关押在监狱这样的封闭空间里，一一接受审问，通过分析他们语言和行动中的各种纰漏，寻找隐藏在当中的间谍。整个故事都发生在固定的场景之中，只有死亡或叛变，才能让主人公离开那个逼仄、可怕的场所。因此，刚开始翻阅《千里江山图》的读者，会觉得情节设置给人一种似曾相识的感觉,似乎这部小说不过是无数个类似的谍战故事的又一最新翻版。然而,一旦读者这样去想,就掉入了孙甘露设置的"陷阱",他们很快就会发现,敌人为了进一步获取情报,将在押的六名中共党员全部释放,改为暗中监视。整个故事也就暂时摆脱了刑讯室和牢房这样的幽闭空间,开始在上海、广州、南京等地反复挪移,气象豁然开朗,当真有了几分"千里江山"的味道。这样的写法有些类似于卡尔维诺的小说《寒冬夜行人》,叙述者利用类型文学的某些固定套路,为读者设置了明确的阅读预期,接下来却又出人意料地将这种预期打破,似乎与读者开了个善意的玩笑。如果说类型文学创作的精髓是作家严格遵守类型自身的套路,所有创新只能在套路内部提供的有限空间里进行,那么《千里江山图》这样的小说其实是反套路和反类型文学的。

二、寻常之物与间谍故事

从上面的分析可以看出,小说《千里江山图》融合了三种不同脉络上的写作方式,即主旋律的红色题材创作、谍战题材的类型文学以及先锋文学的创作手法。单独在某一个脉络上讨论这部作品,都无法全面呈现其创作特色。因此,孙甘露以何种方式调配三种不同脉络的资源来完成一部间谍小说,或者说,小说家所理解的间谍小说究竟是什么样子的,就成了我们必须去探讨的问题。虽然《千里江山图》出版后,孙甘露在接受各类采访时并没有透露太多与此相关的信息,但作品本身在形式上的一些重要特征,还是给我们思考这些问题留下了必要的线索。

小说《千里江山图》有一个引人瞩目的特点,就是常年置身于书斋中的小说家有意识地在自己的作品里插入了一系列经典文本,如列宁的《远方来信》、普希金的《上尉的女儿》、意大利歌剧《图兰朵》、金焰与紫罗兰主演的电影《海外鹃魂》、萧伯纳在香港的演讲等。正是这些经典文本的引用，使得这部作品的叙述充满了书卷气，有着优雅、细腻的叙述格调，没有像很多间谍小说那样，因为有太多诡计、搏斗以及刑讯等场景，呈现出血腥、暴力的风格。尤其难能可贵的是，在孙甘露的巧妙安排下，这些中国读者耳熟能详的经典文本，与小说情节构成了呼应和暗示，形成了复杂、有趣的互文关系。例如，在主人公陈千里刚刚躲开敌人的抓捕，与易君年第一次接头时，孙甘露突然荡开一笔，描写贴在卡尔登大戏院门口的歌剧《图兰朵》海报上的台词："在图兰朵的家乡，刽子手永远忙碌。"接下来，叙述者甚至还进一步表示："那是开场合唱中的一句歌词，不知制作它的人专门挑出这句是什么用意。"[1]这样的叙述颇有些此地无银三百两的味道，因为孙甘露后来在接受采访时透露，自己为了保证细节描写的严谨、可靠，专门通过查询当年报纸上的演出广告，了解彼时上海各大戏院上演的剧目。不过，他并没有严格按照历史事实来描写，只是由于"在图兰朵的家乡，刽子手永远忙碌"这句台词，就将卡尔登大戏院当时上演的剧目，换成了《图兰朵》[2]。因此，如果当真有人不知道"制作它的人专门挑出这句是什么用意"，那肯定不会是小说作者孙甘露。细究原因，显然是作家觉得这句台词所营造的肃杀气氛，与小说里中共地下党在20世纪30年代的上海所面临的残酷环境，形成了巧妙的对应关系，因而哪怕改变了基本的历史事实，也要在叙述中插入《图兰朵》的海报。这些经典文本的存在，使得仔细玩味、揣摩《千里江山图》中密集出

---

[1] 孙甘露：《千里江山图》，上海：上海文艺出版社，2022年，第70页。
[2] 孙甘露、黄平：《历史本身比小说精彩：著名作家孙甘露展示"千里江山图"》，https://www.bilibili.com/video/BV1G34y1p7Nt?spm_id_from=333.337.search-card.all.click，2022年6月28日。

现的互文关系,甚至成了读者阅读这部作品的快感的重要来源之一。在这个意义上,孙甘露反复引用经典文本的写作方式,实际上是为我们理解这部谍战小说留下了一系列彼此交叠、缠绕的路标,呼唤、邀请乃至"挑逗"批评家和读者进行猜谜游戏,寻找那条通向意义的隐秘小径。

《千里江山图》中出现次数最多的经典文本,当属19世纪俄国革命民主主义诗人涅克拉索夫(1821—1878)的诗句——"他们说暴风雨即将来临,我不禁露出微笑"[1]。这行诗在小说里是主人公陈千里和女友叶桃、弟弟陈千元早年私下约定的接头暗号,象征着他们纯真、美好的青春与热情。于是,每当主人公回首往事、心情激动的时刻,它都会从他的记忆深处浮现出来。从某种意义上来说,这个反复出现的诗句,是《千里江山图》整部小说的关节点,发挥着节拍器的功能,指示着小说叙述、情节发展的节奏;同时,它也以互文的方式,隐藏了小说家创作这个间谍故事的写作哲学,成为我们解读《千里江山图》的关键。

"他们说暴风雨即将来临,我不禁露出微笑",出自涅克拉索夫的爱情短诗《暴风雨》。这首诗讲述了一个甜蜜的故事:年轻的姑娘柳布希卡邀请抒情主人公"我"在天黑后到花园里的凉亭相会。傍晚时分,暴风雨突然来临,"我"觉得平日里养尊处优的柳布希卡肯定不能赴约了,然而,当"我"心灰意冷地来到凉亭,却惊喜地发现,生平第一次冒雨出门的柳布希卡,正浑身湿透在那里等着自己。于是,"暴风雨"对"我"来说成了一段难忘的回忆,象征着"我"和柳布希卡之间美好的爱情。每当"他们"提起"暴风雨","我"就禁不住"露出微笑"。也就是说,"暴风雨"在"他们"的眼中,不过是日用而不知的寻常之

---

[1] 孙甘露:《千里江山图》,上海:上海文艺出版社,2022年,第111—112页。

物，根本不会在内心深处激起一点点涟漪；但对于"我"来说，"暴风雨"则关联着与柳布希卡之间的甜蜜瞬间，因而有了截然不同的含义，每一提及，就会让"我不禁露出微笑"。

涅克拉索夫笔下这个美好的爱情故事，在某种意义上也可以看作是间谍故事的隐喻。对于一名间谍来说，成功的关键是将自己的任务、身份、服饰、举止以及行动轨迹等，隐藏在毫不起眼的寻常之物里，使自己成为近乎隐形的存在。在这种情况下，不知内情的普通人看到那些寻常之物，根本不会想到其中暗藏乾坤，就类似于"他们"面对那场让"我不禁露出微笑"的"暴风雨"时的反应。因为只有具备特殊性的个人史，才能让寻常之物暂时悬置其普遍意义，显影出只针对某些特定群体有效的独特含义。就如同在涅克拉索夫的《暴风雨》里，只有柳布希卡才能根据"我"的"微笑"（我们也可以将其理解为接头暗号），明白"暴风雨"与当年的花园凉亭以及甜蜜幸福的爱情之间的对应关系。因此，也只有那些与间谍身处同一阵营、与其分享着共同的历史的人，才能凭借事先约定好的接头方式，从寻常之物那里解读出其中蕴藏的特殊含义。

涅克拉索夫的诗句在《千里江山图》中的反复出现表明，在孙甘露那里，虚构一个间谍故事的关键，就是以寻常之物为起点，通过探索、发掘隐藏在寻常之物背后的历史，窥破其对间谍的独特意义，从而找到真相、完成任务。正像主人公陈千里为顺利推进"千里江山图"计划，向方云平阐述自己甄别内奸的工作思路时所说的："我更想了解的是他们之前的经历。历史……人的面貌很难看清，那是用他们的历史一层层画出来的——"[1]陈千里在这里反复强调的"历史"二字，其实正是暴风雨背后的秘密往事，也是小说《千里江山图》真正的关键词，

---

1 孙甘露：《千里江山图》，上海：上海文艺出版社，2022年，第64页。

这部作品对情节的编织、对人物形象的刻画，乃至对场景的描绘等，几乎都围绕着"历史"展开。

三、指向历史的叙事

很多评论家都指出，小说《千里江山图》情节复杂、充满悬疑，让读者"揪心又烧脑"[1]。的确，这部作品光主要人物就有十余位之多，每一位都有着各自不同的性格、经历、背景、身份和动机，其中既有易君年这样在党内潜伏多年的国民党特务，也有见钱眼开、临时起意的叛徒崔文泰，更有卫达夫这样假意叛变、迷惑敌人的英雄。此外，从"千里江山图"计划刚准备启动即遭到敌人破坏，到陈千里查出内奸、将中央领导"浩瀚同志"送出上海，故事讲述的时间只有短短的一个多月，但在横向的空间上经历了上海、广州两地的转换，在纵向的时间上更是通过主人公的回忆和调查，追溯至三年前的死亡和疑案，再加上孙甘露有意识地通过人物的回忆将叙事时间线索打乱，使得《千里江山图》多条支线彼此缠绕，充满了出人意料的反转。有时为了更好地理解剧情，读者甚至要反复阅读某些特定段落。

不过，如果我们了解到孙甘露总是围绕"历史"虚构自己的谍战故事，那么《千里江山图》复杂的叙事线索就会变得清晰起来。在这部小说中，所有对真相的探寻、对秘密的破解，都必须通过钩沉历史来完成。一个最典型的例子，就是凌汶在广州寻找丈夫龙冬的消息。与易君年结伴来到广州执行"千里江山图"计划时，凌汶偶然得知有一则通缉龙冬的公告曾在三年前刊登在《广州民国日报》上。她暂时放下正在执行的任务，跑到十八甫街广州报界工会剪报社查询旧报刊。

---

[1] 潘凯雄：《一种别开生面的"红色叙事"——看孙甘露的最新长篇小说〈千里江山图〉》，《文汇报》2022年5月23日。

就像孙甘露翻阅旧报刊查找20世纪30年代上海的演剧信息那样，凌汶在沾满灰尘的旧报纸上得知龙冬被军警包围的地点，在豪贤路天官里后街二十三号，于是拉着易君年到那里打探龙冬的踪迹。在这次打捞历史的旅途中，凌汶忽然意识到，数年前易君年初次见到自己时，曾拿出一张照片，其背景恰好就是天官里后街二十三号。易君年当年声称那张照片是自己入党宣誓时的留念，但此时身在此处却从未透露自己来过这里，这一破绽让凌汶立刻意识到易君年就是潜伏在党内的敌人特工。在这里，易君年的照片就是上文所说的寻常之物，凌汶通过实地考察，探寻其背后的历史，终于理解了这张照片所蕴含的独特含义，由此破解了三年前的疑案。因此，看上去凌汶对历史的探寻与"千里江山图"计划毫无关系，是违反情报工作原则的任性行为，但实际上却找出了潜伏在党内的间谍。只是令人遗憾的是，她刚刚触及真相，发现了暴风雨的秘密，就被易君年残忍地杀害了。

　　小说《千里江山图》不仅在特定情节的描写上表现出探究历史的强烈兴趣，在整体结构的设置上也同样如此。虽然这部作品人物众多、叙事复杂，但我们可以根据主人公陈千里面对的两个主要对手，将其划分为两条对位的情节线索。第一条线索，是陈千里和潜伏在党内的国民党特务易君年（在广州时化名卢忠德）之间的斗智斗勇；另一条线索，则在陈千里与国民党特工总部领导人叶启年之间展开。两条线索的核心内容其实都是对历史真相的回溯和探访。陈千里破译易君年真实身份的方法，是在广州了解易君年与凌汶的行踪时，偶然在广州警察局门口的香烟铺里，发现两听易君年三年前订购后却没有买走的茄力克香烟。茄力克香烟这一寻常之物，再次在小说中发挥重要功能，它引导陈千里深入到历史当中，发现1929年6月11日《广州民国日报》上的消息，称潜伏在公安局的共党分子卢忠德死于6月9日，但 6 月 11 日当天，卢忠德却到香烟铺订购茄力克香烟。这条情报使陈千里意识到，当年正是卢忠德杀害了龙冬，并通过报纸传递卢忠德已死、龙冬逃脱的假消息，最终冒用龙冬的化名易君年，成功打入中共在上海的地下组织。也就是说，作为寻常之物的两听茄力克香烟，让陈千里既破解了三年前在广州的疑案，也找到了隐藏在"千里江山图"行动中的奸细。

而在第二条线索中，陈千里与国民党特务头子叶启年之间的较量则围绕着后者的女儿——三年前死去的叶桃——展开。在小说中，由于国民党军警的抄家，叶桃没有留下任何寻常之物，"跟她有关的东西全都消失了，就好像从来没有存在过那样一个人"[1]。不过，究竟是谁杀死了叶桃这一问题，成了陈千里和叶启年重访历史的关键。叶启年看到共产党调到上海指挥"千里江山图"计划的特派员的照片后，立刻认出那是自己当年的学生、叶桃的男友陈千里，陷入了丧女之痛："他想起旧事，在某些瞬间发现自己竟然想不起叶桃的样子了，可这个人却总是清晰地出现在他面前。仇恨比什么都长久。"[2]他始终认为，当年共产党派陈千里诱骗叶桃，使她接受了共产主义思想，并利用其特工总部主任女儿的身份窃取情报。甚至在完成任务后，陈千里还恶毒地杀死了叶桃。因此，叶启年对中共地下组织穷凶极恶的追捕，既是出于对三民主义和党国的信念，也是为了给女儿报仇雪恨。而陈千里通过望远镜发现国民党负责破坏"千里江山图"计划的特务头子竟然是叶启年，也同样想到了三年前的往事。正像小说所写的，"一看到叶启年，他（陈千里——引者注）心里就清楚了，他知道这个特务头子从来都不会发疯，甚至在他失去女儿时"[3]。为了干扰叶启年，陈千里甚至

---

[1] 孙甘露：《千里江山图》，上海：上海文艺出版社，2022 年，第 113 页。
[2] 孙甘露：《千里江山图》，上海：上海文艺出版社，2022 年，第 126—127 页。
[3] 孙甘露：《千里江山图》，上海：上海文艺出版社，2022 年，第 181 页。

冒险趁前者到叶桃坟前悼念时,用亲历者的证词,向其揭示当年叶桃之死的真相:叶启年为了隐瞒女儿是中共地下党员的事实,指派特务刺杀陈千里,不料却错杀了叶桃。叶启年才是真正的杀人凶手。

从这里可以看出,小说《千里江山图》两条主要的情节线索,恰好形成了两组人物关系三角形,建构了极为工整、精巧的对位关系。在第一组人物关系三角形中,陈千里和党内奸细易君年构成三角形的底边和底角,而顶角则是三年前在广州被杀害的龙冬;在第二组人物关系里,陈千里和国民党特务头子叶启年作为三角形的底边和底角,则同样指向了顶角处在南京被枪杀的叶桃。在时间的维度上,两个三角形的结构,都是处在1933年的底边和底角,指向了1929年的顶角。更为有趣的是,当年叶桃被杀害前正在执行的任务,恰恰就是从叶启年办公室的保险柜里寻找中共广州地下组织被破坏的原因(也就是龙冬之死的真相)。这就使得两个三角形不仅分享着共同的底角——陈千里,而且深入到历史当中的两个顶角也紧密地勾连在一起(见图1)。

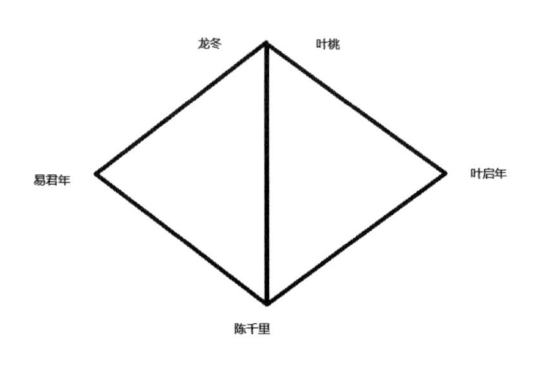

图 1

如果我们进一步引申的话，这里其实还存在着另一组人物关系三角形——叶启年、陈千里和易君年。20世纪20年代中期，还在大学任教的叶启年和大多数中国知识分子一样，也在思考富国强兵、振兴中华的道路。此时，叶启年信奉无政府主义思想，传播、教授世界语，并物色优秀的年轻人团结在自己身边。陈千里和易君年都是叶启年选中的青年学生，只不过在时代大潮的推动下，两个人选择了截然相反的人生道路。陈千里受到叶桃的影响，认识到叶启年的"虚无主义背后，躲着一个投机分子、野心家"[1]，转而接受了共产主义思想，加入了中国共产党；而易君年则不断追随导师叶启年，先是潜伏在中共广州地下组织内，继而在行动成功后，利用龙冬的身份，再次打入中共上海地下组织继续潜伏。从这个角度可以说，孙甘露这部长篇新作的情节人物结构，也可以被看作是一个类似于三棱锥的立体结构，叶启年、陈千里和易君年在1933年初围绕"千里江山图"计划展开的对决，构成了这个三棱锥的底面；他们的行动最终都指向了历史（也就是三棱锥的顶点），即1929年死去的龙冬和叶桃（见图2）。

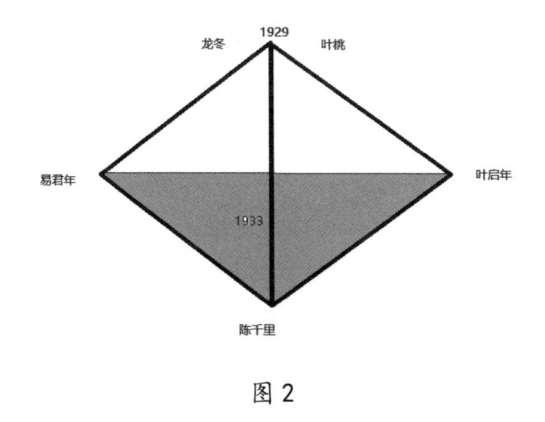

图 2

---

[1] 孙甘露：《千里江山图》，上海：上海文艺出版社，2022年，第273页。

需要指出的是，作为一部以寻找暴风雨的秘密、重访历史为写作哲学的间谍小说，《千里江山图》明确给出了自己的价值判断。陈千里在两条情节线索中对历史真相的不懈探寻，最终保证了"千里江山图"计划的顺利进行。在第一条线索中，他通过发现易君年在广州破获中共地下党后，不肯收手，还要进一步潜伏到中共上海地下组织，认识到此人性格上好大喜功。因此，他利用这一性格特点迷惑易君年，用将中共临时中央政治局一网打尽为诱饵，使其暂时释放已经被国民党控制的"浩瀚同志"。在第二条线索中，陈千里则突然向在幕后遥控指挥易君年的叶启年揭示，当年正是他本人造成了女儿叶桃的死亡。突如其来的历史真相，给叶启年的心理很大打击，使得他报仇心切，丧失了以往的冷静和缜密，批准了易君年以"浩瀚同志"为诱饵的行动计划。这两方面的共同作用，才使陈千里在看上去已经毫无转机的紧急时刻营救出被敌人抓获的"浩瀚同志"，并将其成功送出上海，奇迹般地完成了一个看似不可能完成的任务。小说《千里江山图》多次引用了列宁《远方来信》中的话：

> 奇迹在自然界和历史上都是没有的，但是历史上任何一次急剧的转变，包括任何一次革命在内，都会提供如此丰富的内容，都会使斗争形势的配合和斗争双方力量的对比，出现如此料想不到的特殊情况，以致在一般人看来，许多事情都（仿佛）是奇迹……[1]

---

[1] 孙甘露：《千里江山图》，上海：上海文艺出版社，2022年，第51页。括号中的文字，根据《列宁全集》第3卷（人民出版社，2012年版）第1页中的《远方来信》添加，疑为小说引用漏字。

这表明孙甘露其实已经在小说中暗示，只有始终正视历史、探寻真相的共产党人陈千里，才能最终奇迹般地完成任务。而作为对照，小说在《附录材料一》中透露，虽然叶启年早在1933年就已经从陈千里口中了解到叶桃之死的真相，但在20世纪60年代的回忆文章中，他"仍然说陈千里枪杀了叶桃"[1]。显然，小说在这里已经判定，一个不愿意直面历史的人，根本不可能取得成功，更不可能创造出奇迹。

四、细节的"真实"

小说《千里江山图》对历史的探寻，还体现在对各类细节的描绘上。这部作品在细节上的真实性，被各类评论文章广泛赞誉。有媒体在报道小说出版时介绍道："在创作这部小说时，孙甘露参考了当时的城市地图、报纸新闻、档案、风俗志等真实材料，力求重现三十年代上海、广州、南京的社会环境、风物和生活，尤其是着力还原了当时上海的建筑、街道、饮食、风俗和文化娱乐等日常生活。在小说中，一条马路、一件大衣、一出戏、一部交响曲、一道菜抑或穿街走巷的脱身路线，都带着呼之欲出的'真实感和肌理感'"[2]。

应该说，任何一位态度严肃、追求艺术品质的小说家，都不会忽视自己作品中的细节描写。因为细节描写固然显得边缘、琐碎，只是提供了人物活动的舞台和故事发生的背景，但它在某些时候却对作品的真实性和可靠性拥有一票否决权。例如，小说家在刻画曹操或孙悟空时，一两句对白的描写哪怕与人物的性格特征发生龃龉，也不会

---

[1] 孙甘露：《千里江山图》，上海：上海文艺出版社，2022年，第384页。
[2] 《孙甘露笔底风雷写上海 长篇小说〈千里江山图〉出版》，新华网，https://app.xinhuanet.com/news/article.html?articleId=1ac00ca0b7e83a14bcb85f16268b5f93，2022年5月12日。

对作品的艺术价值构成太大的伤害，但如果曹操突然掏出了一支手枪，或孙悟空失手打断了一根电线杆，则会让读者瞬间"出戏"，进而对整部作品的艺术价值产生深深的怀疑。不过，细节描写问题也有很多复杂的面向，在保证小说的真实性的前提下，细节描写究竟应该多"细"？应该在哪些方向上加强细节描写？在细节描写上需要花费多大的功夫？这些问题根本没有所谓的标准答案，不同作家根据自身的创作个性和艺术要求的不同，都会给出截然不同的回答。

在小说《千里江山图》中，孙甘露在细节描写问题上的用力方向，显然指向了暴风雨的秘密——历史，即着力去复原20世纪20年代末、30年代初上海、广州以及南京等城市的生活氛围。这是作家在个人经历、艺术趣味和创作风格等多方面因素的共同作用下做出的选择。孙甘露20世纪50年代末出生在上海，此后除了短暂外出开会、旅行外，始终居住在上海，从未旅居其他城市。这使得上海深深地刻印在孙甘露的身体里，在某种意义上成了他的生命底色。在以往描写上海的作品中，孙甘露已经表露出对这座城市在时间长河的冲刷下所发生的种种变化的敏感。例如，在散文《在悬铃木的浓荫下》里，孙甘露写道："在徐家汇广场隧道尚未修建之时，拐角上兼卖渔具的小花店以及斜对面的艺术书店是我和我的邮电局同事常去转悠的地方。"[1] "……不远处的芝大厦，坚硬、冷漠，再也不能用来打泥地网球了。（我还要注明这里原来是徐汇网球场吗？）"[2] 在散文《南方之夜》里，则出现了这样怀旧的句子："上海，这座梦幻之城……铁桥和水泥桥的两侧布满了移动

---

[1] 孙甘露：《在悬铃木的浓荫下》，《时光硬币的两面》，上海：上海人民出版社，2021年，第170页。

[2] 孙甘露：《在悬铃木的浓荫下》，《时光硬币的两面》，上海：上海人民出版社，2021年，第171页。

的人形，衔着纸烟，在雨天举着伞，或者在夕阳中垂荡着双手，臂膀与陌生人相接，挤上日趋旧去的电车。那些标语、横幅、招贴、广告、商标，转眼化为无痕春梦。路面已重新铺设，60年代初期尚存的电车路轨的闪光和嚓嚓声仿佛在街头游行的人群散去之后，为魔法撤走。那些记忆在哪儿呢？"[1]显然，上海对于孙甘露来说，就如同掌上的纹路、额头的犁痕般熟悉，任何由时间带来的细小变化都让他感到唏嘘、怅惘，并不断朝着历史的纵深处回望。

而创作一部以20世纪30年代上海为背景的谍战小说，恰好为孙甘露延续此前的创作脉络，继续沿着时间的长河回溯，提供了一个非常好的契机。因此，他才会经年累月地查阅各类报纸、档案、地方志以及城市地图，并广泛咨询相关领域的专家学者，试图在小说中复原旧日上海的生活氛围。甚至可以说，孙甘露通过细节描写回溯历史的努力已经到了痴迷，乃至偏执的程度，似乎超出了以可靠的细节描写使小说叙事变得真实可信的必要。例如，小说写陈千里在青岛得到党组织的命令后，在轮船经停上海时下船执行"千里江山图"计划时，这样描写了陈千里下船的整个过程：

> 按照这位访客的指示，他（陈千里——引者注）来到上海。轮船在吴淞口停了一个晚上，上午退潮后领航员登船，租界的外国警察也随同一起上船。巡捕盘问了他，把他登记成做古董生意的商人。[2]

---

[1] 孙甘露：《南方之夜》，《时光硬币的两面》，上海：上海人民出版社，2021年，第165—166页。
[2] 孙甘露：《千里江山图》，上海：上海文艺出版社，2022年，第57页。

这段描写看上去非常简单，绝大多数读者在阅读《千里江山图》时也不会过多留意，但其背后却蕴藏着小说家深厚的案头功夫。孙甘露不厌其烦地花费时间和精力，查阅了当时上海的水文气象资料，才写出轮船要在吴淞口停留一夜，第二天上午退潮后由领航员登船带领轮船入港的细节[1]。仅从小说阅读的角度来看，这个段落如果只是简单描写轮船停靠码头，巡捕盘问陈千里并将其登记为古董商人，其实对人物的塑造和情节的推进没有太大影响。因此，按照某些现实主义文学的标准，有关轮船入港过程的细节描写，除了让叙事节奏更加缓慢外，并没有太多功用，是卢卡奇所说的"真实细节的肥大症"[2]。不过在笔者看来，卢卡奇对细节描写的态度有时会显得存在偏见，其判断未必完全准确。在小说叙述中，过于简略的描写固然能够让叙述变得更加明快，但也很容易让故事成了流水账般的新闻报道；而丰富的细节描写则可以调控小说的叙事节奏，让读者的阅读速度慢下来，在小说的世界中漫步徜徉，仔细欣赏小说家用文字建构的那个具有画面感的世界。孙甘露笔下轮船入港这个不起眼的细节，或许很容易就被读者忽略，但《千里江山图》的每一页都有类似的细节描写，它们累积起来就成了让人无法忽视的存在。阅读这部小说时，读者有时会突然发现，自己好像追随着陈千里走在了 20 世纪 30 年代的上海、广州以及南京的街头。历史上特定的生活氛围，已经通过无数貌似烦冗、无用的真实细节被孙甘露呈现了出来。

---

1 孙甘露、黄平：《历史本身比小说精彩：著名作家孙甘露展示"千里江山图"》，https://www.bilibili.com/video/BV1G34y1p7Nt?spm_id_from=333.337.search-card.all.click，2022 年 6 月 28 日。
2 [匈] 卢卡契：《叙述与描写——为讨论自然主义和形式主义而作》，刘半九译，《卢卡契文学论文集》一，北京：中国社会科学出版社，1980 年，第 44 页。

需要指出的是，所谓"真实细节"，未必一定要完全符合历史事实，这种真实很多时候其实是一种难以用语言准确形容的感觉。可靠的细节在文学作品里主要是为了维系这种感觉。因此，把小说中的"真实"改称为小说中的"真实感"，或许更加准确。尽管孙甘露在写作《千里江山图》的过程中，通过各种途径查阅了大量资料，但作品中的很多细节其实与历史事实并不相符。例如，在"旋转门"一章中，龙华警备司令部军法处侦缉队队长游天啸在1933年1月25日（除夕）傍晚到华懋饭店拜见叶启年，在饭店的大堂，他非常偶然地碰到一群记者围着一个洋人在拍照、采访。这个细节和轮船停泊吴淞口一样，单独拿出来看同样无关紧要，对小说叙事没有太大的影响。从"这洋人是'在世最伟大剧作家'"[1]以及"前些天他在香港的大学里演讲，说的话让那边的英国政治警察很紧张。……他在那边煽动学生闹革命，说什么一个人在二十岁不参加革命，到五十岁就会变成老傻瓜"[2]等只言片语来看，这个洋人显然是1933年初访问上海的英国剧作家萧伯纳。在这里，小说的细节描写就与历史事实发生了龃龉。萧伯纳访问上海的准确日期，是1933年2月17日。当天早上6点，萧伯纳乘坐的不列颠皇后号轮船停泊在吴淞口；宋庆龄等人搭乘小火轮登船与萧伯纳共进早餐并邀请后者参观上海，一行于上午10点30分下船，先是到外白渡桥边的礼查饭店短暂休息，之后赴莫利爱路宋庆龄公馆午宴，席间鲁迅与萧伯纳碰面；午餐结束后，萧伯纳到福开森路世界学院与世界笔会中国支会会员见面，然后再次来到宋庆龄公馆接受记者采访，最终于下午4点30分返回不列颠皇后号轮船。也就是说，孙甘露在

---

1 孙甘露：《千里江山图》，上海：上海文艺出版社，2022年，第124页。
2 孙甘露：《千里江山图》，上海：上海文艺出版社，2022年，第128页。

《千里江山图》中把萧伯纳访问上海的日期提前了24天，而且将接受记者采访的地点由宋庆龄公馆挪至萧伯纳从未到过的华懋饭店，并把时间调整到了傍晚。

这一段细节描写对历史事实的改动，并不是由于知识欠缺或资料失察造成的。萧伯纳访华作为影响深远的文化事件，相关资料汗牛充栋，极易获取，对于能够去查阅1933年上海水文气象资料的孙甘露来说，我们有充分的理由相信他对萧伯纳的相关材料并不陌生。因此，这个在小说中无关大局且存在"瑕疵"的细节，其实提供了一个很好的切入口，帮助我们揣测小说家处理细节描写问题时的基本原则和写作意图。一方面，《千里江山图》所刻画的主要情节，发生在1933年1月10日至2月12日，即从"千里江山图"计划尚未启动就被破坏开始，到陈千里成功营救"浩瀚同志"离开上海的这段时间。这是整部小说最重要的部分，情节的编织、悬疑的设置、紧张氛围的营造、人物性格的刻画、形象的塑造等都与此相关。而萧伯纳访问上海的时间是1933年2月17日，如果严格按照历史事实来描写，那么作家要么需要延长主线情节，要么则必须将这一细节从小说中剔除出去。另一方面，孙甘露花费大量时间和精力进行资料准备，在创作中有意识地利用详尽的细节描写深入历史，营造那个年代上海的生活氛围，肯定对1933年初上海发生的各类新闻报道非常熟悉。因此，他一定是意识到萧伯纳访华是当时上海文化生活中的重要事件，并且认为将这一事件纳入小说叙述有助于呈现1933年的时代氛围。

历史事实与小说细节描写之间的矛盾，以及孙甘露在上述案例中的最终选择，其实透露了小说家处理《千里江山图》中的细节描写问题的基本原则。第一，细节描写应该真实可靠。为了尽可能地深入作品所描写的时代,小说家需要在细节描写上下功夫,使其符合历史事实。孙甘露专门通过查阅水文资料,确定陈千里乘坐的船舶停靠在吴淞口,就是很好的例证。第二,主线情节比细节描写更为重要。虽然细节描写对小说的可信性拥有一票否决权,但它只能为主线情节服务,不能喧宾夺主。因此,孙甘露没有仅仅因为萧伯纳访问上海发生在1933年2月17日,就把《千里江山图》的故事时间延长五天或更长时间。如果他真的那么做,就会破坏小说紧凑的叙事节奏,明显得不偿失。第三,当主线情节和细节描写发生矛盾时,可以暂时搁置真实性原则,在细节描写中加入必要的艺术虚构,以便配合主线情节的展开。孙甘露最终即根据第三条原则,让游天啸在1933年1月25日的华懋饭店与萧伯纳擦肩而过。小说家没有选择直接将萧伯纳这个本身并不重要的细节删掉则表明,相较于历史的真实,他更看重的其实是历史的氛围。萧伯纳这个细节固然存在错误,但它一旦进入小说文本,整个故事就与1933年初这个特定的历史时空勾连起来,携带了那个时代特有的氛围。这才是《千里江山图》这样不断探寻历史的作品所追求的。

五、细节描写与叙事节奏

小说《千里江山图》在细节描写上的用心和考究,也使得这部作品的叙事节奏很有特点。评论家毛尖认为,《千里江山图》一改孙甘露此前叙事节奏缓慢的特色,速度快得惊人:"第一次在孙甘露的小说中读到这么多动词。他之前的小说速度非常慢,行动少,动词少。这一次,他把一辈子要用的动词都用上了,而且高速。整个文本,短句短段落短平快,平均十个字一个动词,人物出场,都言简意赅直接动作……无论是我方还是敌特，除了受伤，几乎都没有在小说里休息过。光是'快'这个词，就出现了87次。'撤'，54次。"[1]的确，这部谍战题材的小说充满了惊险刺激的追逐与搏斗，主人公必须与时间赛跑，才能拯救危在旦夕的"千里江山图"计划，这使得整个叙述必须时刻高速运行。

不过，正像上文曾指出的，细节描写有着调控叙事节奏的功能。毕竟，情节哪怕再紧张，故事发展得哪怕再快，一旦进入细节描写的环节，叙述者也不得不暂时停下来"休息"一下，放慢语速，把细节描述清楚。因此，以细节描写为特色的《千里江山图》，在叙事节奏上的最大特点，其实并不是速度飞快，而是快慢结合，有着独特的节奏感。相较于孙甘露的早期小说，《千里江山图》最大的变化，是细节描写指向了20世纪30年代特定的历史环境，有了日常生活的质感。关于这一点，可以举几个例子予以说明。在发表于1988年的中篇小说《请女人猜谜》中，出现了这样的描写方式：

> 人们总是等到太阳落山的时候跑到院子里站一会儿，他们总是隔着窗子对话，他们的嗓音嘶哑并且语焉不详，似乎在等待某种超自然的力量来战胜某种闲适的心态。他们在院子的阴影中穿梭往返是为了利用这一片刻时光搜寻自己的影子。因为他们认为灵魂是附在影子上的。当然还有另外的说法。譬如，一个对自己的影子缺乏了解的人是孤独的。[2]

---

[1] 毛尖：《一部小说的发生学——谈孙甘露长篇〈千里江山图〉》，《收获·长篇小说》2022年夏卷。
[2] 孙甘露：《请女人猜谜》，《信使之函：孙甘露短篇小说选》，上海：华东师范大学出版社，2016年，第101页。

在这段引文中，小说家用整个段落描述"他们"，不可谓不详细，但读者读完之后，还是会觉得"他们"就像影子一般模糊，根本无从了解"他们"的生活状态。这样的描写方式其实是高高地悬浮在生活之上，更多的是传递给读者某种带有玄学色彩的冥想。而在《千里江山图》中，孙甘露此前标志性的冥想式描写消失了，取而代之的是一种简洁的、指向日常生活的描写方式。例如，在主人公陈千里时隔三年再次见到弟弟陈千元时，孙甘露这样描写前者的内心活动：

> 陈千里有点恍惚，心中柔软，这种感觉很久没有出现过了。他克制着，慢慢地考虑着别的事情。他望向四周，房间收拾得很干净，不像他记忆中的千元——他记得千元的房间总是乱糟糟的，可现在衣服在衣架上挂得整整齐齐，还有一条红色围巾，是他的吗？[1]

在《千里江山图》中，陈千里头脑冷静、身手矫健，能够不惜一切代价完成艰巨的任务。见到陈千元后，陈千里说的第一句话是："爸爸妈妈都好吗？"[2] 此后的对话就转入周围环境是否安全等话题，似乎党的事业已经完全占据了他的心灵，没有给私人情感留下一点点空间。但孙甘露在上面那段引文中的细节描写，却指向了房间是否整洁这样琐细、平凡的日常生活，让读者看到这位立场坚定、行动果决的共产党人的内心深处，仍然有着对家人的关切和对幸福生活的向往。短短

---

[1] 孙甘露：《千里江山图》，上海：上海文艺出版社，2022年，第112页。
[2] 孙甘露：《千里江山图》，上海：上海文艺出版社，2022年，第111页。

的一句"还有一条红色围巾,是他的吗?",堪称小说中的神来之笔,写尽了陈千里对弟弟个人问题的关心和生活是否幸福的牵挂。虽然这一系列丰富的内心活动,他只是默默地埋在心里,从来没有让弟弟知道过。

在小说《千里江山图》中,细节描写所呈现的安稳、平静的日常生活,与革命工作的动荡、残酷,在叙事节奏上形成了鲜明的对照,使这个红色题材的谍战故事有了更为丰富的意味。一个非常突出的例子,是"扬州师傅"一章描写陈千元与恋人董慧文在正月十四拜访后者的父亲——淮扬菜名厨董大师傅——的场景。在这个段落中,细节描写占据了极为突出的位置,董家的房间陈设、董大师傅的衣着、桌上的菜肴等,都一一得到细致描绘。介绍董师傅从厨房走出来时,孙甘露这样写道:

话音未落,董大师傅隆重出场。因为在厨房干活,只穿了一件玄色洋缎短褂,下身同色直贡呢扎脚裤,天冷又加了羊皮背心,头上歪戴一顶簇簇新的貂皮帽,肩膀上挂着条驼绒围巾,半条在前面,另外半条垂在背后,前面长后面短,险险乎要往下掉。[1]

这段引文用干净、利落的语言,详细呈现了董大师傅的衣着,简直有明清话本小说的风格。接下来,小说又开始继续描写桌上的菜肴:

他(董大师傅——引者注)双手托着大盘子,盘中坐着一只枣红色猪头,猪脸栩栩如生。猪头拆骨镊毛,焯水三次,大铁锅竹

---

[1] 孙甘露:《千里江山图》,上海:上海文艺出版社,2022年,第322页。

算垫底，铺上葱姜，加冰糖酱油作料，小火焖了几个小时。装盘虽是整只猪头，却眼球软、耳朵脆、舌头酥、腮肉润、拱嘴耐嚼，分出五种口味。

下一碗是拆烩鲢鱼头。过年前董师傅的徒弟回了一趟扬州，带回来几条三江口血鲢，董师傅养在缸里，就等今日待客。鱼头拆骨以后装入篾编网兜，加火腿笋片炖成腴厚浓汤，装入汤碗，两鳃鱼云如花瓣绽放。[1]

在这里，两道菜的食材来源、烹饪方法、色泽形态以及菜肴口味等，都被极其详细地描绘出来，小说家用这些文字创造出一个充满烟火气的日常生活图景。这样的细节描写，也让小说的叙事节奏在这里突然慢了下来，整个故事似乎也进入了一个岁月静好、安宁祥和的时代。作为读者，我们肯定希望这个慢节奏的时刻能够无限延宕下去。因为陈千元和董慧文这对恋人在小说的前半段，马不停蹄地经历了一连串囚禁、拷打、监视以及党内的猜忌等，实在是太累了，如果他们能就此休息一下，并幸福地生活在一起该有多好。然而，孙甘露对小说的叙事节奏有着精确的把握，马上就加快了速度。接下来，陈千元刚要敬董大师傅一杯酒，毛尖所说的一连串快节奏的动词，就携带着革命年代的血雨腥风，呼啸着闯入了温馨、宁静的日常生活。游天啸带领人马冲入董大师傅的家，他甚至一边肆无忌惮地吃着桌上的美味，一边指挥手下将陈千里、董慧文逮捕归案。通过细节描写所制造的叙事节奏变化，使得日常生活的美好与革命岁月的残酷以一种极端的方式并置在一起。孙甘露似乎要以此告诉我们，陈千里、陈千元、董慧

---

[1] 孙甘露：《千里江山图》，上海：上海文艺出版社，2022年，第322—323页。

文以及无数革命先烈，并非不看重亲情、爱情以及家庭，更始终留恋着岁月静好的日常生活，只是共产主义信仰使他们相信，千里江山、千千万万中国人的幸福等待着他们去拯救，所以才以决绝的姿态，义无反顾地迎着革命的暴风雨前行。

作为一部谍战题材的长篇小说，《千里江山图》无疑在艺术上做了多方面的探索。通过带领读者不断探究暴风雨的秘密——历史，孙甘露创造出的一种独特的间谍小说写作哲学，一方面成功地在作品中调配了革命历史题材创作、谍战题材的类型文学以及先锋文学等不同的写作资源，另一方面也改变了自己此前的文学创作方式，用无数严谨、繁复的细节描写，营造出具有生活质感的作品。如果说伊恩·弗莱明永远围绕着"传奇"构思他的谍战故事，约翰·勒·卡雷的间谍小说总是表现出某种"犬儒"气质，那么《千里江山图》则是一部关于"历史"的谍战题材作品。

（原载《中国现代文学研究丛刊》2022年第10期）

第四辑

那到底是一种什么发型

——读李敬泽《会饮记》

阅读历来都是一件私事。经年累月的读书生涯所留下的那一长串书单，清晰地标识了我们的趣味、知识、立场以及种种特殊的癖好，以至于通过分析一个人的阅读史，我们也就能大致了解这个人的精神世界。因此，友人轻描淡写的提问——"最近在读什么书"，或是在地铁上看书时发现旁边的乘客正好奇地盯着自己手中那本书的封面，都多少会让人感到有些不自在。那种感觉就像是被人放在聚光灯下，用放大镜上上下下地探究一番，毫无隐私可言。但反过来，如果有机会到朋友家做客，我还是会在书橱前徜徉片刻，驻足观看，满足一下自己小小的好奇心，全然忘记了"己所不欲，勿施于人"的古训。不过，作家李敬泽显然没有我这样的顾虑和烦恼，这不，在新著《会饮记》中，他就以优雅的笔调畅谈自己的阅读、社交与漫游，热情地向读者袒露自己洒脱、灵动而又充满思想穿透力的精神世界。

《会饮记》中收入的这十二篇文章，最初都发表在《十月》杂志的同名专栏上。读者对应该以何种方式阅读《会饮记》感到困惑，不清楚这些篇什究竟算是小说、散文、会议纪要，抑或是读书笔记。这样的阅读效果当然是李敬泽有意追求的，他2017年那本在中国知识界获得广泛好评的《青鸟故事集》，就让不少评论者为该书的文体问题大伤脑筋。第一人称与第三人称的反复转换，许子东、邵燕君、黄德海等现实人物的穿插，古代典籍和当代文学之间的碰撞，都使得《会饮记》的叙述行走在虚构与真实、知识与想象的分界线上，呈现出微妙的动态平衡。透过那些带有炫技色彩的文字与叙述，你甚至能够想象李敬泽在看到读者困惑的目光时的会心一笑。

或许，打开《会饮记》的最佳方式，不是带着对某一种文体的执着与偏见，用小说、散文这类文体概念来"套住"李敬泽的文章，再选择相应的分析工具予以拆解，而是要以开放的心态，去追随写作者奇诡、巧妙的思路，进入其敞开的精神世界。以《会饮记》中一篇名为《鹦鹉》的文章为例，这个文本篇幅不长，但却非常有趣，充分将李敬泽的行文特点呈现了出来。《鹦鹉》起始于著名文学批评家的日常生活场景——在台上面对公众谈论文学。不过此时，叙述者忽然放弃了对文学的思考，被台下某位听众奇特的发型所吸引，联想到"一只怒气冲冲的巨鸟"[1]。由这个古怪的发型，叙述者的脑中跳出"夺人眼球"这个成语，并引发他想到单位那台扫描瞳孔的打卡机。接下来，叙述者忽然又意识到离开这个活动之后，还要匆匆忙忙地赶到另一家书店，讨论加拿大小说家玛格丽特·阿特伍德，自己此时却尚未读完她的小说《别名格蕾丝》。而阿特伍德在一篇被收入《见证与愉悦：当代外国作家文选》的文章中，曾为搞不清楚"野鸟"究竟是什么鸟纠结不已，这又使得叙述者忍不住要给眼前那个古怪发型安上"大白巴丹鹦鹉"的名目。此后，叙述者的联想更是一发不可收拾，堪称"脑洞"巨大。于是，2010年与许子东关于网络文学的讨论，2016年在北大校园被陈晓明、邵燕君逼着发言，钱钟书在《管锥编》中对媒介问题的看法，

---

[1] 李敬泽：《鹦鹉》，《会饮记》，北京：北京十月文艺出版社，2018年，第38页。

《别名格蕾丝》中阿特伍德对人物心理的精确分析，张伯驹后人的书画装裱技术，福楼拜的小说《淳朴的心》对鹦鹉的描写……都依次登场，以奇诡的方式组合在一起，让人不免惊叹于作者的学识与修养，竟然对这些彼此互不相干的话题全都能侃侃而谈。而整篇文章最终结束在叙述者忽然想起"大白巴丹鹦鹉"发型的主人是一位记者，以及这位记者在活动结束后向"李老师"提问的时刻。

也就是说，《鹦鹉》这整篇锦绣文章，都是在自由联想的过程中不断敷衍、生发出来的。这不禁让人好奇，究竟是什么样的文学活动如此乏味、无聊，让著名批评家分心到这等地步。以首句"像一只怒气冲冲的巨鸟"为起点，叙述者似乎只是稍稍施加了一点点推动力，词语就开始滚动起来，膨胀为一个胃口巨大的野兽，咀嚼、吞噬着来自古今中西的各类文本。而正当读者惊讶于作者渊博的学识与巨大的"脑洞"时，文章又突然停了下来，接着马上开始急速收缩，再次回归到开头处那个发型古怪的记者身上。文章写得如此浑然圆融、收放自如，让人不由得钦佩李敬泽驾驭叙述和写作的本领。值得注意的是，虽然表面看上去，怪发记者、陈伯达、陈晓明、张伯驹、《别名格蕾丝》《管锥编》《福楼拜中短篇小说集》这些相去甚远的名字和图书，只是被作者以词语和想象的力量强行扭结在一起，但内部却有着无数细小的叙述线头使他们彼此牵连、呼应。例如，为了将话题过渡到钱钟书，作者轻描淡写地提到一句"那天杨绛先生去世后，我又把《管锥编》找了出来"[1]，粗疏的读者一般不会留意这类"废话"，或干脆将它们跳过，但整篇文章的收束，却正是怪发记者的提问——"你对杨绛先生去世有什么感想"[2]。显然，这类细节正是作者在文本中为我们留下的闪亮

---

[1] 李敬泽：《鹦鹉》，《会饮记》，北京：北京十月文艺出版社，2018年，第43页。
[2] 李敬泽：《鹦鹉》，《会饮记》，北京：北京十月文艺出版社，2018年，第56页。

的路标，让读者在那由无数经典文本构成的密林中，找到那些使它们彼此交错、勾连的小径，不至于在暗夜里迷途难返。

当然，不能仅仅以这种方式来谈论《会饮记》，那会使我们把李敬泽定位为涉猎广泛的阅读者和挥洒自如的写作者，这多少会使人忽略那十二篇文章在辞章层面之外的思想含量。毕竟，《会饮记》这个书名直接源自古希腊时期的雅典，那是一个生产哲学与思想的时代，一个有人梦想着诞生哲人王的地方。如果说柏拉图的《会饮》将众多雅典贵族召集在一起，在轻松愉悦的燕饮气氛中，畅谈对爱欲、美、真理以及灵魂的种种思考，那么在《会饮记》这里，李敬泽则以诙谐潇洒的笔调，将自己在阅读与漫游过程中的所思所想和盘托出，其间不时迸发出令人印象深刻的思想火花。

例如，在《考古》一文中，叙述者在国家博物馆举办的一个画展致开幕辞后，顺路参观"丝绸之路与俄罗斯民族文物展"，他忽然意识到，由东至西，那些丝绸之路沿线的各个民族其实并不知道自己正处在中西交通的重要通道上，是拉铁摩尔创造的这个词，"让我们以另外一种全球视野看待我们的历史，重新发现和整理我们的记忆和经验。边塞和穷荒本是天下尽头，是边缘和界线，现在，由于这个词，界线被越过，你必须重新想象中国，在北方之北、在南方之南，想象它的另一种历史面目，并由此思考未来"[1]。由此出发，他进一步漫游至甘肃庆阳，想到曾在这里写下《渔家傲》的宋军统帅范仲淹。在与丝绸之路所代表的世界史视野进行对比后，他意识到范仲淹、欧阳修这样的传统儒生的"'天下'不过是困守中原，如此之小，如此之'穷'，越来越小，越来越'穷'，直剩下'残山剩水'，直剩下寥寥酸儒困于天

---

[1] 李敬泽：《考古》，《会饮记》，北京：北京十月文艺出版社，2018年，第60页。

地一角、汲汲于'华夷之辨'"[1]。我们虽然不能说这样的思考多么具有原创性或深度，但在《会饮记》中，这样的思考点缀在叙述者无尽的阅读与漫游的间隙处，如同闪电般穿透了时间和传统为史料和文本披上的重重帷幕，不断启发着读者用新的视角观看世界。

从这些思考和感喟我们也可以看出，《会饮记》这本书虽然行文诙谐，笔调优雅，充满无数耐看、有趣的历史边角料，但李敬泽其实不是一个冷僻知识的狂热收集者，也并不单纯地喜欢玩味各式各样的文学与生活中的细节，在那些令人目眩神迷的文字与叙述背后，始终潜藏着他对文学与世界的整体性思考。这一点，或许最突出地体现在那篇题为《机场》的文章中。这篇作品和《会饮记》中的其他篇什一样，全都充满了无数"东拉西扯"的细节，如卢卡奇与布洛赫的论争、在机场因航班延误的漫长等待、王德威和他的后现代主义、关于人工智能的研讨会、《溪山行旅图》的辗转流徙、许慎的《说文解字》……有时你不得不感慨，一个人到底要有怎样的心灵和勇气，才能够把如此庞杂、琐碎的事物压缩到一篇文章里面。不过仔细阅读之后，读者会发现那些"漫无边际"的细节背后，是李敬泽对所谓"总体性"的关切和执着。

的确，布洛赫、卢卡奇这两位马克思主义理论家在 20 世纪 30 年代有关表现主义等现代主义文学思潮的争论，不仅仅是为文学与政治的关系究竟怎样大打出手，而是直指德国纳粹党执政的时代环境，背后则是对世界历史走向的焦虑。《溪山行旅图》这样的艺术精品，固然代表了一个特定时代的美学精神，但它的辗转流徙，同样与中国历史上数不清的饥饿、动荡、战火、分分合合脱不开关系。而许慎的《说文解字》，在叙述者看来更"不是一部字典，那是一个世界……多么浑

---

[1] 李敬泽：《考古》，《会饮记》，北京：北京十月文艺出版社，2018 年，第 64 页。

然的总体性，你抽出了一个线头，移走了一块砖，然后就散了塌了，收拾不起"[1]，其中关切的是中国传统文化在变动的世界格局中的历史命运。更为有趣的是，李敬泽还想象了卢卡奇和王德威之间的对话或争吵。作为在后现代主义浪潮中成长起来的文学批评家，王德威以华丽繁复的语言不断地在文学史叙述中寻找断裂、矛盾以及吊诡之处，借助那些所谓被压抑的声音，不遗余力地颠覆着主流叙述，在中国学界收获了无数粉丝、迷妹。而卢卡奇则毫不犹豫地把迷人的现代主义指斥为"现象"，固守着现实主义和本质的堡垒，令大多数文学爱好者望而生畏。站在他们两人之间，李敬泽却写道："与王争论需要足够的才智，卢卡契当然有，但是他也许会选择刺猬般的大智，把一切交给历史和生活，而不是对历史和生活极尽机巧的言说。"[2]立场与态度，早已表露得清楚、明白。

康·巴乌斯托夫斯基曾经说过，"每一个刹那，每一个偶然投来的字眼和流盼，每一个深邃的或者戏谑的思想，人类心灵的每一个细微的跳动，同样，还有白杨的飞絮，或映在静夜水塘中的一点星光——都是金粉的微粒"[3]，都能通过特定的方式转化为作家笔下的文学。阅读《会饮记》这样的著作当然有许许多多的读法，我们会不由自主地迷醉于那些古怪的细节、有趣的史料、奇诡的想象以及优雅洒脱的笔法，甚至完全可以翻开这本书的任意一页，就津津有味地读下去。这样的著作本来就是由文学批评家在漫长的阅读与漫游过程中积攒的细节所构成，它甚至鼓励乃至诱惑着读者以这样的方式去阅读。不过，我们同时也不应该忘记，对总体性的执着、跨越时代与国境的整体视野，

---

[1] 李敬泽：《机场》，《会饮记》，北京：北京十月文艺出版社，2018年，第163页。
[2] 李敬泽：《机场》，《会饮记》，北京：北京十月文艺出版社，2018年，第156页。
[3] ［苏］康·巴乌斯托夫斯基：《珍贵的尘土》，《金蔷薇：关于作家劳动的札记》，李时译，上海：上海译文出版社，1980年，第11页。

才是李敬泽思想和精神的底色。正是它的存在,那些散乱无章、漫无涯际的细节,那些"金粉的微粒",才会被无数相互交错的秘密小径勾连起来,熔铸成那朵最美的金蔷薇。

(原载《青年报》2018年10月28日,第4版)

时间变形记

——读洪子诚的《材料与注释》

材料是从事学术研究工作必备的资料，是论述与观点的基础和来源，也是检验思想观点是否合理、准确的标准；注释则要么是补充正文的论述，要么是对观点、文献的出处进行说明，既表达对前人学术工作的尊重，也为后来的研究者提供更深入分析问题的路标。没有一位学者会否认材料与注释在学术工作中的重要性，只是大多数研究者往往更看重自己做出的学术贡献、独特的学术观点，不会过多地在文章或著作中凸显材料与注释。因此，材料与注释一般来说只能不起眼地附在著作的后面或页面的边角处，默默地支撑着学者的整个论述，很少成为人们关注的焦点。不过，北京大学中文系洪子诚教授的新书却以"材料与注释"作为书名，而且其中的主体部分，就是诸如1957年毛泽东在颐年堂讲话、1957年中国作协党组扩大会议、1966年林默涵的检讨书等当代文学研究中的重要史料，以及作者对这些材料所作的注释。这就使得《材料与注释》虽然不同于一般的学术著作，但其蕴含的学术价值却又无论如何也不能否认。于是，洪子诚通过这本书的写作，开创了一种全新的学术文体。

一般来说，文学研究可以分为文学理论、文学批评、文学史三个领域。这些领域各自发展出一整套述学方式、学术规范、评价标准、研究传统，这整套的研究范式已经发展得如此庞大，使得几乎每一位研究者都只能在满足它的基本要求的前提下，才能做一些有个性的发挥。由此来反观洪子诚的《材料与注释》，我们会发现自己遭遇到分类的困难。从表面上看，这本书当然属于文学史研究的范畴，毕竟其中所涉及的问题，如对王蒙的小说《组织部来了个年轻人》的评价问题、大连会议关于中间人物问题的讨论等，都是研究中国当代文学史，特别是处理"十七年"文学时无法绕开的。如果采用常见的论文或学术著作的讨论方式，对这些话题的分析很容易就落入窠臼，成为文学史研究脉络中的一部分。然而，《材料与注释》的主体部分只是相关史料，洪子诚自己的独特分析是以注释的形式出现的。这种灵活、多变的思想表达方式，往往可以绕开论文的论述规范和已有的研究范式，直接对研究者最感兴趣、最受触动的部分发表看法。例如，洪子诚的注释常常会超越文学史研究的窠臼，去探讨参与文学活动的具体的人，比如林默涵这样的文化官员，他们在强大的政治压力面前做出的种种选择背后的心态[1]。特别是收入《材料与注释》中的《文艺战线两条路线斗争大事记》，我们能够看到洪子诚的写作带有一种自我拷问的性质。也就是说，洪子诚的写作一方面是对自己的反思和质疑，另一方面则是带着自己的困惑，进入当代文学极端的历史语境中去，思考邵荃麟、林默涵、周扬、丁玲、冯雪峰这些人的所作所为及其背后的复杂心态。因此，《材料与注释》可以说超越了传统的文学研究范式，打开了一个全新的研究领域。

---

[1] 参见洪子诚《1966年林默涵的检讨书》，《材料与注释》，北京：北京大学出版社，2016年，第152—195页。

具体到研究方法，笔者认为可以把洪子诚的研究方法称作是"时间变形记"。文学史家在讨论和评价作家、作品、文学思潮、文学现象时，最大的优势就在于时间。因为文学史家非常清楚地知道后来发生了什么事情，这就可以使他相对于当事人来说，站得更高、看得更远，更能够做出正确的判断。对于当事人来说，历史的发展方向是一个未知的、充满了各种陷阱和礁石的凶险海洋。而对于文学史家来说，因为时间赋予的优势，他掌握着非常详尽、清晰的海图，可以在一定距离之外安全地品评人物、分析事件。

值得注意的是，洪子诚在《材料与注释》里显然没有利用自己在时间上的优势，站在道德高点上对当事者指手画脚。他把材料和注释放在一起，制造出一种奇妙的阅读感受。他没有直接对材料进行评述，而是把各种材料不加判断地摆在一起，让读者自己去感受材料和材料之间的联系，以及材料和材料在相互拼接中产生的特殊效果。在书中，一些材料会呈现关于某件事的一种说法，而作者会在注释中提供对同一事件的不同说法，或者同一个人在不同的时间做出的不同讲述。此外，作者在写注释的时候，其语言不像一般的注释那样客观呆板，而是非常文学化的。比如，《1957年中国作协党组扩大会议》中，洪子诚引述冯雪峰在交代材料中向邵荃麟表示不理解许广平为何对自己不满意后，马上加了一个注释，一开头就说"许广平那个时候可能并不这样想"[1]，接下来继续叙述十年之后许广平的看法又有何变化，最后说明周扬、冯雪峰、许广平三人在复杂多变的政治形势下的命运遭际，读来让人唏嘘。再比如，洪子诚在介绍周扬1962年3月15日在新侨饭

---

[1] 洪子诚：《1957年中国作协党组扩大会议》，《材料与注释》，北京：北京大学出版社，2016年，第52页。

店"理论批评座谈会"上,对《人民日报》纪念《在延安文艺座谈会上的讲话》发表二十周年社论的提纲提出意见,引用周扬总结《讲话》发表后文艺工作的优点时的一句评语:"一条广阔的道路,不少优秀作品,一支不错队伍,积累了不少的经验。"[1]但马上,洪子诚加上了一个注释,指出周扬讲这些话的时候肯定没有想到,他的看法在一年多之后被毛泽东在1963年和1964年的两个讲话推翻。在这些地方,作者把不同的时间拼合在一起,让我们看到时间的洪流,以及时间背后隐藏的各种压力,如何深刻地改变着人的思想。于是,所谓人的整体性、贯穿始终的思想,也就成了一个美好的神话。这种写作方式让时间忽前忽后,使读者在感受时间的变动时,发现人的脆弱与无奈。这样的处理时间的形式,直接让笔者想到哥伦比亚作家马尔克斯《百年孤独》的第一句话:"多年以后,面对行刑队,奥雷里亚诺·布恩迪亚上校将会回想起父亲带他去见识冰块的那个遥远的下午。"[2]因此,笔者把洪子诚这种处理时间的方式,理解为"时间变形记"。

事实上,把某个历史人物在不同时间关于同一事件的不同说法罗列出来,是中国现当代文学研究中较为常见的写作方式。但是在很多研究者那里,一旦以这种方式来处理其研究对象,他们就会利用自己在时间上所处的优势,对当事人进行某种道德审判,或者指责当事人的虚伪。比如,在今天的郭沫若研究中,有些研究者经常会提到郭沫若在某个时候怎么说,在另外一个时候却又表达了完全相反的观点,用这种手法来论证郭沫若在道德品质上存在的瑕疵。在这类讨论中,

---

[1] 洪子诚:《1962年纪念"讲话"社论》,《材料与注释》,北京:北京大学出版社,2016年,第52页。
[2] [哥伦比亚]加西亚·马尔克斯:《百年孤独》,范晔译,海口:海南出版公司,2011年,第1页。

研究者呈现出的不是"时间变形记",而是"时间显形记"。也就是说,研究者直接假定一个人的思想和观念应该前后统一,始终保持不变。如果研究对象的思想观念随着时代的发展有所变化,特别是这种变化不符合研究者本人的价值判断时,那么研究者就会把这些不同的观点罗列在一起,指责研究对象是个投机分子,在时间面前显出了自己的原形。洪子诚的研究方法虽然表面上和这类研究类似,但他没有利用自己在时间上的优势,而是充满了对研究对象、对研究对象所身处的时代的同情与理解。毫不留情的道德审判固然令人读来痛快,但《材料与注释》中那些体贴的分析、温润的论述或许更能勾勒出复杂的历史本相。

当然,在有些时候,我们也能看到洪子诚在判断人物时的褒贬与愤怒。例如,由于鲁迅在《答徐懋庸并关于抗日统一战线问题》一文中,对周扬、夏衍等人进行了批评,使得20世纪50年代编纂《鲁迅全集》时,这些文艺界领导者感到极为尴尬。因此,1957年底,周扬、林默涵要求冯雪峰撰写《鲁迅全集》中《答徐懋庸并关于抗日统一战线问题》一文的注释,美化周扬等人。但周扬等人始终对冯雪峰撰写的注释不够满意,因此由周扬口述、林默涵记录并修改,最终完成了注释定稿。在注释寄出后,林默涵还给当时人民文学出版社《鲁迅全集》编辑室负责人王士菁写信,称"鲁迅答徐懋庸文,经与周扬、荃麟同志商量,作了一些修改,请再斟酌"[1]。然而令人吃惊的是,林默涵非常清楚这条注释的来龙去脉,但在20世纪80年代初的一次冯雪峰研讨会上,林默涵却站起来指责冯雪峰所写的这条注释歪曲了事实,

---

1 转引自洪子诚《"当代"批评家的道德问题》,《材料与注释》,北京:北京大学出版社,2016年,第229页。

并进而质疑冯雪峰的人品。这一情景在《材料与注释》里出现过多次，应该不是写作上的失误。这个场景给作者留下的印象太深刻了，以至于要在书中不断提到这件事，让人深思文学史中的道德问题。

总之，生活在20世纪50年代至70年代的人，几乎都处在巨大的压力下，不得不在时间的洪流中发生改变。如何判断这些人的境遇与选择，也就成了今天的道德难题。而洪子诚在《材料与注释》中创造的这种全新的学术文体，无疑为我们探索了一条新路。

（原载《长江文艺评论》2018年第2期）

批评家不要忘了"临水的纳蕤思"

在今天的文学研究界,对文学本身的忽视已经成了心照不宣的秘密。翻阅近年来出现的那些最为精彩的文学专业论文,我们往往会看到对作家思想内涵的揭示与解读、对作品发表环境的钩沉与发掘、对历史情境的还原与梳理……却几乎看不到对文学自身的探讨。文学对于文学研究者来说,往往只是一个入口或通道,他们过于匆忙地由此出发,走向哲学、历史学、社会学、心理学以及人类学等相邻学科,却不愿稍稍驻足看一看文学自身的旖旎风光。于是,文学日益成为可有可无的鸡肋,而文学研究自身的边界也正是在这一潮流中日渐模糊。似乎在经历了 20 世纪 80 年代的"文学热"之后,人们对文学本身的热情早已耗尽,再也提不起什么兴趣。一位非常优秀的青年批评家曾经对笔者说过一番让人印象深刻的话,他认为现在即使读到一部精彩的文学作品,读过也就读过了,并不会觉得有所收获,反而是那些理论著作、社会学著作更能让人感到兴奋。我虽然在情感上不能认同这样的观点,但却不能不承认自己也有类似的感受。

应该说,之所以出现这样的现象,固然与当下文学创作的艺术水准滑落,让读者极其失望有关,更为内在的原因则是我们这个时代正在经历的深刻转型。在 20 世纪 80 年代,改革开放的春风虽然已经渗透到社会生活的方方面面，但政治、经济等领域的改变毕竟需要较长的时间，这就使得以文学为代表的思想文化界在第一时间成为彼时最为活跃、热闹的空间。在那个时代，人们对于正在开启的"新时期"的憧憬与梦想，几乎全部汇聚到文学领域，创造了一个让亲历者不断追怀、怅惘的文学时代。一部长篇小说，在20世纪80年代动辄就可以达到上百万册的销量。而社会生活中人们关心的一系列具体问题，也往往以文学的形式被首先提出。不过，到了20世纪90年代，特别是1992年邓小平南方谈话之后，全面推进的改革进程，每天都在强有力的改写着当代中国的社会面貌，这就使得曾经聚集在文学领域里的巨大能量获得了施展拳脚的空间，开始迅速耗散并流溢到其他领域中去。于是，人们为纷繁变幻的现实世界所吸引，再也无暇顾及文学，而中国当代文学也渐渐丧失了理解和回应时代变化的能力，开始故步自封，过多地关注叙事形式和人的内心隐秘世界。

显然，我们不应该指责今天的文学研究者对文学本身的冷淡与忽视，因为真正的优秀学者永远都会关注那些最重要的核心问题。当文学自身已经沦落为雕虫小技的时候，那些有抱负的研究者自然会跨出文学那狭窄的疆界，走向更加广阔的天地。不过，当我们义无反顾地离开文学的时候，似乎也不应忘记最初是什么吸引我们走进文学。毕竟，诗歌的意象与节奏，曾令我们在某个夏夜怦然心动；小说人物的跌宕命运，无数次让我们情不自禁地喜悦或流泪；用语言和想象构筑的那个辉煌灿烂的文学世界，为我们平淡晦暗的生活涂抹了几分耀眼的色彩。与齐家治国平天下相比，这些东西固然显得无足轻重，但文学研究者将它们断然舍弃却总令人觉得有些遗憾。

在当前的学术环境中，阅读吴晓东先生的新著《临水的纳蕤思——中国现代派诗歌的艺术母题》，在使我感到意外的同时，又让人不由得生出几分感动。从副标题可以看出，这本著作讨论的是20世纪30年代中国现代派诗人笔下具有母题性质的一系列意象，属于典型的文学内部研究。在注重思想性和新史料的研究潮流中，已经很长时间没有读到这样专注于对作品进行诗学分析的研究了，这就使这本学术著作显得极为特殊。当然，笔者也并非一味推崇诗学研究的重要性，我们必须根据研究对象的特点来选择相应的研究方法，二者相互契合才能产生出真正的学问。由于吴晓东主要讨论卞之琳、何其芳以及戴望舒等并非以思想性见长的作家，其作品的流传情况也算不上复杂，这就使得研究者能够避开剖析思想内涵或梳理基本史料等现代文学研究中的常见思路，直接将研究重心放在对现代派诗歌的形式分析上。

在文学的各类体裁中，诗歌无疑是其中最具有形式感的。诗人，特别是从事新诗创作的诗人，永远在进行语言方面的试验，并努力寻找合适的艺术形式以表达自己的审美理想。而诗人成熟的标志，就是他通过不断的努力，终于创造出一种与自己的美学理想相契合的诗歌形式。在吴晓东看来，20世纪30年代中国现代派诗歌就是"具有相对成熟的诗艺追求的派别"，因为卞之琳、何其芳以及戴望舒等诗人笔下的"诗歌意象世界与作家心理内容高度吻合"，独特的艺术形式凝聚着作家的生命与情感，并最终生成出带有"原型意味的艺术模式和艺术母题"[1]。这就是吴晓东在这本著作中着重分析的意象——临水的纳蕤思。

纳蕤思（Narcissus）是古希腊神话中的著名人物，这个名字来自卞之琳在20世纪30年代的译法，更为通行的汉译则是纳喀索斯或那耳喀索斯。在神话故事中，纳蕤思是河神刻菲索斯与水泽之神利里俄珀的儿子。纳蕤思出生之后，河神与水泽之神占卜孩子未来的命运，

---

[1] 吴晓东：《临水的纳蕤思——中国现代派诗歌的艺术母题》，北京：北京大学出版社，2015年，第2页。

得到的神示是："不可使他认识自己。"出于对神示的恐惧，纳蕤思的父母毁去家中所有的镜子，避免让儿子见到自己的形象。当纳蕤思长到十六岁的时候，他已经出落为一个英俊潇洒的少年。虽然纳蕤思从未见过自己的形象，但他那俊朗的脸庞吸引了无数人的目光，甚至连森林中的女神也纷纷向他求爱。一天，纳蕤思在打猎时不经意间看到自己在池塘里的倒影，立刻为那绝美的形象所吸引，久久不愿离去，最终郁郁而终，化为水边生长的一株水仙花。到了今天，纳蕤思也就成了自恋的代名词。

自古希腊以来，纳蕤思一直是欧洲文学艺术作品中的常见主题，到了19世纪末，更是在瓦雷里、纪德等艺术家那里演变为象征主义诗学的重要资源，并发展出所谓"纳蕤思主义"，成为"诗人对其自我之沉思"的象征。值得注意的是，这样一种植根于欧洲文学传统的诗学资源，在20世纪30年代被梁宗岱、卞之琳等人翻译、介绍到中国，在遥远的东方找到了适合自己生长的土壤。由于戴望舒、何其芳以及卞之琳等诗人都有着自恋的心态、沉凝的思索、强烈的孤独感、对外部世界的排斥与拒绝以及对完美诗歌形式的执着与探索，恰好和纳蕤思临水自照的形象有着高度的契合，这就使得这一诗学意象既构成了现代派诗人认识自我的审美中介，也成为他们艺术创作的灵感来源。根据吴晓东的分析，包括何其芳、戴望舒、卞之琳、李广田、曹葆华、废名、徐迟、施蛰存、林庚在内的一大批现代派诗人都曾或直接或间接地从纳蕤思那里获得灵感，创造了众多临水自鉴的诗歌意象。

我们必须承认，临水的纳蕤思是一个有着丰富诗学内涵的意象。俊美少年在水边专注地望着自己的倒影，意味着对自我的过分迷恋、心无旁骛的沉思状态、对理想世界的憧憬与执着、对外部世界的断然拒绝……他是如此义无反顾地追随着美丽的幻影，以至于忘记了现实生活中的一切，最终在死后留下一株脆弱而优雅的象征物——水仙花。在这个意义上，临水的纳蕤思分明正隐喻着一位全身心地投入到艺术创造里的唯美主义艺术家。由此，我们也就可以理解，为什么戴望舒、卞之琳以及何其芳等现代派诗人对这个意象如此倾心，他们在其中看到的正是自己的身影，因而有着自恋式的情感认同，并在诗作中对其进行反复书写。纳蕤思，这株来自欧罗巴的水仙花，就这样在20世纪30年代的中国诗坛上"开出娇妍的花来了"[1]。

通过吴晓东抽丝剥茧般的细致分析，我们会发现临水的纳蕤思的确是20世纪30年代中国现代派诗歌最重要的艺术母题，几乎所有诗作都能够从不同角度回溯到这个母题之上，并衍生出一系列相关意象。翻开这本书的目录，读者可以看到各章的标题依次是"辽远的国土""扇""楼""居室与窗""独语与问询""乡土与都市""镜"等现代派诗人惯常使用的意象。这些相互关联又各不相同的意象，既源自同一个艺术母题——临水的纳蕤思，又各自以其自身的特点具象化地诠释了后者的某些特征。例如，以"辽远的，辽远的山"[2]、"在远海的岛上"[3]以及"在异乡"[4]等多种形式出现的诗歌意象，被吴晓东归入"辽远的国土"[5]这一类别下予以总体论述。在作者看来，这一系列与"辽远的国土"有关的意象，隐含了现代派诗人对于想象中的乐园的向往与憧

---

[1] 戴望舒：《寻梦者》，王文彬、金石主编：《戴望舒全集·诗歌卷》，北京：中国青年出版社，1999年，第118页。

[2] 何其芳：《墓》，蓝棣之主编：《何其芳全集》第1卷，石家庄：河北人民出版社，2000年，第77页。

[3] 李广田：《灯下》，《李广田全集》第2卷，昆明：云南人民出版社，2010年，第143页。

[4] 徐迟：《故乡》，《徐迟文集》第1卷，武汉：长江文艺出版社，1993年，第55页。

[5] 戴望舒：《我的素描》，王文彬、金石主编：《戴望舒全集·诗歌卷》，北京：中国青年出版社，1999年，第77页。

憬、对现实生活的疏离与拒绝。而想象与现实之间那不可企及的距离，更是使得诗人的情感因反复出入于二者之间而生发出诗歌的内在张力。现代派诗人笔下的"辽远的国土"之所以动人，就来自这种张力产生的美感。与此类似的，还有"楼"的意象。无论是何其芳的"扇上的楼阁如水中倒影"[1]，还是卞之琳的"我仿佛一所小楼／风穿过，柳絮穿过／燕子穿过象穿梭"[2]，抑或是施蛰存的"沉沉的夜，全围困了／孤居于天涯小楼中的／以忧伤守候老死的逋客"[3]，这些诗人笔下的"楼阁"或充满了幻美的色彩、或笼罩在压抑的气氛中，都好像坐落在现实世界之外，如同海市蜃楼般虚无缥缈。20世纪30年代的中国现代派诗人似乎对现实生活感到极度恐惧，拼命想要躲入幻美的小楼中去，在心造的幻影里寻找安身立命之所。而正像上文所分析的，在纳蕤思临水自鉴的姿态中，同样蕴涵着对理想世界的憧憬与向往和对外部世界的拒绝与恐惧，因此，无论是"辽远的国土"，还是"扇上的楼阁"，它们都是从临水的纳蕤思这一艺术母题中衍生出来的意象。

于是，在吴晓东对中国现代派诗歌的解读中，临水的纳蕤思就好像一条神奇的锁链，一一串联起"辽远的国土""扇""楼""居室与窗""独语与问询""乡土与都市""镜"等现代派诗歌中的常见意象，揭示了其所蕴涵的美感的来源。应该说，研究艺术母题并不是什么新鲜事，早在20世纪20年代，俄国语言学家弗拉基米尔·普罗普就曾

---

[1] 何其芳：《扇》，蓝棣之主编：《何其芳全集》第1卷，石家庄：河北人民出版社，2000年，第55页。
[2] 卞之琳：《白螺壳》，《卞之琳文集》上卷，合肥：安徽教育出版社，2002年，第78页。
[3] 施蛰存：《秋夜之檐溜》，《施蛰存全集·北山诗文丛编》，上海：华东师范大学出版社，2012年，第17—18页。

以这一方法对俄国民间故事的母题进行了出色的探讨[1]。不过这类研究往往有着对于分类的某种"迷思",执着地在作品中寻找人物、主题、事件、意象等事物中的差异与共性,并据此划分出不同类别。这就使得这一研究路径往往失之琐碎,细腻有余而整体感不强。而吴晓东的研究恰恰与此相反,他虽然同样梳理中国现代派诗歌所使用的意象,并进行了细致的分类,但那些意象并非一个个孤立的个体意象,而是被艺术母题——临水的纳蕤思统摄在一起,勾勒出现代派诗人共同分享的意象体系。如果说观扇、登楼、凭窗、对镜、独语、问询等意象是散落在现代派诗歌世界中的一颗颗耀眼的星辰,那么吴晓东则用临水的纳蕤思将它们一一勾连起来,组成了夜空中的一个美丽的星座。它呈现出现代派诗歌的美学特质,捕捉到现代派诗人的心灵空间和美学理想,并显影了他们面对现实世界时的梦想、憧憬、痛苦与彷徨。

正是因为将临水的纳蕤思这一艺术母题作为理解中国现代派诗歌的总体视野,很多晦涩难懂的诗篇都得到了清晰而精彩的解读。例如,我一直很喜欢林庚的短诗《细雨》中那些美丽而迷离的诗句,可诗人在诗歌写作过程中的运思逻辑却总让我感到困惑。而纳蕤思在水边憧憬理想世界的沉思状态,启发吴晓东注意到这首诗总是交替出现近距离的窗前风雨和对远方的种种联想,使得整个诗歌结构就像是电影中现实与回忆、彩色与黑白两组镜头的切换,给人以奇妙的视觉感受。吴晓东最后指出林庚的这首诗"遥远与切近的两组意象之间形成了一种内在的张力和秩序,构成了想象和现实彼此交叠映照的两个视界,

---

[1] 参见〔俄〕弗拉基米尔·雅可夫列维奇·普罗普《故事形态学》,贾放译,北京:中华书局,2006年。

从而使乌托邦远景真正化为现实生存的内在背景"[1]，将《细雨》的内在逻辑和美感生成机制解释得非常到位。

就这样，吴晓东通过分析纳蕤思临水自鉴这一母题意象，成功地揭示出中国现代派诗人群的艺术世界与诗学特征，做出了极为精彩的形式分析。而人们对形式分析的最大诟病，就在于它往往把目光聚焦在琐碎的形式特征上，忘记了作品之外还存在着更为广阔的世界。其实，真正出色的形式分析从来不会仅仅局限在形式内部。正如卢卡奇所说的，每一种文学形式，"尽管总是同过去的形式和风格相联系，却从不是从艺术形式所固有的辩证法产生的。每种新风格都带着社会的历史的必然性，从生活中产生，它是社会发展的必然结果"[2]。诗人总是在寻找最为合适的形式以表达自己的感受与思考，这就使得社会生活给诗人施加的种种压力也会在形式上留下印痕。因此，精彩的形式分析总是会突破形式自身的藩篱。在吴晓东的分析中，纳蕤思临水自鉴的形象一方面表达了中国现代派诗人的诗学理想，另一方面则显影了他们在20世纪30年代中国社会中的尴尬处境。无论是何其芳、卞之琳，还是废名、戴望舒，他们都是敏于思考而怯于行动的零余者。面对阶级斗争异常尖锐、民族矛盾日益激化的社会现实，这些现代派诗人深感不满却又不愿涉足其间。于是，登楼、凭窗、对镜、独语等意象频繁出现在他们的笔下，象征了诗人与社会现实保持距离、选择在孤寂中从事艺术创造的文化姿态。他们最终在孤芳自赏的纳蕤思那里

---

[1] 吴晓东：《临水的纳蕤思——中国现代派诗歌的艺术母题》，北京：北京大学出版社，2015年，第51页。
[2] ［匈］卢卡契：《叙述与描写——为讨论自然主义和形式主义而作（1936年）》，刘半九译，《卢卡契文学论文集》（一），北京：中国社会科学出版社，1980年，第47—48页。

找到共鸣也就显得顺理成章了。吴晓东还进一步指出，现代派诗人在纳蕤思临水自鉴的母题意象中，成功地投射了自己的美学理念和社会处境，让他们在20世纪30年代的中国成为诗艺最为成熟的艺术群体。然而，这些东方的"纳蕤思"把"自我的建构内化到镜像的艺术形式之中，形式又反过来催生了镜像化的幻美主体"[1]，使得他们只能躲入狭小的艺术之宫，无法成为历史中的行动主体。

可以说，吴晓东的《临水的纳蕤思》既系统呈现了中国现代派诗歌的成熟诗艺，又时刻在历史语境中反思其艺术局限，堪称形式主义诗学研究的典范。而尤其让我感慨的，则是和吴晓东在寒冷的冬夜匆匆走过未名湖时的对话。当时，我带着初读这本著作的兴奋与他谈论自己的阅读感受。他则以温柔平和的语气，一边低调而不无自得地说，"我想写这本书，只是为了解读那些我喜欢的现代派诗歌"；一边却又不安地坦言，"这本书的问题是没有办法和今天的学术界对话"。这样的著作当然没有办法和今天的学术界对话，我们这个时代又有哪些学者愿意为几首自己喜欢的短诗专门写一本书呢？这样的努力背后，正是作者无法抑制的对于文学的热爱。翻开《临水的纳蕤思》的注释和参考文献，细心的读者会发现里面并没有太多最新的研究成果，反而有大量出版于20世纪八九十年代的著作，其中一些冷僻的小书早就已经被人遗忘了。这不仅仅是由于吴晓东博闻强识，而是因为书中的很多思考来源于他在20世纪80年代中期考入北京大学中文系后所做的读书笔记。因此，这本著作中对诗歌的热爱、对文学的专注，其实并不生发自我们今天这个时代，而是直接来源于那个已然逝去的80年

---

[1] 吴晓东：《临水的纳蕤思——中国现代派诗歌的艺术母题》，北京：北京大学出版社，2015年，第51页。

代。当文学研究者纷纷"逃离"文学的时候,吴晓东却初心不改,以这样的著作表达了自己不死的文学理想。在这个意义上,《临水的纳蕤思》就好似一团于寒冰中燃烧的死火,在一个对文学丧失兴趣的时代里,守护着我们对文学的憧憬、热爱与执着。

(原载《读书》2016年第4期)

整体研究图景与单一化的历史想象

——谈王德威的抒情传统论述

一

近十余年来，伴随着陈国球、王德威两位教授持续不断的努力，《美典——中国文学研究论集》《抒情之现代性——"抒情传统"论述与中国文学研究》《中国文学的抒情传统——陈世骧古典文学论集》等著作相继在国内出版，使得"抒情传统"这个原本在海外汉学界使用的概念逐渐为身处大陆的中国文学研究者所关注，并引发了越来越热烈的讨论。特别是王德威于2006年在北京大学中文系开设的系列讲座（后整理为《抒情传统与中国现代性——在北大的八堂课》），以沈从文、瞿秋白、陈映真、白先勇、海子以及顾城等作家、艺术家为例，梳理出中国现当代文学中一直"被压抑"的抒情传统，产生了较大影响。2015年，王德威又以这次讲座为基础整理出版英文专著《史诗时代的抒情声音——二十世纪中期的中国知识分子与艺术家》（中译本于2017年在台湾地区出版），对这一传统予以更加细致的论述，更是使这一概念从古典文学研究界播散开来，扩展至现当代文学研究中，并有力地触动了已有的文学史版图。

不过，初次接触抒情传统这一概念的大陆读者可能都会或多或少地感到有些困惑。例如，笔者在北大中文系读研究生时曾一堂不落地聆听了王德威关于抒情传统的系列讲座，并为演讲者的口才与风度深深地折服。回想起来，当时觉得王德威对江文也、胡兰成、钟阿城等作家的分析令人眼界大开、印象深刻，但直到讲座结束也没有真正弄清楚抒情传统究竟指的是什么。毕竟，国人对文学的理解长期以来深受浪漫主义理念的影响，使得文学本乎抒情的观念深入人心。如果文学在本质上就是抒情的，那么又有什么必要单独提出所谓的"抒情传统"呢？因此，要理解提出抒情传统对于中国现当代文学研究的意义，我们有必要分析这一概念自身的发展历程。

"抒情传统"这一概念的出现，要追溯到1971年陈世骧在美国亚洲研究学会比较文学讨论组上发表的《论中国抒情传统》一文。陈世骧在比较中国古典文学与欧洲文学传统（被陈世骧认为是"史诗的及戏剧的传统"）后，提出"中国文学传统从整体而言就是一个抒情传统"，并认为"'抒情精神'为中国乃至远东某些文学传统的精髓"[1]。需要指出的是，"抒情传统"这一概念在中西比较的过程中得以出现，与彼时比较文学学科的风向变化有着直接的关联。1958年，韦勒克在第二届国际比较文学会议上发表了题为"比较文学的危机"的著名报告，猛烈批判以实证主义的方式寻找不同国家文学之间的影响关系的研究范式，使比较文学研究中出现了"一种记文化账的奇怪现象"，提出比较文学应该对没有直接影响关系的两个不同国家或文化背景的文学现象进行类比，以分析其异同[2]。韦勒克的这次报告在欧洲和北美的比较文学研究界引发了长达十年之久的论战，并最终促成了比较文学研究的

---

[1] 陈世骧：《论中国抒情传统》，《抒情之现代性——"抒情传统"论述与中国文学研究》，北京：生活·读书·新知三联书店，2014年，第46—47页。
[2] 参见[美]勒内·韦勒克《比较文学的危机》，《批评的诸种概念》，罗钢、王馨钵、杨德友译，上海：上海人民出版社，2015年，第261—272页。

重心从欧洲向北美的转移，也使得注重进行影响研究的法国学派逐渐衰落，强调平行研究的美国学派开始兴起。了解了这一学界背景，我们会发现《论中国抒情传统》的研究方法属于典型的平行研究，在当时正是美国比较文学研究中的"显学"。而陈世骧用"抒情传统"来描述中国文学的本质，无疑是在建构比较文学中的"相异性神话"，通过将中国文学描述为与欧洲文学传统在各个方面都完全不同的文学形态，来确立中国文学的独特性和存在的合法性。而此后诸如高友工、宇文所安等人对抒情传统所做的进一步阐发，也都是在这一思想脉络下进行的。

不过需要指出的是，虽然王德威对抒情传统的论述生发于冷战时代的美国比较文学界的研究风尚，但由于所处年代和问题意识的不同，他的研究与前辈相比还是出现了一些重要的变化。首先，在《论中国抒情传统》一文发表的年代，陈世骧要面对的听众显然只是美国的比较文学研究界；而由于冷战终结、全球化时代的莅临，国际学术交流变得越来越便利、频繁，王德威的研究不仅仅要面对美国学界，而且要与大陆的中国现代文学研究界进行对话。其次，正是由于对话对象的不同，研究路径也发生了较大的变化。对于陈世骧来说，他必须建构出一个与欧洲文学传统完全不同的中国抒情传统，才能使后者在印证世界文学的丰富性的意义上获得存在的合法性。而随着中国在近三十年的时间里逐渐成长为一个无法忽视的大国，在今天研究中国问题本身就有了足够坚实的合法性，不再需要证明其与西方传统的相异性。最后，由于陈世骧在中西比较的视阈中从事研究，使得他更愿意将古典时代的中国文学描述为一个有着单一本质的、静态的客体；而王德威的立足点则是要与中国大陆的研究界对话，因此他所着力呈现的那个被中国主流文学"压抑"的抒情传统总是处在动态、紧张的关系中。

二

显然,虽然都在讨论抒情传统,但由于问题意识、对话对象的不同,抒情传统的内涵与表现形态都有着很大的差异。明白了这一点,我们也就可以进一步分析,当王德威在谈论抒情传统时他究竟在谈论什么。在《史诗时代的抒情声音》一书中,王德威明确表示其对抒情传统的探究有两个主要的研究方向:一是与主导中国现代文学史研究的两大理论范式——革命与启蒙——进行对话,这也就是王德威所说的,"通过抒情话语对中国现代性两大主导范式,'启蒙'与'革命',重作检讨。我提议纳'抒情'为一种参数,将原有的二元论述三角化,亦即关注'革命'、'启蒙'、'抒情'三者的联动关系"[1];二是不仅从西方文艺理论的视角思考中国现当代文学中的抒情传统,而且极力挖掘抒情与中国古代传统诗学之间的渊源,即所谓"希望在中国传统诗学和西方美学话语的双重语境下援引'抒情',彰显此书在词源和概念层面上的复杂性"[2]。

不过仔细阅读《史诗时代的抒情声音》一书,我们会发现王德威只是在导论"'抒情传统'之发明"中,对从郭店楚简到《诗经》《楚辞》,再到陆机《文赋》有关抒情的文字进行了较为细致的分析,此后就很快过渡到探讨20世纪中国及西方研究者的抒情论述了。在对沈从文、何其芳、胡兰成、江文也等人的专章讨论中,王德威也只是在极

---

[1] [美]王德威:《史诗时代的抒情声音——二十世纪中期的中国知识分子与艺术家》,涂航等译,台北:麦田出版社,2017年,第9页。
[2] [美]王德威:《史诗时代的抒情声音——二十世纪中期的中国知识分子与艺术家》,涂航等译,台北:麦田出版社,2017年,第10页。

少的情况下涉及这些作家、艺术家的抒情论述与中国传统诗学的关系。因此,《史诗时代的抒情声音》的第二个问题意识在书中并没有得到非常充分的体现,该书真正的重点其实是在与"革命""启蒙"论述的对话中呈现抒情传统的意义。

在《史诗时代的抒情声音》一书的主体部分,王德威讨论了沈从文、何其芳、冯至、胡兰成、江文也、林风眠、费穆、梅兰芳以及台静农等作家、艺术家的生平和创作,内容涉及小说、诗歌、文艺理论、音乐、绘画、戏曲、电影以及书法等艺术门类。其涉猎之广泛、论述之精彩,让人在阅读过程中大呼过瘾,并深深地为作者广博的学识所折服。一般说来,将这些作家、艺术家放置在一起予以研究是非常困难的,毕竟他们的创作各不相同,分别处在差异性极大的文学、艺术脉络之上,本身很难在同一个话语场域内进行讨论。或者说,只是因为王德威找到了抒情传统这一贯穿性的论述线索,那些作家、艺术家才获得了在《史诗时代的抒情声音》中"聚首"的可能。如果细致梳理这些作家、艺术家的情况,我们会发现他们大多由于思想观念、艺术风格、政治经历以及性格特征等原因,在20世纪四五十年代中国社会政治动荡的历史环境中处在极为尴尬的地位。在势不可挡的外在压力下,他们或是改变了自己的艺术创作道路,或是彻底地停止了写作,抑或是只能以隐微的方式暗中表达自己的艺术志趣。而在王德威的描述中,抒情则成了面对"革命"与"启蒙"所代表的历史大势时,这些艺术家所能做出的最为决绝的抵抗。正是在他们的抒情中,个人的感喟与追求才没有被时代大潮完全淹没,为我们留下了难能可贵的异质性的声音。而这些作家、艺术家在不同时刻、不同空间所发出的抒情绝唱,也就构成了20世纪中国若断实续、暗流潜涌的抒情传统。

当我们这样描述《史诗时代的抒情声音》一书的基本思路时,或许会觉得这一研究路数有些似曾相识。毕竟，从20世纪80年代开始，伴随着大陆学界对激进主义思潮的反思，"革命"在很多时候就不再与解放、自由联系在一起了，而是被研究者描述成某种压迫性的力量。它以救亡图存的名义将个人禁锢在集体的事业里，中断了"启蒙"的工作，推迟了一个自由、美好的社会的到来。这就是著名的"启蒙与救亡的双重变奏"[1]。正是在这一历史想象中，个人对集体事业的皈依不再根源于理念的认同和对宏大目标的认可，而是后者对前者的裹挟。相应的，学术研究的目的也就是重新"解救"那些为历史大势所裹挟的个人，让被压抑的个体重新获得发声的机会。值得注意的是，这一思路恰好与冷战另一边以自由的名义批判革命的研究路径若合符节，这就可以解释为何夏志清的《中国现代小说史》在20世纪80年代的中国现代文学研究界秘密流传并产生广泛影响，直接改写了学界对张爱玲、沈从文、钱钟书等作家的认识。考虑到王德威与夏志清分享着同样的海外中国学的研究思路，那么《史诗时代的抒情声音》也可以在这一脉络上予以理解。如果读者觉得抒情传统的内涵不好理解，那么将"史诗"替换为集体、革命，将"抒情传统"直接替换为个人，则或许可以帮助我们更好地把握这一术语的意义。

三

事实上，这样一种压迫／反抗的二元对立逻辑始终贯穿在《史诗时代的抒情声音》一书中，成为主导性的叙事线索。例如，在探讨沈从文1949年以后的命运遭际时，王德威就重点分析了沈从文1957年5月2日从上海写给张兆和的信中所附的三幅画。这几幅画描绘了沈从

---

[1] 参见李泽厚《启蒙与救亡的双重变奏》，《中国现代思想史论》，北京：东方出版社，1987年，第7—49页。

文在五一劳动节那天从旅馆房间向外白渡桥眺望时看到的风景。这些画作的构图基本相同：一边是外白渡桥和上面摩肩接踵的劳动节游行队伍，另一边则是苏州河上的舢舨船。而区别在于，第一幅画的右侧有四只小船；第二幅画中就只剩下了一只小船；第三幅画则转而以抽象的线条代替了外白渡桥和游行队伍。在王德威的解读中，因为画面里逐渐隐去的是劳动节游行队伍所代表的政治与集体的力量，所以这几幅图的变化过程正说明"沈从文认同的对象显然是漂浮在河面上的那艘小小孤舟"[1]。此外，王德威还将沈从文笔下的孤舟与中国传统文人画中的渔隐主题联系起来，认为小说家似乎随手画出的那位渔夫"垂钓在时间的河流上，准备引领我们随他溯游而上，苏州河、扬子江，再到荆楚大泽、纵横交错的潇湘源头。他甚至可能带着我们到一处传奇的所在，在那里，据说曾有舟子发现了桃花源——传说中位于湘西的乌托邦"[2]。无论是世外桃源，还是潇湘渔隐，都象征着中国传统士大夫鄙弃腐朽黑暗的政治斗争、守护个人清高孤洁的内心操守的愿望。考虑到王德威还将沈从文在1957年5月2日的画作与前一天《人民日报》发表的《中共中央关于整风运动的指示》联系起来，那么作家笔下的渔夫也就带有了一种在巨大的政治压力面前坚守个人意志与独立精神的悲壮感。

必须承认，王德威对沈从文这三幅画作的解读极为精彩，将画中的渔夫与中国传统文人画中的渔隐主题联系起来也极具理论想象力，让我们认识到沈从文思想中某些不为人熟知的面向。在这个意义上，《史诗时代的抒情声音》堪称以跨学科视野分析中国现当代文学的精彩

---

[1] [美]王德威：《史诗时代的抒情声音——二十世纪中期的中国知识分子与艺术家》，涂航等译，台北：麦田出版社，2017年，第195页。

[2] [美]王德威：《史诗时代的抒情声音——二十世纪中期的中国知识分子与艺术家》，涂航等译，台北：麦田出版社，2017年，第198页。

示范。不过，虽然从王德威所引证的材料看，其对沈从文的分析与判断很有说服力，但如果结合沈从文20世纪四五十年代之交的思想变化，那么在压迫/抵抗的历史想象下，将这位作家阐释为一个和政治压力对抗的个人主义斗士则与实际情况存在较大距离。

事实上，沈从文在20世纪40年代曾反复表达过这样的愿望，即"用一些新的抽象原则"来重建"这个民族的自尊心和自信心"[1]，并表示"我还得在'神'之解体的时代，重新给神做一种光明赞颂。在充满古典庄雅的诗歌失去价值和意义时，来谨谨慎慎写最后一首抒情诗"[2]。沈从文在这里所说的"神"，就是那些他不断追寻的"抽象原则"，因此，这位小说家并不是迟至20世纪60年代才开始思考所谓的"抽象的抒情"，早在40年代他就已经将这一主题视为自己最主要的创作目标。只不过在实际的创作中，沈从文发现自己完全无法将抽象原则转化为艺术形态，只能不断感叹"我正在发疯。为抽象而发疯。我看到一些符号，一片形，一把线，一种无声的音乐，无文字的诗歌。我看到生命一种最完整的形式，这一切都在抽象中好好存在，在事实前反而消灭"[3]。于是我们看到，虽然沈从文在这一时期尝试进行了多种文体实验，但《看虹录》《摘星录》以及《虹桥》这类复杂精美的作品最终不过表明抽象不可赋形、现实无法改造、美无从表达[4]。因此，沈从文在20世纪40年代终止写作的根本原因并不是政治的压力，而是他对抽象的追

---

[1] 沈从文：《绿魇》，《沈从文全集》第12卷，太原：北岳文艺出版社，2009年，第139页。
[2] 沈从文：《水云》，《沈从文全集》第12卷，太原：北岳文艺出版社，2009年，第128页。
[3] 沈从文：《生命》，《沈从文全集》第12卷，太原：北岳文艺出版社，2009年，第43页。
[4] 参见李松睿《论沈从文1940年代的文学思想》，《现代中文学刊》2016年第5期。

求使其创作走上了一条不归路。直到中华人民共和国成立前夕,他才发现"我们无论如何能把自己封闭于旧观念与成见中,终不能不对于这个发展(指40年代末中国政治局势的巨变——引者注),需要怀着一种极端严肃的认识与注意",并感慨"书生易于把握抽象,却常常忽略现实"[1]。

更有意味的是,就在画下那三幅画的三天之前,沈从文在给张兆和的另一封信中,表达了自己对很多作家在中华人民共和国成立后无法写出好作品的看法。沈从文没有像当时很多作家那样,抱怨来自各方面的压力使得自己无法写出高质量作品,而是觉得"如今有些人说是为行政羁绊不能从事写作,其实听他辞去一切,照过去廿年前情况来写三年五载,还是不会真正有什么'好作品'",甚至还认为作家的当务之急并不是向政府抱怨,而是认真地从事写作,因为"真的鸣应当是各种有分量作品"[2]。由此可以看出,沈从文在此时仍然坚持他在1948年提出的观点,即面对20世纪40年代末巨大的社会变革,作家最重要的工作应该是"从远景来认识这个国家,爱这个国家",并投身到坚实的工作中去,因为"这点素朴态度,事实上却必定将是明日产生种种有分量作品的动力来源。不要担心沉默,真正的伟大工程,进行时都完全沉默!"[3]只不过,就像沈从文在20世纪40年代初曾构想了极为庞大的创作计划[4],但最终却全部半途而废一样,他在中华人民共

---

[1] 沈从文:《致吉六——给一个写文章的青年》,《沈从文全集》第18卷,太原:北岳文艺出版社,2009年,第521页。

[2] 沈从文:《19570430致张兆和》,《沈从文全集》第20卷,太原:北岳文艺出版社,2009年,第168—169页。

[3] 沈从文:《致吉六——给一个写文章的青年》,《沈从文全集》第18卷,太原:北岳文艺出版社,2009年,第521—522页。

[4] 参见沈从文《194205致沈云麓》,《沈从文全集》第18卷,太原:北岳文艺出版社,2009年,第402页。

和国成立后也曾多次试图重新开始写作,却始终无法完成。考虑到20世纪40年代的沈从文在追求所谓"抽象原则"的过程中,不断感慨"文字不如绘画,绘画不如数学,数学似乎又不如音乐",因此,笔者始终认为,发现其"语言能力无法完美再现自己所要表达的东西……才是造成沈从文在20世纪40年代陷入创作困境的真正原因"[1],而并不是所谓的政治压力。单纯用压迫/反抗模式来理解沈从文的创作,将其塑造为被历史巨浪所绑架的个人,甚至由此推断沈从文晚年从事文物研究是为了"将'历史'从'革命'里拯救出来"[2],都多少有将作家思想简单化的嫌疑。

四

不过,虽然笔者在这里指出《史诗时代的抒情声音》由于贯穿着某种单一化的历史想象,在处理一些作家、艺术家时存在判断失当的问题,但这并不意味着王德威的抒情传统论述没有价值,无法为我们提供思考中国现当代文学的全新视角。事实上,自从2006年听了王德威的系列讲座后,笔者就一直关注这位学者的研究工作,并为其精妙的文本阐释和华丽的语言风格所倾倒。而尤其令人敬佩的是,王德威特别善于在对一系列单独的作家、作品进行分析的过程中,发现某些带有贯穿性的视角和问题,并据此提炼出具有整合力的概念,去挑战和改写学界已有的研究格局。当年王德威提出所谓的"被压抑的现代性",就将清末通俗小说视为中国现代性的源头,而非仅仅是传统向现代转换进程中的过渡阶段,极大地改写了研究界对这一时代小说创作

---

[1] 李松睿:《论沈从文1940年代的文学思想》,《现代中文学刊》2016年第5期。
[2] [美]王德威:《史诗时代的抒情声音——二十世纪中期的中国知识分子与艺术家》,涂航等译,台北:麦田出版社,2017年,第213页。

的看法。而他的抒情传统论述其实也发挥着同样的功能。事实上，关于沈从文、冯至、何其芳等人在20世纪四五十年代所经历的尴尬与彷徨，历来为中国现代文学研究者所关注，也产生了一系列相当扎实的研究成果，但似乎没有人能够用某种具有整体性的问题意识将这些分散的研究整合起来，形成对现有研究图景的冲击。也就是说，中国现代文学研究界近些年的研究往往呈现出点状分布的形态，而王德威却善于抽绎出孤立的研究对象下面的联系。

之所以会出现这样的现象，无疑与目前中国现代文学研究界的基本格局有关。伴随着中国高等教育近二十年来逐步向规模化、正规化方向发展，中国现代文学这一学科虽然早已不再是20世纪80年代那样的"显学"，但从业人员却持续增多，每年都有相当数量的硕士、博士毕业生争相涌入这一群体。而有了如此庞大的研究队伍，自然也会"生产"出数不胜数的研究成果。细数诸如学术史、思想史、文化史、期刊研究等这些年来的学术热点，我们会发现中国现代文学的各个角落乃至其周边的一切环节，都已经被系统地清理了一遍。四下望去，重新发现所谓的"学术空白"几乎已经成了不可能完成的任务。必须承认，中国现代文学研究界这些年在佚文搜集、版本考证、史料挖掘等方面取得了令人可喜的进步，为后世研究者的工作打下了极为坚实的基础。不过，如果仔细想一下，那么我们会发现这些年出现的大部分研究只是在已有的研究格局的基础上做进一步的细化而已。因此，学界对现代作家生命中的隐秘之处有了更为深入的了解，对作品发表时的环境有了更加全面的考察，那些早已被作家本人遗忘的佚文也纷纷进入我们的视野，然而，所有这一切却并没有从根本上改变20世纪80年代以来研究界对大部分作家、作品的判断。也就是说，中国的现代文学研究者往往是首先划分出各自的研究领域，然后分头进行深耕细作式的钻研，根本没有余暇看看旁边的"风景"，更不要说去重新思考现代文学这个学科的整体图景。或许正是在这一语境下，以王德威为代表的海外研究者才会每一次提出新论，就在大陆学界获得关注，并产生广泛影响。因此，国内研究者对于海外汉学的推崇或许未必是由于崇洋媚外的"汉学心态"[1]，而是在面对国内研究格局相对僵化局面时的正常反应。毕竟，无论是"没有晚清，何来五四"，还是"华语语系文学"，抑或是"抒情传统"，都以鲜明的问题意识与大陆学界展开学术对话，有力地冲击了已有的研究图景，并促使我们反思那些以"常识"面貌出现的文学史"定论"背后的历史想象、问题意识。所有这些，都使得我们不管是否认同王德威的抒情传统论述，都必须认真对待他提出的问题与挑战。

（原载《文艺争鸣》2018 年第 10 期）

---

1 参见温儒敏《谈谈困扰现代文学研究的几个问题》，《文学评论》2007 年第 2 期。